IL SILENZIO DI SALTER

LA SERIE LUCA MYSTERY

DAN PETROSINI

DAN PETROSINI
MYSTERY & SUSPENSE AUTHOR
www.danpetrosini.com

Prima edizione: 2025

ISBN Print: 978-1-960286-87-1

Naples, Florida, USA

LA SERIE DI MISTERI DI LUCA

SONO IO L'ASSASSINO?

SCOMPARSO

L'OMICIDIO DI SERENITY

TERZA POSSIBILITÀ

UN CASO IRRISOLTO

POLIZIOTTO O ASSASSINO?

IL SILENZIO DI SALTER

UN PASSO FALSO MORTALE

POSTA IN GIOCO INCERTA

L'ASSASSINO DEL NONNO

VENDETTA PERICOLOSA

DOVE SONO?

SEPOLTI AL LAGO

L'ASSASSINO DELLA RISERVA

NESSUNO È AL SICURO

OMICIDIO, SOLDI E CAOS

LA SVENDITA D'ORO

SEGRETI PIENI DI SUSPENSE

IL DILEMMA DI CORY

LA FUGA DI CORY

IL CAMBIAMENTO DI CORY

L'ARTE DELLA VENDETTA

CORSA ALLA VENDETTA

OLTRE LA VENDETTA

NON È FINITA

ALTRE OPERE DI DAN PETROSINI

L'ULTIMO NEMICO

TESTIMONE COMPLICE

RESPINGI

AMBIZIONE ALLA SCOGLIERA

RINGRAZIAMENTI

Un ringraziamento speciale a Julie, Stephanie e Jennifer per il loro amore e sostegno, e grazie al sergente di squadra Craig Perrilli per la sua consulenza sul mondo reale delle forze dell'ordine. La sua consulenza mi aiuta a rimanere fedele alla realtà.

1

_____

Mi sentivo inquieto e non riuscivo a capirne il motivo. La nostra bambina, Jessica, era una gioia immensa, e io e Mary Ann ci stavamo godendo i nostri nuovi ruoli di genitori. Le preoccupazioni che avevo riguardo alla paternità, che temevo avrebbe incrinato il mio rapporto con mia moglie, si erano rivelate infondate. Almeno finora. Persino il dolore intermittente alla pancia era sparito.

La vita andava a gonfie vele. Non avrei potuto immaginare nulla di più dolce di così. E allora perché mi sentivo come se fossi in piedi su una tavola da wakeboard? Qualcosa sembrava annidarsi appena sotto la superficie. Non mi era nuova quella sensazione, ma di solito era la conseguenza di un problema imminente, come la situazione che si stava sgretolando con la mia ex moglie, il mio ex socio che era finito ammazzato e la lotta contro il cancro.

Eravamo rimasti senza pannolini, e dovetti fare un salto da Walmart prima di andare in ufficio. Un nuovo sito web di articoli per l'infanzia aveva prezzi ottimi, ma un servizio di consegna pessimo. Passai una bracciata di pannolini a Mary Ann, risalii sulla Cherokee e mi diressi al lavoro.

Derrick chiamò mentre passavo davanti a Bayfront.

«Che succede?»

«Stai venendo in ufficio?»

«Sì, sto per svoltare sulla Quarantuno. Perché?»

«È arrivata una chiamata per un cadavere.»

Lo sapevo. «Dove?»

«Sul retro di un posto chiamato Stone Heaven. È un magazzino di granito su J and C Boulevard.»

«Mandami l'indirizzo via messaggio, vado dritto lì. Assicurati che qualcuno isoli la proprietà. Non voglio nessuno a meno di trenta metri dal cadavere.»

Svoltando su Airport Pulling Road, mi resi conto che era il 20 febbraio e mancava un mese alla primavera. Invece di diventare più verdi, le cose avevano preso una piega oscura.

———

TRE AUTO DI PATTUGLIA ERANO PARCHEGGIATE DAVANTI A Stone Heaven. Non vidi la macchina di Derrick. La proprietà non era recintata. Il peso delle lastre in mostra avrebbe scoraggiato qualsiasi tentativo di furto.

Un agente in uniforme sollevò il nastro della scena del crimine. Mentre passavo sotto, il dolore all'addome si ripresentò. Registrai il mio arrivo, grato di avere un appuntamento con il medico che mi aveva rimosso la vescica.

Salendo lungo il viale d'accesso, non notai alcuna telecamera di sorveglianza. C'era una serie di lastre grandi come porte di garage, in diverse sfumature di bianco, alcune con venature grigio scuro e altre candide.

L'edificio era una struttura industriale a due piani, con la facciata ingentilita per ospitare un piccolo showroom. Sbirciai attraverso il vetro e vidi due scrivanie con sedie di fronte e degli espositori che mi ricordarono un negozio di piastrelle. Per il resto, era ridotto all'osso.

Lungo il lato destro dell'edificio c'era uno stretto parcheggio. Verso il retro si trovavano decine di lastre sottili, a pochi centimetri l'una dall'altra. Sembrava un gigantesco mazzo di carte aperto a ventaglio. Un paio di agenti montavano la guardia a una decina di metri di distanza. Avevo giocato a softball con uno di loro appena arrivato a Naples. Era un bravo ragazzo, ma un grandissimo rompiscatole.

«Ehi, Frank. Come stai? Ho sentito che ti sei dato alla vita domestica, adesso, con moglie e figlia.»

«Proprio così. E tu come te la passi, Dillon?»

«Tutto bene. Quest'anno ci servirebbe un seconda base, se non sei impegnato a cambiare pannolini.»

«Ah, ah. Cosa abbiamo qui?»

«La squadra di consegna stava caricando le lastre della giornata e il tizio che guidava il muletto, Julio Barza, ha trovato il corpo.»

«Qualcuno ha toccato qualcosa?»

«No. Il tizio ha detto che è saltato giù dal muletto ed è corso nel magazzino a chiamare il caposquadra.» Indicò un punto. «Il corpo è subito dopo la lastra nera.»

C'era uno spazio più ampio tra le lastre e il corpo giaceva a faccia in giù sopra un paio di cavalletti vuoti per lastre. Me ne accorsi subito.

Sembrava un'esecuzione da professionisti: mani legate, un proiettile nella nuca, nastro adesivo sulla bocca. La vittima era un maschio bianco, tra i quarantacinque e i cinquant'anni. Un metro e ottanta per circa ottanta chili. Mi accovacciai. Aveva una bella pelle ed era ben curato.

Appoggiai il dorso del pugno sulla mano destra della vittima. Era fredda. Spostai il pugno sul suo addome. Non c'era molta elasticità. Era morto da almeno diverse ore. Forse ucciso tra l'una e le cinque del mattino.

La vittima indossava una camicia bianca a maniche lunghe, pantaloni blu scuro e mocassini costosi. Mi infilai i guanti e controllai le tasche posteriori. Niente. La gente con quel tipo di soldi non aveva bisogno di portarsi dietro un portafoglio. Oppure si trattava di una rapina?

Prendersi il tempo di abbandonare un corpo in un posto come questo non quadrava con una rapina casuale. Chiunque avesse ucciso quest'uomo, probabilmente gli aveva sottratto l'identità per guadagnare tempo e arraffare un po' di contanti.

La squadra della scientifica avrebbe avuto uno scanner mobile per le impronte digitali. Forse saremmo riusciti a ottenere una rapida identificazione. Girai intorno al corpo. La disposizione del sangue indicava che era stato scaricato lì. Per sicurezza, cercai un bossolo, sapendo che se gli avessero sparato lì, chiunque fosse stato non ne avrebbe lasciato uno indietro.

Chi era quest'uomo? Perché gli avevano sparato alla nuca, come in un'esecuzione mafiosa? Sapevo che gli stereotipi erano da escludere, ma la vittima non sembrava il tipo da criminalità organizzata.

Forse era per via del mio passato nel New Jersey, ma non importava quanto elegantemente qualcuno si vestisse e fosse curato, riuscivo a capire se si trattava di gangster, vedendo oltre i loro completi firmati Brooks Brothers.

Erano la personificazione del vecchio adagio: puoi mettere il rossetto a un maiale, ma rimane sempre un maiale. Non importava a quante manicure si sottoponessero o quanti abiti di seta indossassero, nulla poteva ammorbidire i loro cuori.

Avrei dovuto riconsegnare il distintivo se l'uomo che giaceva lì fosse stato un gangster. Non tornava. Chi era quel tizio e perché era stato giustiziato? Mi diressi verso il retro della proprietà, che non aveva recinzione. Dava su un edificio con quattro piccole attività commerciali: un negozio di riparazione di computer, un decoratore, un negozio di musica e uno studio di contabilità.

La proprietà a sinistra era un'autofficina e a destra un magazzino di forniture idrauliche. Questa era un'area industriale trafficata, e speravo che avremmo trovato un testimone oculare o due. Tornai davanti e attesi la squadra della scientifica.

2

«Buon compleanno, nocciolina. Non posso credere che tu abbia già quattro mesi.»

Presi Jessica dalle braccia di Mary Ann, baciandola su entrambe le guance. Era bellissima. Un vero angelo con i capelli biondi e le guance paffute. Sembrava una versione più chiara di mia moglie. Jessie si mise a piangere. La restituii a Mary Ann e si calmò immediatamente.

Allungai un dito, sperando che Jessie lo afferrasse. «Ma che cos'hai, una specie di magia?»

«È solo stanca. Stavo per metterla a nanna, ma ho sentito la porta del garage.»

Mi chinai e inspirai. I neonati avevano un odore tutto loro ed era inebriante. «Fai una bella nanna, papà. Ci vediamo più tardi, okay?»

«Devi smetterla con questa storia di "papà". Le confonderai le idee sul suo nome.»

«È ridicolo.»

«Lascia che la metta a letto mentre tu ti cambi.»

Dirigendomi in camera da letto, notai l'ora. Erano solo le 17:30. Non sapevo se fosse per Jessie o per la necessità di identificare il corpo prima di poter dare la caccia all'assassino, ma non mi sentii in colpa per aver lasciato il lavoro alle cinque.

Quel cadavere era il primo caso di omicidio da quando era nata Jessica. C'erano molte incognite nel nuovo caso e la principale era se sarei riuscito a mantenere un giusto equilibrio tra famiglia e lavoro.

Mary Ann entrò in punta di piedi nella stanza, con le spalle contratte fino alle orecchie. Perché la gente faceva così? Pensava davvero di essere più leggera tenendo le spalle alzate?

«Si è addormentata appena l'ho messa giù.»

«Sta covando qualcosa?»

«No. Non ha dormito molto questo pomeriggio. Avresti dovuto vederla. Farfugliava ogni volta che accendevo la giostrina.»

«Scommetto che parlerà presto. Ieri sera stava cercando di dire papà mentre tu eri sotto la doccia.»

«Continua a sognare, Frank.»

«No, giuro. Sembrava che stesse cercando di dire papà.»

«Forse perché continui a chiamarla papà.»

«Molto spiritosa. Accendo la griglia?»

«Ho tirato fuori dei gamberetti dal freezer. Scaldo la zuppa di ieri.»

Era la terza volta in una settimana che mangiavamo gamberetti. Volevo correre da Burger King a prendere un Whopper con patatine, ma Mary Ann stava cercando di tornare in forma e dovevo sostenerla. Uscii in veranda sapendo che avrei preso il mio hamburger a pranzo l'indomani.

Quando rientrai, Mary Ann aveva acceso la TV ma senza volume. Indicai una foto alla sinistra del mezzobusto.

«Chi è quell'uomo?»

«Non lo so. Perché?»

«Assomiglia al tizio che abbiamo trovato morto su J and C Boulevard stamattina.»

«Omicidio?»

«Senza dubbio. Sembrava un'esecuzione.» Afferrai il telecomando, alzando il volume.

«Frank!»

La foto dell'uomo scomparve, sostituita da una mappa meteorologica. Cominciai a fare zapping tra i canali, sperando di rivedere quello che poteva essere il volto della nostra vittima. Mary Ann mi prese il telecomando e spense la TV.

«Vuoi mangiare con Jessie in braccio? Perché io non la tengo.»

«Okay, okay.»

———

Jessie si era svegliata solo due volte durante la notte. Il mio accordo con Mary Ann era che lei si sarebbe alzata per prima e poi ci saremmo alternati. Era pazzesco, ma non mi era mai dispiaciuto alzarmi per lei. Era come se avessimo il nostro momento speciale insieme nel cuore della notte. Quella bambina era incredibile.

Il caffè che mi aveva portato Derrick era tiepido. Mi alzai per portarlo alla macchinetta quando squillò il telefono della scrivania.

«Detective Luca, omicidi.»

«Frank, sono il dottor Esposito.»

Era il patologo. «Come sta, dottore?»

«Sto per iniziare l'esame post-mortem. Sono quasi sicuro di sapere chi sia la vittima.»

«Davvero?»

«Sono quasi sicuro che sia Elby Salter.»

«Come si scrive?»

Annotai il nome e domandai: «Cosa glielo fa pensare?»

«Mio cognato aveva sponsorizzato un tavolo al Ritz per il Gala di Beneficenza per la Cura del Cancro un paio di mesi fa. Maggie e io siamo andati, ed Elby Salter era il presidente o il co-presidente dell'evento.»

Digitai Elby Salter nella barra di ricerca e andai ai risultati per immagini. Comparve una serie di foto di un uomo in smoking. Non assomigliava all'uomo che avevo visto in TV la sera prima.

«Quanto ne è sicuro?»

«Praticamente certo. L'ho visto un'altra volta, anni fa. I Salter sono una vecchia famiglia della Florida, molto ricca, ed Elby era sempre impegnato in qualche attività di beneficenza. Spero che non sia lui, ma...»

«D'accordo, allora. Contatteremo la famiglia. Vediamo se è stata denunciata la sua scomparsa. La terrò informato se scopriamo qualcosa. Nel frattempo, esegua l'autopsia e mi faccia sapere cosa trova. Sarebbe fantastico se trovasse qualcosa che ci aiutasse a risolvere il caso in fretta.»

Passando il nome a Derrick, dissi: «Contatta la famiglia. Scopri se Elby Salter è scomparso. Esposito pensa che potrebbe essere lui. Vado a scaldarmi il caffè.»

Mentre camminavo lungo il corridoio, ebbi la sensazione che fosse lui. Se così fosse, sapevamo chi era la vittima. Ora dovevamo scoprire perché gli avevano sparato e chi fosse stato.

3

Derrick mi raggiunse nel corridoio. «Pare che Elby Salter sia scomparso. Sua moglie ha detto che non lo vede da due giorni.»

«Ha sporto denuncia di scomparsa?»

Scosse la testa. «Ha detto che sapeva che non si può sporgere denuncia prima che siano passati quattro giorni.»

«Cosa? Questo non ha mai fermato nessuno.»

«Ha detto di aver pensato che fosse con la sua amante.»

«Per due notti? Certo che è un matrimonio coi fiocchi.»

«Sono ricchi. Forse lei resta per i soldi.»

«O ha un amante anche lei.»

«Lo chiamano matrimonio aperto.»

«Io la chiamo pazzia. Le hai detto che avevamo bisogno che venisse a vedere il corpo per vedere se è lui?»

«Sì, ha detto che sarebbe passata dal medico legale tra un'oretta.»

«Non dirmi che ha detto proprio "fare un salto"?»

«Testuali parole.»

«Chiama Esposito; digli che sta arrivando. Non voglio che inizi a fare a fette questo tizio prima che arrivi la moglie.»

«Me ne occupo subito.»

«Come si chiama la moglie?»

«Annabelle.»

«Annabelle. Un bel nome. Era uno dei nomi che piace-vano a Mary Ann. Ora non riesco a immaginare Jessie con il nome Annabelle.»

«Hai fatto la scelta giusta. Preferisco Jessica.»

«Andrò giù all'obitorio, ne parlerò con Esposito mentre aspetto che si faccia viva. Dovrebbe avere per noi l'ora del decesso.»

———

PRESI IL MAGLIONE CHE TENEVO NEL BAGAGLIAIO E MI abbottonai il blazer prima di entrare nell'edificio basso che ospitava il medico legale di Collier. Faceva ancora freddo. Il dottor Esposito era nel suo ufficio. Con le mani ficcate in tasca, mi diressi lungo un corridoio senza finestre verso l'ufficio del patologo.

Una tazza da caffè con su scritto *I Medici Legali lo Fanno col Bisturi*, se ne stava sull'angolo della scrivania del dottore. Esposito indossava delle cuffie e picchiettava su una tastiera. Sollevò la testa, alzando un dito. Digitò ancora un paio di parole prima di togliersi le cuffie.

«Come stai, Frank?»

«Tutto bene.»

«Come sta la nuova arrivata?»

Io sorrisi. «Incredibilmente bella, se posso dirlo.»

«È un dono di Dio.»

Tirai fuori il telefono. «Eccola qui.»

«È proprio adorabile, Frank. Ci vedo molto di te in lei, una certa somiglianza con George Clooney. Goditela finché dura.»

Finché dura? «Ce la stiamo godendo.»

«Derrick ha detto che Elby Salter non si vedeva da un po' e che sua moglie sta venendo qui. Pare che tu abbia avuto ragione.»

«È un vero peccato. Ha solo cinquantatré anni.»

«Dottore, hai l'ora del decesso per me?»

«Tra l'una e le due del mattino del venti febbraio.»

«Okay. È ovvio, ma devo chiederlo: causa della morte?»

«Ferita da arma da fuoco alla nuca. Direi una .357 o forse una .44, ma non estrarrò il proiettile finché il parente più prossimo non confermerà l'identità.»

«So che non hai iniziato, ma c'è qualcosa che puoi dirmi?»

«Un esame esterno non ha indicato nulla di straordinario. Una cicatrice addominale che sembra dovuta a un'operazione per un'ernia e una sul ginocchio, probabilmente il risultato di un intervento di ricostruzione del legamento crociato anteriore.»

«Nessun livido? Sulla testa o sul corpo?»

«Nessuno.»

La vittima era stata sorpresa dai suoi aggressori oppure li conosceva. Non aveva opposto resistenza né c'era stato bisogno di metterla a tacere. Qualcuno avrebbe potuto avvicinarsi da dietro, puntargli la canna della pistola alla schiena e costringerlo a salire su un'auto o un furgone, dove era stato legato.

«Ti sarei grato se facessi un esame del sangue completo. Se si tratta di Elby Salter, aveva soldi, e chissà quali sostanze potrebbe aver assunto.»

«È improbabile che abbia assunto sostanze illegali.»

«Cosa te lo fa dire?»

«Primo, sembra essere in ottima salute e, secondo, non è il tipo da dare spettacolo in pubblico. Sono una famiglia riservata, a basso profilo.»

Non volevo insultare il dottore mettendo in discussione la

sua ingenuità. «Vediamo cosa ci diranno gli esami del sangue, se ci diranno qualcosa.»

Squillò il telefono di Esposito. La signora Annabelle Salter era arrivata. Non le avevo parlato e non sapevo nulla di quella donna, ma ciò non mi aveva impedito di formarmi una sua immagine mentale.

———

C'ERANO DUE DONNE NELL'ATRIO. IL PRIMO PENSIERO che mi balenò in testa fu *La fabbrica delle mogli*. Non avevo mai visto il film e non sapevo nemmeno di cosa parlasse. Mi avvicinai alle donne sperando di ricordarmi di informarmi su quel film. Le donne avevano visi e corporature simili. Sembravano imparentate ed erano vestite con uno stile sobrio, entrambe con pantaloni scuri, una con una giacca corta sopra una camicetta bianca, l'altra con una camicetta color crema a maniche lunghe. Avevano gli stessi capelli color miele e indossavano décolleté di pelle con tacco basso.

«Buongiorno, signore. Sono il detective Frank Luca.»

La donna con la giacca si fece avanti, porgendomi la mano. «Annabelle Salter. Piacere di conoscerla. Questa è mia sorella, Savannah.»

Notai un tremito nella sua mano prima di stringerla. «Vorrei che fosse in circostanze diverse, signora.»

Annabelle fece un breve cenno col capo. «Andiamo?»

Non avevano idea di dove stessero andando, ma mi sentii dire: «Dopo di voi.» Mi feci da parte, poi aggiunsi: «È la terza porta a destra.»

Savannah afferrò la mano di sua sorella mentre si fermavano davanti a una porta con la scritta *Privato*. Passando loro davanti, chiesi: «Pronte?»

Annabelle si morse il labbro inferiore e annuì. Spalancai

la porta su una piccola stanza. Una finestra traslucida dominava la parete sinistra. Un paio di divani erano allineati lungo la parete opposta.

Chiusi la porta alle loro spalle e mi spostai a lato della finestra. Posai la mano su un interruttore a muro. «Pronta?»

Annabelle fece un respiro profondo. «Okay.»

Azionai l'interruttore e la finestra si schiarì. Un lenzuolo copriva il corpo sulla barella. Il dottor Esposito era in piedi all'altezza delle spalle del cadavere e mi guardava dritto negli occhi. Annuii e lui tirò indietro il lenzuolo, rivelando la testa.

Un sussulto, poi: «Oh mio Dio, Elby.» Annabelle scoppiò a piangere e sua sorella la allontanò dalla finestra mentre Esposito copriva il volto di Elby Salter.

«Vuole sedersi?»

Lei scosse la testa.

«È suo marito, Elby Salter?»

Con le labbra tremanti: «Sì.»

«Perché non porta sua sorella a casa? Parleremo più tardi, se se la sente.»

Derrick disse: «Com'è andata?»

«Diciamo solo che è la parte più merdosa del lavoro, ma sappiamo per certo che è Elby Salter.»

«Senti, è arrivata una chiamata. Un tizio che portava a spasso il cane su J & C quella notte pensa di aver visto qualcosa.»

«Così si ragiona. Che ha detto?»

«Il suo cane stava facendo i suoi bisogni proprio vicino a Stone Heaven e lui ha visto un Explorer bianco entrare nel vialetto.»

«Ha visto qualcuno?»

«Sì. Lo faccio venire qui per lavorare con un ritrattista.»

«Magari siamo fortunati.»

4

Appesi la giacca e, allentandomi la cravatta, dissi: «Derrick, dobbiamo sapere il più possibile su Elby Salter. Voglio sapere ogni cosa che ha fatto nelle ultime quarantotto ore prima di essere ucciso. Con chi era, dov'era. Controlla le sue carte di credito, i tabulati telefonici, tutto quanto».

«Me ne sto occupando. Dopo la tua telefonata, ho fatto una ricerca su Internet. La famiglia Salter ha radici in Florida che risalgono a quando la Florida è diventata uno stato. Non so se sia una cazzata o no, ma sapevi che la Florida aveva una sua valuta prima di diventare uno stato?»

«Nessuna idea. Cos'altro hai scoperto?»

«Non c'è molto in giro. È il figlio di Delilah e Prescott Salter. Ho trovato un necrologio per la madre ma niente sul vecchio. Avevano un altro figlio, Chadwick, e lui ed Elby controllavano una società chiamata Southern Motor Works. Questa possiede un sacco di concessionarie d'auto in tutto lo stato. Si accennava a un paio di sviluppi immobiliari di cui faceva parte, a qualcosa su un suo tentativo di far trasferire i Red Sox a Naples e a un mucchio di roba di beneficenza».

«Da dove operano?»

«Non lo so. Non ricordo nulla su una sede centrale o altro».

Andai alla lavagna, presi un pennarello arancione e scrissi *Elby,* e lo cerchiai. Tracciai una linea a sinistra e scrissi *Annabelle/moglie.* A destra, *Chadwick/fratello.* Sotto, *affari.*

«Metti qui le foto di tutti e tre. È da lì che cominceremo. La prima è la moglie. Tu mettiti al lavoro con carte di credito e tabulati telefonici. Io cercherò qualche informazione su Annabelle prima di andarla a trovare. A proposito, hai detto che sembrava indifferente alla sua scomparsa quando l'hai chiamata, giusto?»

«Sì. Ero rimasto un po' scioccato».

«Oggi ha recitato la sua parte quasi alla perfezione».

«Cosa vuoi dire? Pensi che stesse fingendo?»

«Non so cosa voglio dire, solo che era riservata, appropriata».

«Stare in un obitorio può farti questo effetto».

«Già. Al lavoro».

Consultai il certificato di matrimonio di Annabelle ed Elby Salter. Si erano sposati ventitré anni prima, quando Elby aveva trent'anni e la sua nuova moglie venticinque. Il cognome da nubile di Annabelle era Baker. Annotai le informazioni sulla richiesta, compresa la sua residenza dell'epoca.

L'indirizzo indicato risultava intestato a Thomas e Mavis Baker. Dovevano essere i suoi genitori. Andai su Google Earth. Apparve un'immensa proprietà con diversi edifici. Un patrimonio aveva sposato un altro patrimonio.

La casa dei Salter si trovava sulla lussuosa Gordon Drive. Io lo chiamavo il viale dei milionari. Girava voce che a Naples e dintorni vivessero più amministratori delegati di aziende Fortune 500 che in qualsiasi altro posto del paese. Considerando New York, Greenwich, San Francisco e altre enclavi facoltose, non ne ero sicuro, ma se fosse stato vero, era probabile che vivessero su Gordon Drive.

Superando una villa mastodontica dopo l'altra, rallentai man mano che i numeri civici si avvicinavano alla mia destinazione. Aspettandomi un ingresso sfarzoso, ricontrollai l'indirizzo del vialetto senza cancello che era il mio obiettivo.

Una cinquantina di metri più avanti, il vialetto di ghiaia terminava a T. Guardai dritto davanti a me, strizzando gli occhi mentre il Golfo del Messico rifletteva il sole. Il vialetto a sinistra portava a una grande villa in stile georgiano coloniale. Notai una targa circolare corrosa dal tempo con una freccia che puntava a sinistra. Diceva *Elby e Annabelle*. Cercai un'indicazione su dove portasse il vialetto di destra, ma non riuscii a trovare nulla. C'era una casa in quella direzione, ma era nascosta da un gruppo di palme a ventaglio.

Mi diressi verso la magione gialla, chiedendomi quanto sarebbe stato bello sedersi su uno di quei portici, con un bicchiere di vino in mano, a fissare il Golfo. La casa a due piani aveva portici su entrambi i livelli che circondavano l'edificio, con colonne rotonde che sostenevano l'ampia copertura. Il mio primo pensiero fu il film *Via col vento*. Non avrei saputo dire perché, dato che non avevo visto neanche quel film.

Sebbene il giardino fosse minimale, c'era molto da osservare. Di fronte alla casa c'era una fontana a forma di delfino, circondata da un'aiuola di fiori viola. Due abbaini sulla falda del tetto della casa sembravano un paio di occhi di rana. Un campo da tennis si trovava a destra e una zona piscina a sinistra.

Anche se la casa e l'ambiente erano straordinari, c'era una

sorta di normalità nella proprietà. Non si poteva dire che non fosse curata, lo era, ma non al livello impeccabile delle case sulla spiaggia lungo Gordon Drive.

Mentre mi rendevo conto che la casa era sobria, come la donna che avevo incontrato oggi, la porta d'ingresso si aprì. La cognata del morto, Savannah, salutò con la mano.

«Come sta sua sorella?»

«Sta bene. Immagino...»

«So che può sembrare sconsiderato, ma è meglio che parli con lei il prima possibile».

«Annabelle sa che la polizia ha bisogno di parlarle. È sul retro, in veranda».

Veranda? Era un portico. Un portico dannatamente bello, ma pur sempre un portico. Fui deluso che mi avesse fatto fare il giro del portico invece di attraversare la casa. Non si sa mai cosa si può scoprire vedendo l'interno della casa di una vittima. Ma, in verità, la ragione della mia contrarietà era non avere l'occasione di vedere com'era il posto.

Passammo accanto a diversi comodi salottini mentre ci dirigevamo verso il retro. Ventilatori a soffitto giravano sopra le nostre teste ogni sei metri. La casa era quasi tanto profonda quanto larga. La vista sul Golfo si allargava a ogni passo. A pochi passi dal retro, vidi Annabelle. Indossava un vestito a fiori che si intonava con l'ambiente ma che era fuori luogo, date le circostanze.

Si alzò per salutarmi. Aveva gli occhi rossi.

«Benvenuto nella nostra casa, detective».

«Apprezzo la sua disponibilità a parlare così presto dopo il...»

«Posso offrirle un bicchiere di limonata?»

«Sarebbe piacevole».

Savannah scomparve in casa e Annabelle disse: «Prego. Si accomodi».

I suoi denti erano bianchi ma non erano faccette. Indossava orecchini di perle ma nessun altro gioiello, a parte una semplice fede nuziale. Non ricordavo se la portasse anche stamattina. C'era qualcosa in quella donna. Potevo sentire la sua attrazione.

«So che questo è difficile per lei, ma trovare la persona che ha fatto questo sarà tanto più facile quanto prima iniziamo».

«Battere il ferro finché è caldo, immagino».

Savannah apparve dal nulla con un bicchiere di limonata su un vassoio.

«Grazie». Presi il bicchiere ghiacciato. Sorseggiando, vidi Savannah rientrare in casa. Non voleva averci niente a che fare. O era rispetto per la privacy di sua sorella?

Posai il bicchiere. «Mi parli di suo marito, Elby».

«Beh, non c'è molto da dire. Ci siamo conosciuti al matrimonio di mia cugina Magnolia e ci siamo sposati un anno dopo».

«Figli?»

«No. Temo di no».

Volevo dirle che non sapeva cosa si perdeva, ma per me era ancora troppo presto. «Che lavoro faceva suo marito?»

«La famiglia Salter ha vari interessi commerciali».

«So che era coinvolto in concessionarie automobilistiche. Cos'altro?»

«Immobiliare, agricoltura, manifatturiero, praticamente qualsiasi cosa si possa immaginare».

Che segnalasse qualcosa di illecito? Allungai la mano verso il bicchiere. Era bagnato di condensa. Se si cercasse la parola "rinfrescante" nel dizionario, ci potrebbe essere una foto della mia limonata.

«Gestiva attivamente qualche attività in particolare?»

«Non la definirei gestione di un'attività, piuttosto una supervisione strategica. Elby si concentrava sulla pianificazione a lungo termine. Non avrebbe mai saltato le sue riunioni strategiche mensili, qualunque cosa stesse succedendo».

«Quali interessi o hobby aveva suo marito?»

«Oltre a presiedere diverse opere di beneficenza, Elby aveva una dipendenza dal baseball, in particolare per i Boston Red Sox».

«Era di Boston?»

«Santo cielo, no. Era nato e cresciuto proprio qui. In questa stessa proprietà».

«Oh. E allora, perché i Boston Red Sox?»

«Non ne sono sicura. Potrebbe essere perché la famiglia aveva una casa a Martha's Vineyard, ma probabilmente aveva a che fare con le origini della Rivoluzione Americana».

Volevo chiedere se fosse uno di quegli uomini che si travestivano e rievocavano scene della lotta per l'indipendenza, ma non lo feci.

«Mi parli di eventuali nemici che Elby potesse avere».

«Nemici? Stiamo parlando di Elby. Tutti amavano Elby».

«Nessun problema con i soci in affari?»

«Elby non discuteva mai di affari con me. Era una regola della famiglia Salter. Gli affari erano un argomento di famiglia. Se non eri nato Salter, non eri di famiglia, anche quando entravi a farne parte con il matrimonio».

Suonava strano, ma potevo immaginare che i ricchi fossero sensibili riguardo agli estranei.

«Quando il mio collega l'ha chiamata stamattina, credo che lei abbia fatto un riferimento alla possibilità che suo marito fosse con un'altra donna».

«Gli uomini di casa Salter hanno una storia di avventure, a prescindere dal loro stato civile».

«C'è stata una donna in particolare con cui ha passato del tempo di recente?»

«Dovrebbe chiederlo a suo fratello».

«Chadwick?»

«Sì».

Se era abbastanza turbata da uccidere il marito per le sue scappatelle, non lo dava a vedere. Doveva essere una cosa che andava avanti da anni. Questo lasciava il denaro come possibile motivazione perché Annabelle facesse uccidere suo marito. Non sembrava probabile, visto che i suoi genitori parevano benestanti, ma non potevo escluderlo.

Più e più volte, due costanti in un omicidio erano che l'assassino era solitamente vicino alla vittima e che la motivazione era l'avidità. Volevo chiederle di un accordo prematrimoniale, ma non riuscivo a immaginare una famiglia come i Salter che non ne avesse preteso uno. Era una domanda a cui il fratello avrebbe saputo rispondere.

«Conosce gli spostamenti di suo marito il giorno in cui è stato assassinato?»

Il suo labbro tremò. «È sembrato un giorno normale. Abbiamo fatto colazione qui fuori e lui è uscito».

«Per lavoro?»

«Così ho presunto».

«Com'era vestito?»

«Camicia elegante e pantaloni, ma senza cravatta».

«Di solito portava la cravatta?»

«No, detestava portare la cravatta».

«Quando si aspettava che rientrasse a casa?»

«Ha detto che aveva una cena di lavoro a Fort Myers».

«Era insolito?»

«No. Ma francamente, avrebbe potuto essere una copertura per un rendez-vous con un'amica».

«Potremmo aver bisogno della sua assistenza per ottenere l'accesso ai suoi tabulati telefonici. Potrebbero fornire informazioni cruciali. Sarebbe disposta ad aiutarci se ne avessimo bisogno?»

«Sì. Certo».

Feci qualche altra domanda marginale, finii la mia limo-nata e diedi un'altra occhiata al Golfo prima di andarmene. Dopo aver scoperto di più su Elby Salter, sarei tornato con altre domande per Annabelle.

5

JESSICA DORMIVA PROFONDAMENTE NELLA SUA CULLA. Mary Ann le diede un'ultima occhiata e si infilò a letto. Uscendo dal bagno, regolai il termostato.

«Hai abbassato l'aria?»

«Sì.»

«Non voglio che faccia troppo freddo per lei.»

«L'ho impostato a settantaquattro.»

«Bene. Dovrebbe stare bene.»

Saltai nel letto, recuperando il telecomando dal comodino. «Fa caldo. Ho messo il ventilatore al minimo.»

«Okay.» Mary Ann si girò su un fianco e mi baciò sulla guancia. «Ti amo. Buonanotte.»

«Sai, dovremmo fare testamento.»

«Testamento?»

«Sì, ora abbiamo Jessie...»

«Sei preoccupato perché hai avuto il cancro?»

Anche se lo ero, dissi: «Non è solo per quello. Potrebbe succedere qualcosa a entrambi, e allora? Chi si prenderebbe cura di Jessica? Con chi vivrebbe?»

Mary Ann si puntellò su un gomito. «Va tutto bene, Frank?»

Lo speravo, ma ero pieno di dubbi. «Calmati. Sto parlando di Jessica. Abbiamo la responsabilità di provvedere a lei. Sinceramente, siamo stati degli irresponsabili. I casini spuntano fuori dal nulla, e non voglio una persona qualunque come suo tutore.»

«Hai ragione. È una cosa su cui riflettere a lungo. Dio non voglia che si arrivi a tanto. Non saprei con chi vorrei che vivesse. Non riesco nemmeno a pensarci.»

«Dobbiamo.»

«A chi stavi pensando?»

«Non lo so. Le uniche persone che mi vengono in mente adesso sono Derrick e i Blazer.»

«Derrick non è nemmeno sposato. Jeanie e Paul hanno Brian, e sono dei genitori meravigliosi.»

«Non li conosciamo molto bene, Mary Ann. Io conosco Derrick: è il mio partner.»

Lei sorrise. «Hai davvero superato tutta la faccenda di Garrison, vero?»

«Quel ragazzo ha fatto un errore. È una brava persona, eticamente e moralmente. Penso che se ci succedesse qualcosa, si farebbe avanti e si prenderebbe cura di Jessie. Lo penso davvero.»

«Non è ancora sposato e non ha esperienza nel crescere un bambino.»

«Cosa? Non avevamo nessuna esperienza nemmeno noi, nessun neogenitore ce l'ha.»

«Lo so. Non è per quello, è che...»

«Ho capito. È perché è un uomo.»

Lei distolse lo sguardo. «No. No, non è vero.»

Era vero. «Tranquilla, Mary Ann. Capisco. Una madre è speciale. Non riusciresti a immaginare che un uomo faccia quello che fai tu. Hai ragione, ma Lynn sarà una brava madre, e sembra che a Jessie piaccia molto.»

«Mi piace, ma...»

«Questa è la cosa più importante che ci sia. Pensiamoci su e parliamone in settimana. Okay?»

«È una cosa spaventosa a cui pensare, ma grazie per aver sollevato l'argomento.»

Feci scendere le gambe dal letto. «Dormi bene.»

«Dove vai?»

Andai in punta di piedi fino alla culla e fissai la mia bambina prima di tornare a letto.

DERRICK MI POSÒ UN CAFFÈ SULLA SCRIVANIA. «Buongiorno, Frank.»

«Giorno.»

«C'è qualcosa che non va?»

Lo stavo fissando, domandandomi che tipo di genitore sarebbe stato. «No, no. Stavo solo pensando a Elby Salter.»

«Ho i tabulati telefonici.»

«Bene.» Portai il caffè alla bocca e mi fermai. Forse era il troppo caffè a darmi fastidio allo stomaco. Posai la tazza.

«Che succede? Ci ho messo solo un goccio di latte, come piace a te.»

«È da un po' che ho mal di stomaco.»

«Ti ho visto massaggiartelo ieri.»

«Non è niente, solo nervosismo o qualcosa del genere.»

«Dovresti farti controllare, Frank. Non puoi scherzare con queste cose, specialmente dopo quello che hai passato.»

Derrick teneva davvero a me. Era un altro motivo per cui pensavo si sarebbe preso cura di Jessie, se ce ne fosse stato bisogno.

«Lo so. Ho preso un appuntamento con il medico.»

«Bene.»

Avevo bisogno di una spinta, e un altro caffè non poteva farmi male, no? Presi un sorso di caffè e dissi: «Il caffè è perfetto, come al solito. Che abbiamo sui numeri di Salter?»

«Due chiamate in uscita a Chadwick Salter, due a una certa Cindy Baylor, una a Prescott Salter, che è suo padre, giusto?»

«Sì. E le chiamate in entrata?»

«In entrata c'era una chiamata da sua moglie, una da Chadwick e quattro da Cindy Baylor. Il giorno prima c'erano anche tre chiamate da una Marie Redoux e una da un certo Ronald Weaver. È lo stesso nome del tizio che giocava in prima base per Boston.»

«Potrebbe essere lui. Sua moglie ha detto che Elby era un grande appassionato di baseball e amava i Red Sox.»

«Molti giocatori, specialmente di Boston, vivono quaggiù, dato che si allenano a Fort Myers.»

«Già. I Sox e i Minnesota sono a Fort Myers, gli Orioles a Sarasota e gli Yankees a Tampa.»

«I Red Sox stanno costruendo un nuovo stadio a Collier. Una delle cose venute fuori cercando su Internet era un collegamento tra Salter e il trasferimento.»

«L'avevi detto. Mi ha ricordato di aver visto qualcosa in TV su un accordo per il terreno. Probabilmente ci vorranno due o tre anni per costruirlo, però.»

«Dovremmo andare a una partita prima che finisca il precampionato.»

«Sembra divertente, magari quando giocano contro gli Yankees.»

«Sarebbe fantastico, specialmente da quando Peters ha abbandonato la nave per andare agli Yankees.»

«Quanto gli danno, tipo venti milioni all'anno?»

«Già. Ventidue milioni. Sta diventando una follia. Immagino sia per questo che i Red Sox lo abbiano lasciato andare. Dopo, controllo chi gioca e dove.»

«Okay. Dobbiamo iniziare con gli interrogatori. Vorrei cominciare dal fratello, e scommetto che quella Cindy Baylor era la ragazza di Elby.»

«Probabile. Pensi che anche la moglie avesse una tresca?»

«Normalmente, direi che una donna come lei non lo farebbe. Ma non si sa mai. Potrebbe aver fatto qualcosa per vendetta.»

«E l'unica buona vendetta è quella che si spinge troppo oltre.»

«Ehi, questo è un mio detto.»

«Ed è un ottimo detto. È verissimo.»

«Devi darmi il merito se hai intenzione di usare i miei Luca-ismi.»

«Pura saggezza. Sto imparando ai piedi di un autentico maestro.»

Gli lanciai una palla di carta. «Mettiamoci al lavoro.»

«Cosa vuoi che faccia?»

«Vieni con me da Cindy Baylor. Vediamo se è la fidanzata e cosa ha da dire.»

«Pensavo volessi cominciare dal fratello.»

«Ho cambiato idea. Potremmo ottenere qualcosa da lei che ci faccia capire se il fratello sta mentendo o nascondendo qualcosa.»

Il dolore sordo alla pancia cominciò ad acuirsi. «Vado a fare una pisciata. Mentre sono via, rintracciala.»

6

Entrai in un bagno pubblico, in anticipo sulla tabella di marcia, battendo la mia sveglia per la pipì per la prima volta in un anno. Perché avevo questi problemi? Era per il fatto che avevo bellamente ignorato gli ordini del dottore di urinare ogni paio d'ore? Avevo creato io il casino che mi stava fermentando nell'intestino?

Ero un padre. Non potevo rischiare con la mia salute. Sembrava che fosse un problema serio. Forse la vescica che mi avevano ricostruito stava cedendo perché ne avevo abusato. Se non era ciò che iniziavo a temere e Dio stava suonando un campanello d'allarme, l'avrei ascoltato.

Accarezzandomi l'addome, cominciai a pensare che fosse stato un errore aspettare che Jessica compisse sei mesi per battezzarla. E se fosse successo qualcosa? A me, o Dio non voglia, al nostro piccolo angelo. Non credevo alla Chiesa quando diceva che i bambini non battezzati che morivano finivano nel limbo. Sembrava una cosa inventata e opportunistica, ma non volevo correre rischi.

Ne avrei parlato con Mary Ann più tardi per fissare una data non appena la Chiesa avesse dato la disponibilità. Ci sarebbero serviti un padrino e una madrina. La domanda era, di nuovo, chi?, pensai, mentre usciva un rivolo di urina.

Man mano che il flusso aumentava, il dolore alla pancia si dissipava. Ero sollevato che se ne stesse andando, ma temevo che confermasse che ci fosse qualcosa che non andava nel mio apparato. Presi in considerazione l'idea di chiamare il dottore per vedere se potevo anticipare l'appuntamento, mentre finivo di urinare.

Dopo essermi lavato le mani, mandai un messaggio a Mary Ann dicendole che dovevamo parlare più tardi del battesimo di Jessica.

Derrick era incollato allo schermo. Sperai che non stesse diventando dipendente da internet, come gran parte del paese.

«Sei pronto a partire?»

«È arrivato il referto dell'autopsia di Esposito.»

«Stampa una copia per il fascicolo del caso.»

«Le ho appena stampate. Sono sulla stampante.»

Presi una manciata di fogli caldi dalla stampante e cominciai a leggere mentre tornavo alla mia scrivania.

Il proiettile era un calibro .357 Magnum a punta cava, del tipo che si espande all'impatto per causare il massimo danno ai tessuti. Elby Salter non aveva avuto scampo. La scientifica non aveva trovato bossoli sulla scena. Chiunque fosse stato, o aveva raccolto il bossolo prima di andarsene o aveva usato un revolver. Ero sicuro che si trattasse di un revolver. Sembrava opera di un professionista, e chiunque avesse esperienza avrebbe voluto eliminare la possibilità che venisse stabilito un collegamento.

Furono rilevati residui di sparo alla base del cranio. La pistola era premuta contro il cranio al momento dello sparo. La traiettoria del proiettile era di quaranta gradi ed era conficcato nel giro precentrale del lobo frontale. La causa della morte era una massiccia emorragia.

Nessuna traccia di sostanze estranee, legali o illegali, fu trovata nell'organismo della vittima. Elby Salter non assumeva droghe e non era stato drogato dal suo assassino per sopraffarlo. Conosceva l'assassino, o fu da lui sorpreso e immobilizzato. Elby Salter aveva una minima traccia di alcol nel sangue che, secondo le stime di Esposito, era dovuta al consumo di meno di un bicchiere di una bevanda alcolica.

Oltre alla ferita da arma da fuoco, non c'erano altre abrasioni, lividi o lacerazioni sul corpo di Elby Salter. La sua salute era complessivamente buona, sebbene avesse un fegato leggermente ingrossato e lievi cicatrici sui polmoni.

Se non gli avessero sparato, Salter avrebbe avuto buone probabilità di arrivare ai novant'anni. Invece di giocare a pickleball e ricordare la vita fortunata che aveva condotto, la cremazione di Salter era prevista per l'indomani. Non c'era nulla nel referto che sollevasse obiezioni; dovevo restituire il corpo alla famiglia.

Fissai la foto di Elby Salter che Derrick aveva appeso alla lavagna. Come aveva fatto quest'uomo di ricca famiglia a essere freddato con un colpo alla nuca come uno spacciatore? Cos'era successo, Elby? In che casino ti eri cacciato?

«Derrick, non devi leggere tutti i riquadri.»

«Lo know. Lo stavo solo ripassando di nuovo, non volevo perdermi niente.»

Era scrupoloso. Una buona dote per un detective, e per un tutore. «L'autopsia non ci ha detto niente di più di quello che sapevamo già.»

«Aveva bevuto, o almeno mezzo bicchiere.»

«Vero. Sapere dove lo ha bevuto potrebbe aiutarci, ma credo si trattasse semplicemente di un bicchiere di vino a pranzo.»

«Potrebbe essere successo qualcosa a pranzo, oppure durante il pranzo ha ricevuto una telefonata che lo ha fatto alzare e andarsene. Forse è per questo che ha bevuto solo mezzo bicchiere o giù di lì.»

«È possibile, dato che il suo stomaco era vuoto, ma lo scopriremo. Se era a pranzo da qualche parte, dovrebbe essere abbastanza facile da accertare. Andiamo a trovare Cindy Baylor.»

La fidanzata di Elby Salter viveva in una delle villette unifamiliari che erano state costruite sul retro di Mercato. Ricordavo quando tirarono su le prime di quelle case bianche in stile Key West. Un cartello indicava prezzi a partire da un milione. Il cartello era stato modificato più volte e l'ultima volta che avevo controllato, i prezzi si attestavano a 1,8 milioni di dollari. Una cifra pazzesca per vivere accanto al parcheggio di un Whole Foods.

Passammo attraverso il cancello e Derrick disse: «Non è niente male qui.»

Forse era la sua gioventù a parlare. «Non fa per me. Una seccatura ogni volta per entrare e uscire da qui.»

«Non è così male. Puoi raggiungere a piedi tutti i posti di Mercato. Non ti serve nemmeno la macchina per fare la spesa.»

Accostai davanti alla casa di Cindy Baylor. Era situata in fondo al piccolo complesso residenziale e non aveva nessuno su un lato. Era una sistemazione più bella di quanto mi aspettassi, ma anche se avessi vinto alla lotteria, non avrebbe fatto per me.

Derrick suonò il campanello e la porta verde marino si aprì.

Come prevedibile, Cindy Baylor non assomigliava per niente ad Annabelle Salter. Indossava pantaloncini di jeans tagliati con uno strappo sfrangiato a metà coscia e una camicetta rossa di seta. Forse erano i suoi occhi iniettati di sangue, ma sembrava vulnerabile. La Baylor non era volgare. Aveva un innegabile magnetismo. Un'attrazione sessuale. Dieci anni prima, forse ci avrei provato.

Ci presentai e fui lieto che Derrick non le avesse teso la mano per stringergliela come avevo fatto io. Usava la testa per pensare, a differenza di molti uomini.

«Entrate pure.»

Ci fece accomodare in una zona con erba sintetica sul muro e sedie basse con braccioli e gambe cromate. Una ciotola blu e una rivista *Gulf Shore Life* erano appoggiate sul tavolino in lucite al centro dell'area salotto.

Mentre mi sedevo, dissi: «Siamo spiacenti per la sua perdita, ma abbiamo alcune domande da farle.»

«Capisco. Non riesco a credere che sia reale.»

Derrick disse: «Da quanto tempo frequentava Elby Salter?»

«Poco meno di quattro anni.»

«Le ha comprato lui questa casa?»

«Ehm, mi ha aiutato un po'; il mio accordo di divorzio era quasi sufficiente per permettermela.»

Dissi: «A quando risale il divorzio?»

«È stato finalizzato lo scorso febbraio.»

Derrick disse: «Quindi lei vedeva il signor Salter mentre era sposata?»

La Baylor strinse gli occhi ma non disse nulla.

Intervenni: «Il signor Salter le ha fatto due telefonate il giorno in cui è stato assassinato. Può dirci la natura di quelle chiamate?»

«Probabilmente sapete che io ed Elby parlavamo quasi

ogni giorno. Dovevamo vederci quella sera. Mi ha chiamato dopo la partita e mi ha detto che sarebbe andato a una riunione e mi avrebbe chiamato più tardi.»

Derrick chiese: «Partita?»

«Una partita di allenamento primaverile dei Red Sox. Lui e Ronnie andavano a quasi tutte le partite.»

Derrick domandò: «Ronnie chi?»

«Ron Weaver. Giocava per i Red Sox e ora è, tipo, il direttore generale. Lui ed Elby sono buoni amici.»

«Okay, continui pure.»

«Beh, mi ha chiamato di nuovo. Penso fossero circa le sei di sera. Ha detto che era bloccato e che mi avrebbe chiamato più tardi. Ma non l'ha mai fatto.»

«E lei lo ha chiamato quattro volte?»

«Cosa avrei dovuto fare? Ero preoccupata. Elby non era perfetto, ma se diceva che avrebbe fatto una cosa, la faceva.»

Dissi: «Non c'è niente di male nel chiamarlo.»

Mi arrivò un messaggio da Mary Ann. Jessica aveva la febbre e lei era nello studio del pediatra. Le risposi con un messaggio chiedendole quanto fosse alta la febbre.

Derrick disse: «Cosa sa di eventuali nemici che Elby Salter avesse?»

«Io, io non so nulla al riguardo. Era un uomo gentile. Voglio dire, era spesso testardo, ma penso che dipendesse dal modo in cui era cresciuto. Venendo da quella famiglia, Elby era abituato a ottenere quello che voleva.»

Il modo in cui disse *quella famiglia* meritava un approfondimento, ma il messaggio di Mary Ann diceva che Jessica aveva la febbre a 39,3. Dovevo filarmela da lì.

«Grazie per il suo tempo. Ci faremo sentire.»

Mi alzai e guardai Derrick, che era ancora seduto. «Dobbiamo tornare.»

Mentre ci dirigevamo verso la porta d'ingresso, dissi alla

Baylor: «È la prima volta che vengo da queste parti. Mi piace; è davvero bello. Da quanto tempo abita qui?»

«Sono stata una delle prime ad abitare qui; abito qui da circa tre anni.»

Aveva mentito su chi avesse pagato la casa. Se il divorzio era stato finalizzato tredici mesi prima, non avrebbe avuto i soldi per comprare la sua nuova abitazione. I soldi dovevano essere arrivati da qualche parte, e quale posto migliore del suo ricco fidanzato?

Forse era preoccupata di perdere la casa, o si trattava di qualcosa di più inquietante. Le bugie erano come zanzare: se ce n'era una, potevi star sicuro che ce ne fossero altre in arrivo.

7

PRIMA CHE CHIUDESSI LO SPORTELLO DEL CHEROKEE, Derrick disse: «Che è successo?»

«Jessie sta male. Ha la febbre alta. Mary Ann l'ha portata dal dottore.»

«Oh, no. Quanto alta?»

«Quasi centotre.»

«So che fa paura, ma ai bambini viene spesso la febbre alta. Ti ricordi di mio nipote, no? A lui è arrivata a centocinque un paio di volte.»

«Centotre è alta, amico.»

«Vuoi che ti lasci lì, così raggiungi Mary Ann dal dottore?»

«Sarebbe fantastico. È qui vicino, accanto al NCH su Immokalee.»

«Nessun problema. Che ne pensi della Baylor?»

«Ha mentito sul fatto di aver usato i soldi del divorzio per pagare gran parte della casa.»

«Verrebbe da pensare che provi un po' di vergogna ad andare in giro con un uomo sposato per quattro anni.»

Derrick stava scalando la classifica per diventare padrino.

«Non sto giustificando nessuno, ma per ballare il tango bisogna essere in due, e pare che a Elby piacesse ballare.»

«Dovremmo dare un'occhiata a suo marito. Potrebbe essere coinvolto.»

«Senza dubbio non va escluso dalla lista dei sospetti, ma perché aspettare tanto? La loro relazione durava da quattro anni.»

«Forse è successo qualcosa di recente che l'ha spinto al limite. Forse la realtà di perdere sua moglie si è fatta sentire. Inizia a bere, vede tutto nero.»

«Sembra la trama di una serie TV che ti stai inventando.»

«La vita reale è più strana delle porcherie che mandano in onda.»

«Senza dubbio. La rivedremo dopo aver parlato col fratello. Magari lui sa qualcosa sulla reazione del marito.»

Derrick si fermò davanti all'edificio dello studio medico. «In bocca al lupo, sono sicuro che starà bene.»

«Grazie.»

«Appena sai qualcosa, fammi sapere come sta, d'accordo?»

Mi precipitai oltre le porte a vetri dell'edificio e salii le scale a due gradini alla volta fino al terzo piano. Mary Ann stava uscendo dallo studio del dottor Amato.

«Come sta?»

«Infezione all'orecchio.»

Jessie dormiva. «È tutta rossa in viso.»

«Avresti dovuto vederla prima che il dottore le desse un po' di Tylenol per bambini. Il dottor Amato ha detto di tenerla d'occhio e di dargliene ancora se la febbre si rialza. Ha mandato la ricetta per l'amoxicillina alla CVS.»

«Portiamola a casa e io vado a prenderla.»

Mandai un SMS a Derrick per dirgli che Jessica stava meglio e di passarmi a prendere a casa mia.

Fissai l'indirizzo di Chadwick Salter. Sul serio? Cercai di capire perché Annabelle non mi avesse detto che viveva lì accanto, nella stessa proprietà. Era stata un'omissione intenzionale? O una semplice svista?

Al telefono, il fratello della vittima era stato cordiale, ma aveva voluto incontrarmi nel suo ufficio sulla Route 41. Due interrogatori ai Salter, e non sarei riuscito a dare nemmeno un'occhiata all'interno delle loro case. Era una cosa orchestrata? O erano così riservati?

L'ufficio di Chadwick si trovava al secondo piano di un edificio dipinto di azzurro e rosa. Era stato ritinteggiato di fresco e ben tenuto, ma datato. Probabilmente costruito negli anni Settanta. Cercai un ascensore o un atrio. Non ce n'erano. Delle scale portavano a corridoi che correvano lungo la parte anteriore e posteriore dell'edificio per accedere ai vari uffici. Quel posto poteva essere stato tirato su negli anni Cinquanta.

Camminando lungo il corridoio posteriore, scrutai il parcheggio. Nulla di costoso spiccava. L'insegna sulla porta della Suite 208 recitava: *Southern Enterprises*. Questo non era un basso profilo; rasentava l'invisibilità.

C'erano due file, quattro scrivanie ciascuna e un paio di uffici dietro di esse. Chadwick si trovava in quello senza finestra che offriva una vista sullo spazio piastrellato dell'ufficio. Si alzò mentre mi facevano entrare. Nel suo ufficio c'era un tappeto, ma non era né nuovo né pregiato. Una parete aveva diverse foto di Chadwick e dei suoi compagni di golf. Altre due foto ritraevano Elby e gli stessi uomini che pescavano da una grossa barca.

Chadwick Salter aveva quattro anni meno di suo fratello. Capelli color sabbia e occhi azzurri, Chadwick aveva una mascella quadrata. Era magro ma non smilzo. Aveva una piccola cicatrice sopra il sopracciglio destro.

«Le mie condoglianze per la perdita di suo fratello.»

La sua voce profonda mi colse di sorpresa.

«Grazie. Ha lasciato un vuoto enorme nel mio cuore e nella mia vita. Non credo che si colmerà mai.»

«Mi dispiace, dev'essere dura. Immagino foste molto legati.»

«Elby era mio fratello maggiore. Abbiamo avuto i nostri alti e bassi crescendo, ma è stato il mio protettore.»

Protettore? Da cosa?

«Solo voi due?»

Espirò. «Sì, solo io ed Elby.»

«So che è una magra consolazione, ma farò del mio meglio per trovare chi l'ha ucciso.»

Chadwick si toccò il mento in silenzio.

«Dal momento che eravate così uniti, forse ha un'idea su chi possa averlo fatto.»

«Non proprio.»

«Non proprio? Mi dica a cosa sta pensando.»

«No, non è niente.»

«Anche il più piccolo indizio è utile. Cosa voleva condividere?»

«Probabilmente non è nulla, ma a Elby, be', a lui piacevano le donne e ha avuto diverse amanti nel corso degli anni. Io non approvavo. Era sposato, dopotutto. Gli dicevo sempre che era pericoloso, specialmente con donne che erano sposate. E in più, ci sono tutte quelle malattie a trasmissione sessuale in giro. Non vuoi portarti quella roba a casa.»

«Lei è sposato?»

«Sì, da quindici anni.»

«Abbiamo già parlato con Cindy Baylor. C'era qualcun'altra che frequentava con cui dovremmo parlare?»

«Avete già parlato con Cindy?»

«Sì. Perché?»

«Beh, era sposata quando Elby ha iniziato a frequentarla. Posso dirle che suo marito non era per niente divertito dalla tresca.»

«C'era qualche indizio che volesse vendicarsi?»

«Non so nulla personalmente, ma Elby aveva accennato che era parecchio furioso.»

Mi chiesi come avrebbe definito le azioni di un assassino.

«Approfondiremo la questione. Lei ed Elby eravate soci in affari, corretto?»

«Fino a un certo punto.»

«Potrebbe spiegarsi meglio?»

«Siamo stati fortunati a far parte di una famiglia che ha fatto, e continua a fare, investimenti nello stato della Florida. Il veicolo d'investimento per la maggior parte del patrimonio familiare è costituito da trust.»

«Che tipo di investimenti?»

«Sono vari ma orientati a un bene superiore: contribuiscono a costruire uno stato con un'infrastruttura adeguata a sostenere imprese sostenibili e in crescita e opportunità ricreative per favorire una popolazione sana e felice.»

Non era in politica, ma avrebbe dovuto. «Questo è un obiettivo di ampio respiro.»

«Papà diceva sempre di sognare in grande, fissare obiettivi e poi agire.»

«Un consiglio solido. So che la famiglia possiede concessionarie d'auto in tutto lo stato, ma quali altre attività ci sono?»

«Siamo una famiglia riservata, detective Luca, e queste sono aziende private.»

«Sto cercando di capire se ci sia un legame tra eventuali interessi commerciali e la persona o le persone che hanno ucciso suo fratello.»

«E apprezzo i suoi sforzi in tal senso.»

«E per quanto riguarda le attività al di fuori del trust? Lei e suo fratello eravate soci anche in quelle?»

«No.»

«Okay. Aveva altri soci?»

«La famiglia aveva una regola e papà vi si atteneva. Il novanta per cento dei nostri investimenti era in famiglia. Tuttavia, voleva incoraggiare la creatività e l'assunzione di rischi permettendo a ciascuno di noi di agire da solo o con partner di nostra scelta. Ma la regola era un massimo del dieci per cento.»

Una regola? «Come veniva fatta rispettare questa regola?»

«Se proprio deve saperlo, è codificata nel trust.»

Un altro caso di qualcuno che controllava le cose dalla tomba. «Mi dica qualcosa sulle iniziative in solitaria di suo fratello. Che tipo di attività? E aveva dei soci?»

«Elby non era così disciplinato nei suoi affari personali come doveva essere con gli investimenti di famiglia.»

«Quindi commetteva errori negli affari?»

Annuì. «Era testardo. Ho provato a metterlo in guardia, ma diceva che avrebbe fatto di testa sua e che avrebbe investito in cosa e con chi voleva.»

«Questo turbava la sua famiglia?»

«Certo: non gli investimenti, ma a volte le persone che frequentava.»

«Sarebbero il tipo di persone che definiremmo gangster?»

Sbuffò. «Non sia ridicolo.»

«Allora a cosa si riferiva?»

«Preferirei non dirlo. In qualunque modo lo esprimessi, non suonerebbe bene.»

«Si tratterebbe di ceto? Persone di diverse classi sociali?»

Un accenno di sorriso affiorò. Avevo la mia risposta e non ne fui sorpreso.

«Ognuno deve pur venire da qualche parte. Ora, dovrò avere un quadro chiaro di quali fossero gli interessi commerciali di suo fratello e chi potessero essere i suoi soci.»

«Dovrò parlare con i nostri avvocati riguardo a ciò che deve essere divulgato.»

«Mi sembra giusto. Ma avrò bisogno di accedervi il più velocemente possibile.»

«Capisco. Non appena la famiglia si sarà consultata, riceverà una telefonata. Non dovrebbe passare più di un giorno.»

8

Sentendo un dolore alle viscere, posai la busta della spesa sul bancone.

«Dov'è?»

«Sta facendo un sonnellino.»

«Ha la febbre?»

Mary Ann mise il latte in frigo. «Te l'ho detto due ore fa, Frank, no.»

«Lo so, ma queste otiti possono tornare. Ti ho raccontato di tutti i problemi che ho avuto da piccolo.»

«Starà benissimo.»

«Spero non abbia ereditato qualunque gene difettoso che avevo io e che mi faceva venire un'infezione dopo l'altra. Ricordi? Ti ho detto che stava compromettendo il mio modo di parlare e che mia madre mi ha portato a una messa di guarigione.»

«Come potrei dimenticarlo? È stato un miracolo che quel prete ti abbia guarito.»

«Pensi che cose del genere si trasmettano?»

«Non lo so. Suppongo sia possibile, ma non c'è niente che possiamo fare.»

«Dobbiamo tenerla d'occhio. Misurarle la temperatura ogni giorno o qualcosa del genere.»

Posò il cavolfiore che teneva in mano. «Cosa succede, Frank?»

«Niente. Sono solo preoccupato per Jessie, tutto qui.»

«Ha avuto un'otite. Tutti i bambini del mondo l'hanno avuta.»

«Lo so, ma questa storia dei geni mi ha fatto pensare...»

«Al cancro? È di questo che ti preoccupi?»

«Sì. Ricordi Croce della Finanziaria? Sua moglie aveva il cancro ai polmoni, così come sua madre, sua nonna e sua sorella.»

«Credo che dipenda. So che hanno terapie geniche per curare certi tipi di cancro, ma non tutti si trasmettono ereditariamente. Se così fosse, te ne accorgeresti. Non credo proprio che dobbiamo preoccuparci che le venga il cancro alla vescica.»

«Forse dovremmo chiedere alla dottoressa. Vedere cosa dice.»

«Certo. Ci sono un sacco di test oggigiorno. Se pensa che Jessica debba essere sottoposta a un esame, lo faremo.»

«Questa è una buona idea.»

«Devo preparare la cena prima che si svegli, ma non abbiamo più parlato del suo battesimo.»

«È solo che penso che non dovremmo aspettare, tutto qui. Può succedere di tutto.»

«Stai diventando troppo apprensivo. Non succederà niente a Jessica.»

«Lo so, ma...»

«Se ti fa felice, domattina chiamo St. Agnes e vedo com'è il loro programma.»

«Bene, non credo sia un problema. Oggigiorno battezzano dieci bambini alla volta.»

«Spero non ce ne siano troppi quando lo faremo noi. Sembra meno speciale quando c'è una folla.»

«L'importante è farla battezzare.»

«Dobbiamo prendere una decisione sul padrino e la madrina. Ma non lo faccio adesso; dobbiamo mangiare prima che Jessica si alzi.»

Per me non era un problema. Volevo fare pipì. Il dolore che avevo sentito entrando si era notevolmente attenuato e speravo che urinando sarebbe sparito del tutto. Mancavano ancora due giorni alla visita medica.

———

INVECE DI ANDARE DA RON WEAVER, CHE ERA IN VIAGGIO in Arizona, andai a trovare l'ex marito di Cindy Baylor. Fred Baylor possedeva un'agenzia che si occupava di perizie per le assicurazioni auto. Si trovava in un edificio appena fuori dalla Fifth Avenue.

C'era una manciata di fumatori fuori dall'edificio che si godevano la propria dose di nicotina, ognuno di loro era incollato al telefono. Cosa spingeva la società a questa ricerca di risposte immediate a domande insignificanti?

C'erano una dozzina di scrivanie nell'area principale dell'ufficio, ognuna occupata da impiegati con le cuffie. Era un posto movimentato, che generava abbastanza soldi da pagare un sicario.

La targa sulla porta dell'ufficio di Fred Baylor recitava *Responsabile Periti Assicurativi*. Era un ufficio senza fronzoli con una scrivania di metallo e quadri economici, ma dalla finestra c'era una bella vista. Era al telefono, ma si alzò quando mi fecero entrare. Un metro e ottanta, muscoloso, con i capelli a spazzola: era stato nei Marine?

«Mi scusi, era uno dei nostri clienti migliori.»

«Nessun problema. Certo che qui siete molto impegnati.»

«In questa città i tamponamenti non mancano. Tra turisti che non sanno dove stanno andando, cellulari e un sacco di guidatori ottantenni, ci teniamo occupati.»

«Volevo chiederLe di Elby Salter.»

«Ho letto sul giornale cosa gli è successo.»

«La sua ex moglie e lui avevano una relazione. Cosa ne sa al riguardo?»

«Cosa vorrebbe insinuare? Certo che non ne ero felice, ma non sono andato a ucciderlo.»

«Lo ha mai minacciato?»

«No.»

«Abbiamo un testimone che ha detto che Lei ha minacciato Elby Salter, dicendogli di stare lontano da sua moglie, o se ne sarebbe pentito.»

«Senta, Lei è sposato?»

«Questo non ha niente a che vedere con il caso.»

«Già, be', provi a immaginare un riccone che arriva e Le porta via sua moglie. Cosa avrei dovuto fare, starmene lì seduto? Non sapevo cosa fare. Ho affrontato Cindy, ma non ha funzionato.»

«Quindi ha cercato di spaventare Salter con delle minacce?»

Fece spallucce. «Non sapevo cosa fare. Sapevo che in parte era colpa di Cindy, ma questo tizio aveva i soldi e glieli stava tirando dietro. Sa, le ha comprato quel locale, il Mercato.»

«Sappiamo di questa cosa. Ma non è un crimine.»

«Be', dovrebbe esserlo. Ha usato merdate del genere per rubarmi la moglie. È come offrire una caramella a un bambino per farlo salire in macchina con un pedofilo.»

Non lo era, ma discutere la questione era come cercare di spiegare l'America a un chierico islamico radicale.

«Se ha fatto altro per intimidire Elby Salter, me lo dica adesso. Lo scopriremo comunque, quindi tanto vale che me lo dica subito.»

Mi guardò dritto negli occhi e mantenne lo sguardo. «Volevo solo indietro mia moglie, tutto qui. Ho fatto qualche minaccia, ma non sono mai andato oltre, o cose del genere. Sa, Salter l'aveva già fatto. Ci sono un sacco di mariti incazzati con quel bastardo.»

Fred Baylor non era del tutto onesto. Avrei dovuto indagare ancora su di lui, ma non mi sembrava l'assassino.

DERRICK ERA INCOLLATO AL MONITOR. «COM'È ANDATA con l'ex marito della fidanzata?»

«Nasconde qualcosa. Ha ammesso di aver cercato di spaventare Salter, ma non credo sia il nostro uomo.»

«Perché dici così?»

«Per ora è solo una sensazione. Dovremo scavare più a fondo su di lui se non avremo altro.»

«Non abbiamo altro. Sto ripassando il rapporto della scientifica sulla scena del crimine.»

«Non dirmi che non c'è niente.»

«Zero assoluto. Due dei capelli trovati sul corpo di Salter non erano suoi, ma li hanno passati nel sistema del DNA e non ne è venuta fuori nessuna corrispondenza.»

«Maledizione. Hanno controllato nella banca dati nazionale?»

«Sì. Ma non si sa mai, con la velocità con cui vengono aggiunti i profili di DNA al sistema...»

«L'intero paese dovrebbe fare quello che la Florida ha iniziato a fare dal primo dell'anno.»

«Intendi la nuova legge che è entrata in vigore?»

«Esatto. Vieni arrestato, ti fanno il tampone per il DNA e finisce nella banca dati.»

«Non ho mai capito perché dovesse essere diverso dal farsi prendere le impronte digitali quando vieni arrestato.»

«Certe menate sulla privacy sono semplicemente stupide. Quando ti portiamo dentro, ti facciamo le foto segnaletiche, ti prendiamo le impronte digitali e creiamo un fascicolo su tutto. Anni fa, le foto venivano scattate per identificare le persone. Man mano che la metodologia migliorava, abbiamo iniziato a prendere le impronte. La raccolta del DNA è solo una naturale evoluzione.»

«Ci sono un paio di stati che l'hanno fatto prima della Florida. Scommetto che tra un paio d'anni lo faranno tutti.»

«Forse allora finalmente ne avremo uno facile da risolvere.»

«Sarebbe bello avere un sistema automatizzato per il DNA nei casi irrisolti da confrontare con i nuovi campioni che arrivano.»

«Sarò in pensione da un pezzo per allora, se mai ci arriveremo.»

«Per quanto ancora pensi di fare questo lavoro?»

«Una volta dicevo finché non ci restavo secco. Dare la caccia agli assassini è ciò che mi fa andare avanti, ma devo dire che, essendo padre e tutto il resto, devo assicurarmi di esserci per Jessie. Un altro paio di pazzi come Dwyer che mi danno la caccia, e comincerò a ripensarci. Lo devo alla mia famiglia.»

9

CHADWICK FU DI PAROLA. AVEVAMO UN APPUNTAMENTO con un avvocato che rappresentava la famiglia. Sfortunatamente, si trattava di un legale che rappresentava molti dei super-ricchi. Non che Peter Gerey fosse un poco di buono; il fatto era che era bravo a proteggere i suoi clienti. Per lui, la privacy era più sacra della vita stessa.

Rappresentò i Boggs, una delle famiglie più ricche di Naples, in un caso a cui lavorai due anni prima. Non violò mai alcun protocollo, ma non offrì mai nulla. Schermava i Boggs così bene che mi feci un'immagine mentale di lui come una versione legale di Superman: petto in fuori, mani sui fianchi, con i clienti dietro un muro impenetrabile. Sarebbe stato un buon tutore per Jessica.

La White, Gerey and Blackburn occupava un edificio a due piani di stucco bianco appena a nord di Golden Gate. Nascosto nell'angolo di un piccolo parcheggio che serviva altri due edifici, ci voleva un microscopio per vedere la loro insegna. Un paio di Mercedes di ultimo modello incorniciavano l'unica porta dei loro uffici.

Derrick disse: «Avevi ragione, questo posto è quasi invisibile. La maggior parte degli avvocati di alto profilo che ho incontrato ha uffici sfarzosi».

«È proprio questo il punto. La maggior parte dei clienti di Gerey vuole mantenere un basso profilo».

Premei il pulsante del citofono e ci fecero entrare.

Quando entrammo, Gerey era seduto in un angolo lontano, intento a firmare dei documenti a un tavolo rotondo. Appose un altro paio di firme prima di alzarsi per salutarci, allontanando con un gesto una segretaria che si era avviata verso di noi. Era invecchiato notevolmente negli ultimi due anni. Si era ammalato o era la pressione di salvaguardare i suoi clienti ad aver preteso il suo tributo? Ci stringemmo la mano.

«È un piacere rivederLa, Detective Luca».

«Anche per me, avvocato. Lui è il mio partner, il Detective Derrick Dickson».

«Piacere di conoscerLa».

«Altrettanto».

«Ho sentito che ha sposato la sua ex partner e che ora avete un figlio. È corretto?»

«Sì. Si è interessato alla mia vita privata, avvocato?»

«No. È solo venuto fuori mentre raccoglievamo i dati che ha richiesto. Come si sta godendo la paternità?»

«È fantastico».

«Eccellente. Spostiamoci nel mio ufficio».

L'ufficio di Gerey era rivestito di un legno scuro che sembrava noce. Pesanti tende oscuravano la maggior parte della luce. Gerey scivolò dietro una scrivania di grandi dimensioni e io e Derrick prendemmo posto su due poltrone a orecchioni in pelle.

«Gradite qualcosa da bere, signori?»

Declinammo.

«Comprendo il vostro interesse per le partecipazioni commerciali del defunto Elby Salter. Si tratta di aziende private e le loro attività non sono correlate alla morte del signor Salter».

«Questo non possiamo saperlo. Stiamo conducendo un'indagine sul suo omicidio e i suoi interessi commerciali potrebbero avere, o non avere, nulla a che fare con esso».

«Le partecipazioni sono vaste e, nella remota possibilità che ci sia un nesso, riguarderebbe puramente una singola entità. Non possiamo permettere che una miriade di attività vengano interrotte o che delle reputazioni vengano infangate dalla vostra indagine».

Derrick disse: «Signor Gerey, ha il nostro impegno che saremo discreti nel verificare la possibilità che l'omicidio del signor Salter sia legato agli affari».

«Sebbene la Sua assicurazione personale sia gradita e apprezzata, ho consigliato alla famiglia un approccio ragionevole. Siamo fermi nella nostra convinzione che la via più sensata sia quella di limitare. Rilasceremo le informazioni in modo incrementale. Ciò garantirà che la privacy della famiglia venga compromessa in modo controllato.»

Dissi: «Avvocato, stiamo indagando su un omicidio, la morte di un membro della famiglia Salter. Non abbiamo intenzione di scatenarci, ma non ci lasceremo ostacolare quando crederemo di avere una pista da seguire.»

«Detective Luca, si rassicuri che l'interesse primario della famiglia è la propria sicurezza. Vogliono che l'autore di questo crimine efferato sia assicurato alla giustizia e coopereranno, in modo controllato e ragionevole, per raggiungere tale obiettivo.»

«Questo è un bene, avvocato, ma non possiamo accettare di ricevere informazioni col contagocce. Ostacolerà la nostra indagine.»

«Sono disposto ad assistervi, ma dovete capire che ho le mani legate.»

Derrick mi mise una mano sul braccio. Sapeva che stavo per dirgli che avrei aggirato il suo ostruzionismo del cazzo. Derrick disse: «Comprendiamo le Sue preoccupazioni, signor Gerey. Rilasci le informazioni che ritiene opportune e noi andremo per la nostra strada.»

Il viso di Gerey si rilassò, per poi irrigidirsi rapidamente. Era abituato a vincere, ma non così in fretta. Fece una pausa prima di aprire un cassetto e tirarne fuori una cartella.

«Ho preparato un elenco delle partecipazioni, limitato alle entità che non hanno membri della famiglia come soci.» Fece scivolare la cartella sulla scrivania. «Nello spirito di collaborazione, mi sono preso la libertà di includere anche un paio di iniziative che sono fallite.»

Dopotutto, la famiglia Salter non aveva il tocco di Mida. Aprii la cartella. Conteneva un solo foglio di carta. C'erano dieci aziende elencate. Gerey considerava questo un elenco limitato? Quante aziende c'erano?

I miei occhi scivolarono sulle ultime tre. Erano annotate con *Attività cessata*. L'ultima, la Power Supplements Ltd., aveva chiuso appena un mese prima. Un nome che mi era vagamente familiare era elencato come socio. Sembrava che avessimo qualcosa su cui lavorare.

Saltammo sulla Cherokee e dissi: «Ti sei comportato da professionista. Questi avvocati sanno essere così maledettamente presuntuosi.»

Derrick si immise sulla Route 41. «Ho solo pensato che qualunque cosa ci avesse dato sarebbe stata un punto di partenza.»

«Hai ragione. Gerey proteggerà i suoi clienti, ma non credo che nasconderebbe qualcosa legato a un omicidio, a meno che non c'entrasse la famiglia.»

«Non ce li vedo.»

«A questo punto neanch'io, ma non c'è bisogno che ti

ricordi che quando i leoni devono, mangiano i loro stessi cuccioli.»

«Pensavo fosse un mito.»

«Nient'affatto. Quando il cibo scarseggia, un leone mangia i suoi cuccioli per sopravvivere. Gli umani non lo fanno per il cibo, salvo rarissime eccezioni; lo fanno per proteggersi, per mantenere un segreto, segreto. Ma basta con questo argomento. C'è un'azienda qui che ha chiuso un mese fa. Il socio è Robert Freidman. Mi dice qualcosa, ma non riesco a inquadrarlo.»

«Non è quel tizio che faceva quelle televendite?»

«Merda, hai ragione. C'erano un sacco di accuse secondo cui non spedivano gli stessi prodotti che pubblicizzavano, giusto?»

«Non mi ricordo esattamente, ma a me sembrava un ciarlatano.»

«Forse, dopotutto, Gerey non ci stava facendo ostruzionismo. Doveva esserci un motivo per cui ha messo nell'elenco aziende che sono chiuse. Forse sta cercando di mandare un segnale.»

10

FRIEDMAN ERA UN MEMBRO DEL QUAIL CREEK COUNTRY Club e volle incontrarmi lì. Rimasi sorpreso da quanto fosse affollato il circolo. C'erano due ragazzi addetti al parcheggio e una lunga fila di golf cart che costeggiava il viale d'accesso.

Il ristorante del circolo sembrava pieno. L'aroma della carne arrosto mi fece venire l'acquolina in bocca. La hostess mi indicò Robert Friedman, seduto vicino a una finestra, con un maglione bianco, intento a leggere un giornale. Superai una fila di postazioni del trancio e bussai con una nocca sul suo tavolo. Ci stringemmo la mano e mi sedetti.

Robert Friedman era uno di quegli uomini che si era fatto fare dei ritocchi al viso, nel tentativo di conservare un aspetto giovanile. Non intendevo esprimere un giudizio, ma la cosa sconcertante era che prendeva abbastanza sole da avere un'abbronzatura intensa. Un'altra contraddizione erano i capelli e i baffi. Erano di quattro tonalità troppo scuri per i suoi sessantasette anni su questo pianeta. Possibile che lui, e innumerevoli altri uomini, non vedessero quanto quell'aspetto fosse innaturale e rivelasse di fatto la loro età?

Per me era ancora presto per pensarci, ma speravo di avere

il buonsenso di invecchiare con tutta la grazia che il mio ego mi avrebbe concesso. Ero sicuro che, con l'accumularsi degli anni, si sarebbe scatenato un tiro alla fune. Ero già arrivato tardi sulla scena della paternità, e non avrei voluto che Jessie si preoccupasse del fatto che suo padre fosse più vecchio dei genitori degli altri bambini.

«Questo posto è davvero affollato.»

«È la prima volta che viene qui?»

«Sì.»

«È un circolo molto attivo. La maggior parte dei membri non vive nemmeno qui. Il personale è meraviglioso. Il golf è fantastico e tutti parlano benissimo del programma di tennis. A quanto sento, hanno appena assunto l'istruttore del Pelican Marsh.»

«Da quanto tempo è membro?»

«Da almeno dieci anni. Prima facevo parte dell'Imperial, ma era un ambiente troppo snob per i miei gusti, se capisce cosa intendo.»

Si avvicinò una cameriera e Friedman ordinò un gin tonic. Io chiesi una Coca-Cola Light.

«L'Imperial Club: è lì che ha conosciuto Elby Salter?»

«Non sapevo che Elby fosse membro di quel circolo.»

Nemmeno io. «Dove l'ha conosciuto?»

«Ci siamo conosciuti tramite John Heights, un mio amico che era amico di Ron Weaver. Come probabilmente saprà, Ronnie ed Elby sono, ehm, erano, buoni amici.»

«John Heights? Non mi pare di conoscere quel nome.»

«Gestisce i programmi di potenziamento fisico per un paio di squadre della Major League, e so che a un certo punto ha collaborato anche con i Cowboys.»

«Ha creato lui qualcuno di quegli aggeggi per perdere peso e aumentare la massa muscolare che si vendevano in TV?»

Spostò il giornale dal tavolo a una sedia. «Avevamo molti prodotti che sono stati ben accolti.»

La cameriera portò i nostri drink. «Ecco a voi, signor Friedman. Siete pronti per ordinare?»

Friedman disse: «Io prendo l'insalata di tonno. Dica ad Andre di andarci piano con il condimento.»

«Assolutamente. E Lei, signore?»

«Un hamburger, cottura media al sangue.»

«Patatine fritte o frutta?»

«Ehm, prenderò le patatine, ma non lo dica a mia moglie.»

«Nessun problema, signore. Spero non Le dispiaccia, ma, sa, Lei assomiglia a George Clooney.»

«Me l'hanno già detto. Grazie.»

La cameriera se ne andò e Friedman disse: «La ragazza ha ragione. Lei gli assomiglia.»

«Sarebbe bello avere i suoi soldi. Ora, mi parli della Power Supplements Ltd. Lei ed Elby Salter ne eravate soci. Come siete arrivati a mettervi in affari insieme?»

«Quello degli integratori alimentari è un settore enorme. L'anno scorso, le vendite hanno superato i centotrenta miliardi di dollari, e cresce di quasi il dieci per cento all'anno. A Elby piacevano le dimensioni e la crescita di quel mercato. Anche il fatto che fosse in gran parte non regolamentato lo attraeva.»

«Cos'era la Power Supplements?»

«Beh, avevamo la visione di un'azienda integrata. Ci saremmo concentrati sul cavalcare l'onda del momento e sul perfezionare un prodotto, per immetterlo sul mercato prima dei grossi nomi del settore.»

«Non la seguo.»

«Prendiamo una cosa come gli integratori di calcio. La maggior parte non si differenzia se non per le dimensioni della dose. Quello che facevamo noi era aggiungere un beneficio emergente. Qualcosa come un estratto di funghi che ha benefici neurologici.»

A me sembrava un multivitaminico. «Quindi, una persona avrebbe preso una pillola, ottenendo due benefici.»

«Esatto. C'è un limite al numero di pillole che la gente è disposta a prendere. Ma la chiave era utilizzare pratiche mediche in evoluzione, introducendo composti terapeutici all'avanguardia prima che diventassero di uso comune.»

«Ah, quindi avevate gente che faceva ricerca su nuovi composti...»

«No. Di ricerche se ne fanno già in abbondanza. Non c'era motivo di duplicare quegli sforzi. Volevamo essere l'azienda che li portasse alla gente per prima. Era tutta una questione di velocità di immissione sul mercato.»

«Capisco. Cos'è successo?»

«Beh, siamo partiti abbastanza bene. Abbiamo sorpreso i pezzi grossi con le mani in mano. Poi si sono svegliati e si sono buttati nella mischia. Sono arrivati più in fretta di quanto il nostro piano aziendale avesse previsto. Sapevamo che prima o poi sarebbero arrivati, ma credevamo che per allora avremmo avuto i nostri impianti di produzione operativi.»

«Avevate affidato la produzione a terzi?»

«Avevamo un vantaggio. Non potevamo aspettare di costruire gli impianti; ci sarebbe voluto troppo tempo. Avremmo perso il nostro vantaggio. Ci eravamo assicurati una capacità produttiva sufficiente a coprire due anni, prima che il nostro stabilimento fosse costruito. Ci costava di più, e di conseguenza eravamo in perdita, ma Elby sapeva che avremmo operato in rosso finché non avessimo avuto le nostre fabbriche.»

«Cos'è successo?»

«Aveva due terreni a Collier: uno fuori Harker, sulla Ventinove, l'altro a Sunniland, e un lotto di riserva nella contea di Lee, subito dopo Lehigh Acres, destinati agli impianti di produzione. Abbiamo presentato i progetti e ce li hanno respinti otto o nove volte. Abbiamo perso un anno a perdere tempo con ingegneri e architetti per cercare di ottenere l'approvazione. È stato maledettamente frustrante. Collier ha respinto il progetto, anche se avremmo creato duecento posti di lavoro ben retribuiti. Hanno sostenuto di avere preoccupazioni per i deflussi chimici. Abbiamo deciso di costruire a Lee e abbiamo ricominciato il processo da capo.»

«Quanto tempo era passato, a quel punto?»

«Diciotto o venti mesi.»

«E perdevate soldi ogni mese?»

Annuì. «Centocinquantamila dollari al mese, più tutti i soldi che stavamo spendendo in consulenti, ingegneri e maledetti avvocati. Ma all'inizio a Elby non sembrava importare. Ha le tasche fonde, come saprà. In più, avevamo un piano aziendale. Lo avevamo stilato insieme. Mostrava che avremmo perso dai tre ai quattro milioni prima di poter costruire i nostri impianti. In realtà eravamo in anticipo sulla tabella di marcia, non di molto, ma in anticipo.»

«Il signor Salter ha staccato la spina?»

Annuì. «È passato dal caldo al freddo, come un fottuto rubinetto. Non voleva ragionare con me; non ci si poteva parlare. Guardi, io non ci ho messo quanto lui, ma ci ho messo mezzo milione.»

«Ha perso interesse? O si è reso conto che il piano che avevate elaborato non avrebbe funzionato?»

«Avrebbe funzionato. L'ho mostrato a un sacco di gente, investitori e altri. Sa, sto parlando con un paio di persone interessate ad andare avanti. Solo, non qui.»

«In Florida?»

«No, lo stato va bene, solo non nel sud-ovest della Florida. Uno dei miei contatti è interessato. Ha delle conoscenze in

Alabama e crede che otterremo persino dei crediti d'imposta per aiutarci a costruire lì. Mi garantisce che non ci saranno problemi a ottenere i permessi.»

«Cosa ha fatto cambiare idea al signor Salter?»

«Vorrei saperlo. Come ho detto, eravamo in linea con il piano, e in un attimo si è tirato fuori.»

«Dev'essere stato sconvolgente.»

«Può dirlo forte. Quel figlio di puttana, ehm, mi scusi, è stata una cosa assurda. Eravamo sulla strada giusta, e io ci credevo. Capisce?»

Quello che capivo io era che dovevamo indagare su cosa avesse fatto cambiare idea a Elby. Era qualcosa che aveva scoperto su Friedman? O qualcos'altro? O semplicemente la noia di un uomo ricco?

Finii il mio hamburger, che forse era il motivo per cui il ristorante era così affollato, e me ne andai. Mentre mi dirigevo verso la mia auto, mi arrivò un messaggio da Derrick: «*Chiamami appena puoi. Abbiamo qualcosa!*»

11

Ripensare a ciò che mi aveva detto Derrick fece nascere una serie di idee. Non appena entrai in ufficio, gli dissi: «La prima cosa da fare è controllare qualsiasi video ci sia».

«Ho controllato con la filiale della Chase. È un bancomat esterno di tipo drive-in. Ho chiesto a Sanchez di andare a recuperare il video».

«Il prelievo di tremila dollari non ha senso. Non ho mai sentito di un limite così alto. Il mio, credo, è di ottocento dollari al giorno per i prelievi».

«Il mio ha un tetto di mille».

«Chiama la banca, chiedi al direttore. Potrebbe esserci sotto qualcosa».

«Pensi che sia stata una rapina? Che lo abbiano costretto a prelevare i soldi al bancomat e poi l'abbiano ucciso? Tipo un furto d'auto finito male? O un drogato che è andato nel panico?»

«Non credo. Non è stato un gesto dettato dal panico, è stato pianificato. Mani legate, un colpo alla nuca e gettato via».

«Hai ragione, un tossico potrebbe uccidere per tremila dollari, ma non lo farebbe in quel modo».

«Se non è stato un prelievo forzato, allora a cosa gli servivano tremila dollari? Sono un sacco di soldi, anche per uno nelle sue condizioni».

«Usano tutti carte di credito, PayPal o assegni. I contanti stanno scomparendo».

«Tranne quando vuoi nascondere qualcosa o risparmiare sulle tasse. Ma l'imposta sulle vendite per tremila dollari è di centottanta dollari. Non credo che avesse bisogno di risparmiare quella cifra».

«Ti sorprenderesti, Frank. Alcune delle persone più ricche sono le più tirchie».

«È così che sono diventati ricchi, in primo luogo».

«Non spendere più di quanto guadagni. Vale per tutti».

Nessuno avrebbe tolto a Derrick il primato delle perle di saggezza.

«Amen. Ragioniamoci su. Perché avrebbe avuto bisogno di così tanti contanti? La risposta più ovvia è per comprare della droga».

«Pensi che si facesse di droga?»

«Il fatto è che non mi è mai venuto in mente di chiederlo a nessuno con cui abbiamo parlato. Dobbiamo approfondire questa pista».

«Sentirò sua moglie, l'amante e il fratello».

«Grazie. Dunque, l'autopsia non ha evidenziato la presenza di droghe illecite nel corpo di Elby. Se ne faceva uso, non ne aveva fatto uso prima di essere assassinato. Forse stava per comprare della roba o stava dando i soldi a un'amante per farlo».

«Forse stava comprando un gioiello per una donna e non voleva lasciare tracce».

«Annabelle non mi sembra il tipo di donna che si mette a

spulciare gli estratti conto della carta di credito. Probabilmente hanno un family office che gestisce tutte le loro fatture. Perché non lasciamo decantare la cosa e approfondiamo con la banca e la pista della droga?»

«Mi sembra un buon piano».

«Magari più tardi, oggi o domani, vorrei parlarti di una cosa, una cosa personale».

«Certo, Frank. Quando vuoi».

«Non è niente di male, anzi. Tutto bene. Mettiamoci al lavoro».

IL PRELIEVO ERA STATO FATTO ALLE 17:43 PRESSO LA filiale della Chase a Estero, sulla Corkscrew Road. Supponendo che nessuno l'avesse costretto ad andare a un bancomat, mi chiesi se Elby Salter si stesse dirigendo a nord per il suo incontro a Fort Myers, o se qualcos'altro l'avesse portato all'angolo tra Tamiami Trail e Corkscrew Road.

Derrick inserì la chiavetta USB della banca. Volevo vedere se fosse successo qualcosa di sospetto prima del prelievo e gli dissi di mandare avanti veloce fino alle 17:20.

Premette play. «Eccoci».

Per essere un bancomat drive-in, le immagini erano nitide. Guardammo nove auto entrare nella corsia del bancomat e completare le transazioni. Per abitudine, annotai i numeri di targa man mano che le 17:43 si avvicinavano.

Apparve un Ford Explorer bianco, corrispondente a quello registrato a nome di Elby Salter.

«Ferma l'immagine e controlla il numero di targa».

Derrick fermò il video e controllò i numeri. «È il suo».

«Sembra che ci sia qualcuno sul sedile del passeggero».

Il SUV aspettava dietro una Porsche 911. Non appena

l'auto sportiva finì la sua operazione, la macchina di Elby Salter si accostò al bancomat. Elby era al volante. Si girò verso il distributore di contanti. Inserì la carta. Non l'avevo mai incontrato, ma i suoi lineamenti non parevano tesi.

Digitò un paio di volte sulla tastiera e guardò da entrambe le parti. Pochi secondi dopo, allungò la mano per prendere la carta e poi i contanti. Non richiese la ricevuta, cosa che trovai strana. Ma prima di andarsene allungò la mano e passò le dita sulla tastiera.

«Metti in pausa. Proprio lì, sta passando i polpastrelli sui tasti, nel caso qualcuno stesse leggendo i movimenti delle sue dita o volesse rintracciare le sue impronte».

«Non è un caso di skimming».

«Esatto».

«Quindi, chiunque l'abbia ucciso ha avuto un bonus che probabilmente non si aspettava».

«Se è stato un omicidio su commissione, gli hanno detto di prendere soldi e documenti per farlo sembrare una rapina. Ma con tremila dollari, sono sicuro che quella parte se la terrà per sé. Fai ripartire».

Mentre l'Explorer si allontanava, dissi: «Sembra che ci possa essere qualcuno sul sedile del passeggero».

«Non saprei. Se c'è, non sembra un uomo. Forse un ragazzino o una donna».

«I poggiatesta sono troppo dannatamente grandi, di questi tempi. Rivediamolo, al rallentatore».

Lo guardammo altre due volte, ma non riuscimmo a notare nient'altro. Ciò che apprendemmo fu che non si era trattato di un prelievo forzato, che conoscevamo un'ora e un luogo in cui si trovava Elby, e qualcosa in più su di lui: Era una persona prudente, almeno con i soldi. Elby si era guardato intorno mentre si svolgeva l'operazione e aveva cercato di impedire a chiunque di leggere il suo codice PIN.

12

「Buongiorno, Frank. Ho parlato con il direttore della Chase. Ha detto che Salter aveva un limite di cinquemila dollari al giorno.»

Presi il caffè che Derrick mi portava sempre. «Cinquemila dollari? È un bel po' di contanti.» Ne bevvi un sorso ed era perfetto.

«Lo so.»

«Beh, non ha ritirato fino al limite. Dovrò riflettere su cosa possa significare.»

«Annabelle Salter mi ha richiamato stamattina.»

Guardai l'orologio. Erano solo le otto e quarantacinque. «Già?»

«Sì, ha chiamato alle otto e trenta in punto.»

«Sei stato impegnato stamattina.»

«Ha affermato di non sapere se Elby facesse uso di droghe.»

«Per me significa no. La moglie di un uomo saprebbe se si drogasse, così come sapeva che la tradiva.»

«A meno che non lo facesse solo con la sua amante.»

«Possibilità remota. So che ci sono molte persone che si

definiscono consumatori occasionali, ma la loro definizione di occasionale è molto più ampia della mia.»

«Forse i contanti erano per comprare la droga per la sua amante.»

«Può darsi. Annabelle ha chiamato alle otto e trenta?»

«Sì, è quello che ho detto.»

«Perché? È presto per chiunque. Sembra un tentativo di dimostrare che è collaborativa.»

«Potrebbe essere sincera, Frank. Era *suo* marito.»

«Dobbiamo sapere di qualsiasi assicurazione sulla vita di cui lei potrebbe essere la beneficiaria e com'era l'accordo prematrimoniale. C'era un vantaggio economico nell'uccidere suo marito?»

«Pensi che sia stata lei?»

«Non sto dando giudizi, sto esplorando le possibilità.»

«A chi lo chiederemo? Al loro avvocato?»

«No, cominciamo con Chadwick. Potrebbe darci qualcosa, ma prima di andare, voglio parlarti.»

«Certo, che c'è?»

Chiusi la porta del nostro ufficio.

«Io e Mary Ann ne abbiamo parlato ieri sera, e vorremmo chiederti se ti piacerebbe fare da padrino a Jessica.»

«Cosa? Oh, mio Dio. Certo. Sarebbe un onore.»

Lui si alzò e mi strinse in un abbraccio.

«Fantastico.» Mi divincolai. «Non abbiamo ancora deciso chi sarà la madrina, ma pensiamo di fare il battesimo a St. Agnes tra tre settimane.»

«Oh. Cosa devo fare?»

«Ci sono delle scartoffie della chiesa. Le porto domani. Volevo solo assicurarmi che per te andasse bene.»

«Va più che bene.» Mi strinse una spalla. «È un privilegio. Voglio bene a Jessica e sarò il miglior padrino possibile, Derrick.»

«So che lo sarai, è per questo che ho voluto te. Avrà bisogno del sostegno di brave persone come te durante la sua vita. I genitori non possono fare tutto da soli.»

«Gira qui, l'edificio è quello.»

«È qui che Chadwick Salter ha il suo ufficio?»

«Come ho detto prima, i ricchi diventano tali tenendo d'occhio quello che esce dalla porta.»

Derrick parcheggiò in uno spiazzo. «Ma loro sono molto più che ricchi. Potrebbero bruciare banconote da cento dollari se avessero bisogno di riscaldamento a gennaio.»

«È una famiglia storica. Nessuno nato in quella famiglia deve lavorare, ma sembra che ci sia l'obbligo di fare qualcosa, non solo di stare seduti con le mani in mano. Mi è piaciuto come l'ha detto Warren Buffett, qualcosa tipo dare ai suoi figli abbastanza soldi perché possano fare qualsiasi cosa, ma non abbastanza perché possano non fare niente.»

«È un ottimo modo di vederla.»

Camminando intorno al retro dell'edificio, dissi: «Non siamo al livello di questa gente, ma non vizieremo Jessie. Se vuole qualcosa, non sarà una cosa automatica. Ricordo che volevo una minimoto come tutti gli altri ragazzi, ma anche se mio padre avrebbe potuto comprarne una, disse di no. Se ne volevo una, dovevo guadagnarmela. E indovina un po'? La settimana dopo consegnavo i giornali.»

«Tuo padre aveva una certa saggezza.»

«Senti, se succede qualcosa a me e a Mary Ann, non viziare Jessica, anche se ti dispiace per lei.»

«Di cosa stai parlando, Frank? Non andrai da nessuna parte.»

«Speriamo.»

«Non c'è l'ascensore?»

«No.»

L'ufficio era più affollato della mia ultima visita. Chadwick era in piedi sulla soglia del suo ufficio a parlare con un uomo più anziano. Le sue spalle si afflosciarono quando ci vide. Lo aspettammo mentre l'odore del caffè in preparazione riempiva l'ufficio. Ne avrei gradita una tazza e, se me l'avessero offerta, l'avrei accettata.

L'uomo dai capelli grigi si diresse verso di noi e Chadwick si ritirò nel suo ufficio. Stavamo per essere liquidati con un impegno inventato. Togliendosi gli occhiali, quest'uomo sembrava abituato ad allontanare i seccatori.

«Il signor Salter è estremamente impegnato, signori, ma ha un paio di minuti da concedervi. Perciò, vi prego di essere brevi.»

Derrick disse: «Assolutamente.»

«Bene. Andate pure, vi sta aspettando.»

Chadwick si alzò e ci salutò. La sua voce alla Barry White mi sorprese ancora. Chiunque gli parlasse al telefono non se lo avrebbe mai immaginato di persona.

Derrick disse: «Grazie per averci trovato un posto. Abbiamo un paio di domande veloci.»

«Qualsiasi cosa io possa fare per aiutarvi.»

Nessuna offerta di caffè. Dissi: «Suo fratello si drogava?»

«No. Non credo.»

«Ha mai fatto uso di droghe da adolescente?»

«Fumava un po' di marijuana ai tempi, ma chi non lo faceva? A Elby piaceva la sua vodka quand'era giovane, di solito con il succo di mirtillo rosso. La beve ancora, anche se al giorno d'oggi con succo di mirtillo rosso dietetico.»

Il suo sorriso svanì quando chiesi: «Immagino che suo fratello avesse una cospicua assicurazione sulla vita. Chi era il beneficiario?»

«È una questione privata.»

«È un possibile movente. Chi beneficerebbe della sua morte?»

«Non so se Elby avesse polizze aggiuntive, ma il protocollo di famiglia richiede che i proventi delle assicurazioni sulla vita di coloro che sono venuti al mondo come Salter vadano a beneficio del fondo fiduciario della famiglia Salter.»

Notai che Chadwick non aveva guardato l'orologio neanche una volta.

Derrick disse: «Capisco. Ma riguardo alla distinzione tra chi è nato Salter e chi entra in famiglia tramite matrimonio, questo significa che una persona come Annabelle non sarebbe beneficiaria del fondo?»

«Signori, di nuovo, stiamo approfondendo aree che praticamente chiunque considererebbe private. Tutto quello che sono disposto a dire, a questo punto, è che vengono prese ampie disposizioni per un coniuge in caso di morte o divorzio.»

«Suo fratello e sua moglie avevano un accordo prematrimoniale?»

«Sì.»

Ricordando un caso precedente che coinvolgeva una ricca famiglia che si era servita dello stesso avvocato, dissi: «Suppongo che il fondo ne richieda uno per poter attingere ai benefici. È corretto?»

«Sì.»

Ero curioso riguardo ai figli partoriti dalle donne Salter. Se avessero preso il cognome del padre, non sarebbero venuti al mondo come Salter. Volevo chiederlo, ma sapevo che avevano già risolto la questione. Invece, chiesi: «Capisco l'aspetto della privacy e lo rispetto, ma potrebbe almeno darci un'indicazione di ciò che un coniuge riceverebbe in caso di divorzio o di morte di un Salter?»

«Diciamo solo qualcosa per integrare un'esistenza da ceto medio. Dovrebbero provvedere a sé stessi, ma avrebbero una certa rete di sicurezza.»

«Indipendentemente da un matrimonio lungo e felice?»

«Il matrimonio di Elby non era stato né lungo né felice.»

Derrick disse: «Quanto conosceva bene Cindy Baylor?»

«So chi è la signorina Baylor.»

«Abbastanza da sapere se facesse uso di droghe?»

«Sembra esserci una preoccupazione per l'uso di droghe. C'è qualcosa che dovrei sapere?»

«Siamo noi a fare le domande, signor Salter. È a conoscenza del fatto che la signorina Baylor facesse uso di droghe?»

«No. Signori, vorrei avere più tempo per voi, ma devo andare. Ho un appuntamento tra venti minuti e non posso fare tardi.»

Lasciammo l'ufficio e, scendendo lungo il corridoio esterno verso le scale, Derrick disse: «Scusa, non avrei dovuto fare quel commento su chi fa le domande.»

«Non importa. Abbiamo ottenuto un sacco di informazioni.»

«Immagino che la moglie sia fuori dai giochi se non otterrà una grossa somma.»

Scendendo le scale, dissi: «Qualcosa in Chadwick non mi convince. Non riesco ancora a capire cosa. Mi piacerebbe aspettare nel parcheggio per vedere se ha davvero un appuntamento.»

«Vuoi farlo?»

«No, cosa proverebbe? Siamo venuti senza preavviso. Potrebbe non avere un appuntamento, ma sono sicuro che ha delle cose da fare, come noi.»

13

Enormi cancelli di ferro si spalancarono ed io entrai a Talis Park. Era una delle comunità più esclusive che si potessero trovare. Avevo sentito dire che fosse ancora più esclusiva prima che il costruttore andasse in bancarotta e che avessero dovuto costruire un mucchio di edifici bassi e villette a schiera per far quadrare i conti.

Attesi che finisse il viale d'ingresso lastricato, ma questo portava a una strada principale anch'essa lastricata. Superato un grande lago, mi apparve alla vista un ponte di cui la Toscana sarebbe stata fiera. Attraversai il ponte in auto fino a uno spiazzo verde circolare al cui centro si ergeva un obelisco simile al Washington Memorial.

L'indicazione per il servizio di parcheggio era proprio di fronte a me. Feci un giro in cerca di un posto e mi infilai in uno spiazzo sebbene dicesse *Solo Golf Cart*. Non sopportavo di dare la mancia a un ragazzino quando c'era un parcheggio libero a due passi. Un dollaro o due andavano bene ma, al giorno d'oggi, se ne aspettano come minimo cinque. Ero una poliziotta, non una banchiera d'investimento.

Un'elegante hall dava su un cortile sobrio, che conduceva

alle sale da pranzo, piccole per gli standard di Naples ma ben curate. Non c'era un posto libero al bar. Esaminai la sala e una donna mi si avvicinò, indirizzandomi verso un patio esterno dove si trovava il mio appuntamento.

Lo riconobbi dalle foto che avevo visto e feci un cenno con la mano. Ronald Weaver si alzò dalla sedia e si mosse con la grazia dell'atleta che era stato un tempo. Aveva cinquantadue anni, ma aveva mantenuto un fisico da ragazzo. Alto più di un metro e ottanta, Weaver aveva i capelli castani radi, ma era magro e la polo gli fasciava i bicipiti, facendolo sembrare sulla quarantina.

La sua mano avvolse la mia. Mi piaceva quando un uomo mi guardava negli occhi mentre ci stringevamo la mano.

«Senta, mi dispiace davvero di essere stato a Phoenix. Non sarei andato se avessi saputo cosa stava succedendo a Elby.»

«Capisco. Nessun problema.»

«Vuole qualcosa da bere? Che ne dice di una birra?»

Desiderai l'hamburger mangiato a metà che era nel suo piatto. «Una Diet Coke, per favore.»

«Gliela porto subito.»

Osservai il panorama. C'era una differenza nel colore dei green e dei fairway. Sembrava che fossero stati curati con le forbici. Sulla destra, case grandi quanto la clubhouse costeggiavano una strada privata. Beverly Hills ne sarebbe stata invidiosa.

«Potrei abituarmi a questa vista. È la prima volta che entro qui.»

«Sono uno dei primi coloni qui. Se mai volesse fare una partita a golf, me lo faccia sapere.»

«Mi piacerebbe, ma non gioco.»

«Meglio così. Può essere un gioco maledettamente frustrante.»

«Com'è finito qui?»

«Ha sempre attratto gli atleti. Uno dei primi a stabilirsi qui fu Rocco Mediate, un golfista professionista, e un paio di ragazzi dei Sox comprarono casa qui.»

«Mi risulta che Elby Salter fosse un grande tifoso dei Red Sox.»

«Oh, sì. Enorme. Siamo andati alla partita il giorno in cui è scomparso.»

«È stato con lui tutto il tempo?»

Una cameriera versò la mia Coca-Cola dalla lattina in un bicchiere.

«Non tutto il tempo. Conoscevamo entrambi un sacco di gente e, sa com'è, durante la partita ci si sposta, si chiacchiera con questo e con quello.»

«Siete andati insieme alla partita?»

«No. Elby mi ha raggiunto lì. Lavoro ancora per la squadra, in realtà faccio scouting, ecco perché ero a Phoenix, per i Sox.»

«Avevo sentito che era il direttore generale.»

«No, il mio titolo è assistente del DG, ma la squadra ne ha altri due. Io mi occupo di talenti, valuto i giocatori. Do consigli su chi ingaggiare. È molto più complicato di una volta. Non è solo l'abilità del giocatore. Ora dobbiamo bilanciare quanto vengono pagati.»

«Sono solo curiosa: è stato coinvolto nella decisione su Peters?»

Weaver roteò gli occhi. «Sì, e si potrebbe pensare che io abbia spedito il neonato di qualcuno in un altro paese. Non può immaginare le lettere minatorie che abbiamo ricevuto. Continuano ad arrivare. Ho avuto bisogno della sicurezza per raggiungere la mia auto per due settimane.»

«Per un giocatore? Certa gente prende questa faccenda dello sport un po' troppo sul serio.»

«È stata una decisione facile da prendere. Il ragazzo era strapagato; voleva più di venti milioni all'anno. Abbiamo questo giovane, Sanchez, in tripla-A; è un fenomeno. Penso che sarà pronto per le major entro la pausa dell'All-Star Game.»

«Sembra promettente. Quando è arrivato allo stadio quel giorno?»

«Ero allo stadio verso le undici di quella mattina.»

«Ve ne siete andati insieme?»

«No, sono dovuto andare via prima. Non so, forse era il sesto inning o giù di lì, dovevo dare un'occhiata a un ragazzo che gioca per i Twins.»

«A che ora è stato?»

«Saranno state le due e mezza o le tre del pomeriggio».

«Avete pranzato insieme?»

«No, abbiamo solo preso una birra e delle noccioline».

«Elby ha bevuto una birra?»

«Non tutta. Senta, non mi fraintenda. Volevo bene a Elby. Eravamo grandi amici, ma era... diverso».

«Mi dica cosa intende».

«Voleva integrarsi qui. È per questo che ha fatto l'accordo per trasferire la squadra».

«Per integrarsi?»

«Guardi, sapevo che non gli piaceva la birra. Ne beveva mezzo bicchiere ogni volta, ma invece di dire di no, voleva essere come tutti gli altri. Ogni tanto diceva anche qualche parolaccia. Guardi, questo non fa di lui una cattiva persona. Mi avrebbe dato anche la camicia che aveva addosso se gliel'avessi chiesta, e amava il gioco. Per essere un ragazzo che aveva giocato a lacrosse o che so io, conosceva i dettagli del baseball».

«Ha idea di chi possa aver fatto questo? Elby aveva dei nemici di cui Lei è a conoscenza?»

Weaver tracciò delle linee sulla condensa che si formava sul suo bicchiere. «La risposta breve è no. Ma ho delle idee folli su chi potrebbe essere stato. Sì, ne ho».

«Niente è folle. Mi dica a cosa sta pensando».

«Beh, per prima cosa, Cindy Baylor è un'arrampicatrice sociale, okay? So che questo non fa di lei un'assassina, ma era lì per i soldi».

«Ma pensavo fosse una relazione simbiotica. Elby otteneva ciò che voleva, forse sesso, compagnia e lei otteneva dei soldi».

«Si lamentava di lei, sempre a caccia di soldi per questo o per quello. Poteva permettersi qualsiasi cosa, ma non gli piaceva, tutto qui. Probabilmente non è niente di più di quello che succede ogni giorno qui e in un milione di altri posti». Allargò un braccio per indicare l'ambiente circostante.

Per quanto mi sarebbe piaciuto sentire qualche pettegolezzo, dissi: «E il suo ex marito?»

«Oh, sì, quasi me ne dimenticavo. Ha perseguitato Elby quando Elby ha cominciato ad andare a letto con sua moglie. Elby l'ha presa sul serio e si è allontanato anche da lei per un po'».

«Ha perseguitato? Che cosa ha fatto?»

«Il tipo seguiva Elby in giro con la sua auto. Cercava di intimidirlo. Un giorno è venuto persino allo stadio».

«Stava perseguitando Salter?»

«Immagino che sia così che lo chiamerebbe».

«Che ne è stato di lui?»

«Non lo so esattamente. Forse alla fine gli è entrato in testa che sua moglie era una stronza».

«Forse».

«Sa, parlando di stalking, Elby usciva con questa donna francese, Marie qualcosa...»

«Redoux?»

«Sì, è lei. Quindi sa di lei?»

Annuii. «Mi dica quello che sa».

«Quando Elby l'ha lasciata, lei non voleva rassegnarsi. Lo assillava, chiamandolo a tutte le ore della notte. Ha chiamato persino Annabelle».

«Ha fatto qualche minaccia di cui è a conoscenza?»

Scosse la testa. «No, solo che ha preso la rottura molto male».

«Capito. E qualcun altro?»

«Friedman faceva incazzare Elby da morire. Voglio dire, è un'altra sanguisuga. Ha tormentato Elby perché mettesse i soldi per l'attività di integratori. Quel tipo era solo un truffatore».

«Elby Le ha mai detto niente di lui?»

«Oh sì, sempre. Era incazzato per il flusso costante di stronzate che si sentiva dire da Friedman».

«È per questo che alla fine ha chiuso l'attività?»

«Non lo so. Elby non ne ha mai parlato molto. So che aveva dei problemi con la contea, ma non ne sono sicuro. Ero solo contento che si fosse liberato di quella sanguisuga».

«Ha conosciuto Friedman tramite Lei, non è vero?»

«Assolutamente no. Johnny Heights e io eravamo amici, non molto stretti, ma ci vedevamo in giro di tanto in tanto. Lui conosceva Friedman. Come potesse frequentare uno come Friedman è al di là della mia comprensione. Ma è così che Elby è finito per mettersi in affari con lui».

«Okay. Mi risulta che a Elby piacesse tradire la moglie. Che mi dice di altre donne?»

«Il suo problema era che si trattava sempre di donne sposate. Non so, forse si sentiva più al sicuro. C'era una nuova donna nel giro. Penso si chiamasse Sue. Sarebbe andato a trovarla la sera in cui sono partito per Phoenix».

«Il giorno in cui è scomparso?»

«Sì».

«Ma Cindy Baylor ha detto che aveva un appuntamento con lui quella sera».

«Questo è quello che mi ha detto. Forse aveva intenzione di dare buca a Cindy».

«Ed era sposata?»

«Sì. Come al solito».

«E non era il suo primo appuntamento con lei?»

«No, l'aveva già vista prima».

«Può dirmi qualcos'altro su questa donna?»

«Vorrei poterlo fare, ma non so nient'altro di lei, a parte il fatto che sembrava fin troppo pazzo di lei».

«Era insolito?»

«Sì, Elby sembrava un liceale quando mi ha parlato di lei».

«Ed era decisamente sposata?»

«Sì. Era il suo modus operandi».

Fu una lotta lasciare una vista così celestiale, ma dovevo approfondire ciò che Weaver mi aveva detto. Forse un giorno avrei accettato l'offerta di Weaver per una partita a golf.

14

Era il terzo giorno di fila che Jessica dormiva quando tornai a casa. Entrai in punta di piedi per riguardo a Mary Ann mentre mi dirigevo verso la culla. Era bellissima. Le accarezzai il viso e lei si mosse. Le spostai la manina e aprì gli occhi. Mi sorrise. Allungai le braccia e la presi in braccio proprio mentre Mary Ann entrava nella stanza.

«Che stai facendo?»

«Era sveglia.»

«No, non è vero. Ti ho visto svegliarla dal monitor.»

La tenni sollevata sopra la testa. «Guarda, sta sorridendo.»

«Adesso la rimetti a dormire tu. Buona fortuna.»

Mary Ann lasciò la stanza e io misi Jessie sul nostro letto. Mi sdraiai accanto a lei e ci giocai per dei buoni venti minuti prima di rimetterla nella culla. Mentre mi cambiavo togliendomi gli abiti da lavoro, si mise a piangere.

La ripresi in braccio e in cinque minuti dormiva della grossa. Uscii dalla camera in punta di piedi.

«Dorme come un sasso.»

«Non ci posso credere. Non lo fa mai.»

«Che ti devo dire? È la magia di papà.»

«Sì, certo. Accendi il barbecue.»

Mentre aspettavo che il barbecue si scaldasse, presi in mano il *Naples Daily News*. C'era la foto di tre uomini a una cerimonia per l'inaugurazione dei lavori di un nuovo ospedale a East Naples. Avevano un'aria familiare, ma non riuscivo a ricollegarli a nessuno.

Posai il giornale e controllai la griglia, poi ebbi un'illuminazione. Erano gli stessi uomini delle foto nell'ufficio di Chadwick Salter. Lessi i loro nomi: Robert Hamlet, Michael West e Marshall Bingham. Lessi l'articolo. Gli uomini erano facoltosi residenti di Naples che avevano finanziato il progetto a condizioni favorevoli perché credevano che la comunità avesse bisogno di un'altra struttura medica.

Era un articolo buonista su alcuni membri facoltosi della comunità che si erano fatti avanti per colmare una lacuna quando i banchieri avevano preteso troppo per finanziare il progetto. Ero grato di vivere in un posto così bello per crescere Jessie.

Cindy Baylor finse sorpresa alla mia visita, ma si era ricordata il mio nome. Indossava jeans, infradito e una camicetta bianca che lasciava intravedere la sua pelle di porcellana. Era una calamita per gli uomini.

«Oh, detective Luca, c'è qualcosa che non va?»

Sì, il suo fidanzato è stato trovato morto con una pallottola nel cervello.

«Ho qualche altra domanda.»

Quando si fece da parte, notai un grosso diamante che le pendeva dall'orecchio. C'era nell'aria un profumo di cannella che mi fece pensare allo zabaione. Ci accomodammo sulle stesse poltrone basse che circondavano il suo tavolino da caffè in Lucite.

«Mi risulta che il suo ex marito fosse turbato dalla sua relazione con Elby Salter.»

«Non è una reazione comune?»

«Probabilmente, ma ciò che è meno comune è fare minacce.»

«Fred è impulsivo. Ha perso la calma e si è sfogato un po'. Tutto qui.»

«Mi risulta che stesse perseguitando il signor Salter. Cosa sa al riguardo?»

Lasciò cadere un'infradito da un piede. «Elby mi ha detto che pensava che Fred lo stesse seguendo, ma io gli ho detto che se lo stava inventando. Elby era solo paranoico riguardo a tutta la faccenda.»

«Ho un testimone che conferma che il suo ex marito lo stava perseguitando.»

«Cosa? Pensa che Fred abbia ucciso Elby?»

«Stiamo esaminando tutte le relazioni del signor Salter.»

Accavallò le gambe. «Immagino che questo includa anche me?»

«L'ultima volta che ci siamo visti, ha detto di aver usato i soldi dell'accordo di divorzio per comprare la casa di Mercato. Ma non era vero, no? I soldi per comprarla glieli ha dati Salter, non è così?»

Il suo viso arrossì. «Non stavo mentendo. Il divorzio stava andando per le lunghe, così Elby mi ha prestato i soldi.»

«Oh, una sorta di prestito ponte?»

«Sì, un prestito ponte.»

«Ha mai ripagato il prestito del signor Salter?»

«Ehm, stavo per farlo, ma Elby mi ha detto di non preoccuparmi.»

Stava diventando più brava a farsi interrogare, dando una risposta che non poteva essere verificata.

«Le aveva promesso qualcosa se gli fosse successo qualcosa?»

Si sporse in avanti. «Chi gliel'ha detto? Chadwick?»

«Il signor Salter Le ha fatto qualche promessa?»

«Elby ha detto un sacco di cose, ma niente come quello che sta cercando di insinuare Lei.»

«Cosa sa di Robert Friedman?»

Alzò gli occhi al cielo. «Come sia mai finito in TV è un mistero per me. Le sue stronzate si vedevano a un miglio di distanza.»

«È un buon venditore. Ha convinto Elby a mettersi in affari con lui.»

«Elby non parlava quasi mai di affari. Abbiamo incontrato Friedman in un ristorante una volta; è l'unica volta che l'ho visto. Continuava a chiamare Elby "socio" e ad Elby non piaceva.»

«Salter era quanto di più affermato si potesse essere, eppure l'attività che lui e Friedman avevano insieme è fallita. Sa perché?»

«Come ho detto, non parlava di affari con me. Diceva solo che doveva andare a una cena di lavoro il quindici di ogni mese. Non poteva mai fare niente con me perché doveva andare a quella riunione.»

«Non Le ha mai menzionato alcun problema con Friedman?»

«Nessuno di cui io sia a conoscenza.»

«Sapeva che Salter si vedeva con un'altra donna?»

Il colore le defluì dal viso. Ciò suggeriva forse che non fosse un'arrampicatrice sociale?

«Io, io non so. Ne è sicuro?»

«Si chiamava Sue.»

«Da quanto tempo andava avanti questa storia?»

«Da diverse settimane prima che venisse assassinato.»

Le sue spalle si afflosciarono. «Probabilmente era solo una scappatella...»

«Mi lasci chiedere: Lei aveva qualche scappatella per conto suo?»

«Che razza di donna pensa che io sia?»

Mi stavo facendo un quadro di chi fosse, ma la questione che avrei cercato con tutte le mie forze di risolvere era se quel dipinto avrebbe virato verso l'oscurità.

15

Tornai nel mio ufficio dopo aver aggiornato lo sceriffo Chester sul caso Salter. Era perplesso quanto me del fatto che la stampa non ci stesse marciando sopra. Lo sceriffo voleva risolvere il caso prima che la famiglia cominciasse a fare pressioni.

Mise in chiaro che dovevamo darci una mossa e trovare l'assassino in fretta. Chester si sarebbe ricandidato di lì a due anni e sapevo che non voleva che una famiglia potente gli creasse problemi.

Il dolore allo stomaco riaffiorò mentre scendevo le scale. Era leggero, ma comunque preoccupante. Era forse colpa della pressione che Chester mi aveva messo addosso? Forse non era altro che un'ulcera. Avrei preferito un carico di ulcere piuttosto che il cancro. Entrai nel nostro ufficio e Derrick disse: «Frank, finalmente sono riuscito a contattare Marie Redoux. Era fuori città».

«E non ha portato con sé il telefono?»

«Era in Francia a trovare la famiglia».

«Okay. Dobbiamo vederla. Andiamo».

«Sta lavorando, andremo lì».

L'Auberge era un ristorante francese tradizionale vicino all'Imperial Golf Course Boulevard. Mentre entravamo nel centro commerciale che ospitava il locale, mi chiesi se Elby Salter fosse un socio dell'esclusivo golf club e l'avesse conosciuta mentre mangiava un boccone a pranzo.

C'era un cliente solitario che pranzava tardi a un tavolo all'aperto. Derrick tenne la porta aperta ed io entrai in uno spazio arredato con semplicità. Mary Ann ed io eravamo stati a Parigi e il posto mi ricordò un bistrot in cui avevamo mangiato il giorno in cui andammo a Versailles.

Mi chiesi come fossero le moules lì, mentre Derrick chiedeva a un aiuto cameriere di chiamare Marie. Non mi erano mai piaciute le cozze prima, ma in Francia erano in ogni menù che vedemmo e alla fine si rivelarono buone. Il problema era che mi serviva una pagnotta intera per sentirmi abbastanza sazio.

Un bancone alla mia sinistra catturò la mia attenzione. Era ricolmo di pasticcini e pile colorate di macaron. C'era una rastrelliera di vini a destra e stavo controllando le etichette quando sentii dei passi avvicinarsi.

Marie Redoux era alta e si muoveva con la sicurezza che ricordavo di aver visto nella gente di Parigi. Indossava un abito rustico francese che le avvolgeva i fianchi formosi. Se era truccata, non si notava. La Redoux non era una bellezza mozzafiato, ma era attraente e aveva un bel sorriso.

Disse qualcosa in francese a un aiuto cameriere prima di salutarmi con voce accentata.

«Sediamoci laggiù». La Redoux indicò un tavolo d'angolo vicino alla finestra. «Posso offrirvi qualcosa? Un *café*?»

Rifiutammo e ci sedemmo su sedie da bistrot in legno.

Dissi: «Mi risulta che Lei sia stata in Francia. Com'è andato il viaggio?»

«Molto bello, ma faceva freddo. È bello essere tornata».

Avrei potuto ascoltarla parlare tutto il giorno. Sarebbe diventato fastidioso dopo un po'?

«Lei è nata in Francia?»

«Sì, a Fécamp, sulla costa settentrionale, vicino al mare. Forse conosce Le Havre? È lì vicino».

Decisi che la sua voce non mi avrebbe mai dato fastidio. «Ci sono stato solo una volta, per lo più nella zona di Parigi».

«La Francia è un paese bellissimo, ma la situazione politica mi stanca. Non è il posto migliore per crescere mia figlia».

Potevo capire come Elby Salter si fosse innamorato del suo sorriso. «Temo di non saperne molto al riguardo. Allora, mi risulta che Lei avesse una relazione con Elby Salter».

Annuì.

«Come lo ha conosciuto?»

Sorrise. «Era a un appuntamento, proprio qui, a questo stesso tavolo».

Derrick disse: «Era con un'altra donna, e lui Le si è avvicinato, davanti a Lei?»

«Elby fu discreto. Aveva delle domande sulla lista dei vini. Abbiamo solo vini francesi. Mi sono avvicinata al tavolo e gli ho dato una raccomandazione che ha accettato. Ha chiesto al cameriere di farmi tornare. Elby continuava a parlare del vino, ma sapevo che era interessato a me, e quando è andato in bagno, mi ha chiesto il numero».

Dopo che Derrick ebbe borbottato qualcosa sul fatto che Salter avesse delle palle grosse, chiese: «Quanto tempo fa è successo?»

«Un anno e mezzo fa».

Dissi: «A quanto ci risulta, l'ha interrotta lui e Lei non ne è stata contenta».

«No, no. Era ora di finirla. Ogni cosa ha il suo tempo, e il nostro era passato».

Derrick disse: «Perché lo ha chiamato tre volte il giorno prima che venisse ucciso?»

«Perché avevo una bottiglia dello stesso vino che gli ho consigliato la sera in cui ci siamo conosciuti. Ero un po' brilla e mi sentivo malinconica».

La sua risposta arrivò troppo in fretta; sembrava preparata. Chiesi quale fosse il vino, in parte per vedere se stesse mentendo e in parte per vedere se riuscissi a trovare una bottiglia da provare.

«Chêne Bleu, il loro Abelard del 2012».

Volevo sapere da quale parte della Francia venisse, ma chiesi: «Abbiamo parlato con persone che sapevano di Lei e del signor Salter, e dicono che Lei abbia preso male la rottura; che Lei abbia continuato a chiamare il signor Salter e abbia persino chiamato sua moglie».

«Be', sembra una cosa che direbbe suo fratello».

«Non è stato Chadwick Salter. Ora, Lei ha chiamato Elby Salter dopo la fine della relazione?»

«Tutto questo sta diventando ridicolo. Se ero turbata dalla durezza che Elby mi ha mostrato? Sì. Mi ci sono volute un paio di settimane, ma l'ho superata».

«Capisco. Sa chi potrebbe aver fatto questo a Elby?»

«Be', non sono stata io. All'epoca ero in Francia».

Mi venne in mente un vecchio detto francese: chi si scusa, si accusa. Il suo viaggio in Francia era l'alibi perfetto?

16

Fred Baylor non volle incontrarmi di nuovo nel suo ufficio. Compresi, e acconsentii a vederlo da Grouper and Chips. Dopotutto, un uomo deve pur mangiare. Il centro commerciale che ospitava il popolare ristorante si trovava dall'altra parte della strada rispetto all'NCH Downtown.

Baylor stava aspettando vicino alla porta d'ingresso. Decidemmo di prendere il pranzo e di sederci a un tavolo all'aperto. Il locale era affollato. La maggior parte dei tavoli era occupata da persone in camice, che erano lì per il cibo, non per l'arredamento.

Le pareti erano dipinte di un rosa acceso che si abbinava a un pavimento rosso e a un bancone verde lime dove facemmo le nostre ordinazioni. Mary Ann non si vedeva da nessuna parte, così chiesi un cestino di cernia fritta con contorno di patatine e una Coca-Cola Light. Baylor optò per un piatto di cernia annerita.

Ci accomodammo su delle sedie di plastica intorno al tavolo più lontano. Mentre mangiavamo, parlammo del tempo (faceva caldo), di baseball (c'erano gli allenamenti primaverili) e delle voci secondo cui una grande catena alberghiera avrebbe costruito un'altra torre di fronte alla storica Tin City.

Il fatto che Baylor avesse menzionato Tin City era interessante. Era un altro esempio dell'influenza dei Salter. Gli edifici dai tetti di lamiera di Tin City erano stati il fulcro del commercio e dei trasporti negli anni Venti. Era il cuore dell'industria della pesca di Naples, con impianti per la lavorazione del pesce e cantieri navali.

Con il mutare della composizione economica dell'area, che si era allontanata dalla pesca, divenne concreta la minaccia che Tin City venisse sostituita da unità abitative. Volendo preservare l'area storica, i Salter erano intervenuti, conservandone il fascino da vecchia Florida e trasformandola in un misto di negozi, ristoranti e attività acquatiche.

NON SI POTEVA CHIEDERE DI MEGLIO. IMMAGINAI FOSSE per questo che il fish and chips era così popolare in Inghilterra. Chiusi il mio contenitore vuoto sentendo una punta di senso di colpa. L'indomani sarei andato dal medico, e lui voleva che mangiassi sano. Appena Baylor finì il suo pranzo, dissi: «Ho un altro paio di domande su di Lei ed Elby Salter».

Mi guardò, ma non disse nulla.

«Lei ha ammesso di averlo minacciato. Credo abbia detto che era per la frustrazione dovuta alla relazione in cui era coinvolta la Sua ex moglie, ma che era finita lì».

«Sì, esatto».

«Come mai non mi ha detto che perseguitava Elby Salter?»

«Non era stalking. È una follia».

«E allora cos'era?»

«L'ho solo seguito un po' in giro, tutto qui. Sa, con la mia macchina. Guidavo nei dintorni, mi assicuravo che mi vedesse».

«Non lo ha seguito anche dentro al JetBlue Stadium?»

Sospirò. «È stata una stupidaggine. Ho fatto un errore. Ero incazzato, tutto qui».

«È sicuro che sia stato solo questo?»

«Sì, certo. Mi sento un cretino. Voglio dire, Cindy non ne valeva nemmeno la pena. Lo tradiva anche lei».

«Sua moglie aveva un'altra relazione mentre frequentava Elby?»

«Già, riesce a crederci? Le dico io, non era affatto così quando ci siamo sposati. Non so che diavolo le sia successo, ma non è la donna che ho sposato».

«Se non Le dispiace la domanda, chi era l'uomo con cui tradiva Elby?»

«Non conosco il cognome, ma un giorno l'ho sentita al telefono parlare con un tizio di nome Chad».

Un pezzo di cernia fritta mi risalì in gola. Poteva essere Chadwick Salter? Dovevo valutare le possibilità, ma c'era la domanda più importante da fare: «Dov'era la notte del venti febbraio?»

Si irrigidì. «Non penserà che io c'entri qualcosa con quello che è successo a quel tizio, vero?»

«Risponda alla domanda, per favore. Dov'era quella notte?»

«Che giorno della settimana era?»

«Un martedì».

«Quella notte ero a casa».

«Ne è sicuro?»

«Sì, nessun dubbio. Il lunedì gioco a bowling con un gruppo di amici. Siamo in una lega e, be', tendiamo a esagerare con il bere. I martedì me li tengo liberi per riprendermi. Non mi riprendo più come una volta».

Sapevo esattamente cosa intendesse dire. Anche la mia resistenza all'alcol non era più quella di una volta.

«È stato a casa tutta la notte?»

«Sì».

«È passato qualcuno che possa garantire per Lei?»

«No. Ero solo, a guardare la tivù».

Perché volevo credergli? Era perché sua moglie l'aveva fatto passare per un cretino e provavo pena per lui? Non era stato onesto con me, omettendo le sue molestie nei confronti di Salter, ma era un segno che fosse un assassino?

TENEVO JESSIE IN GREMBO, E LEI STAVA SEDUTA DRITTA quasi senza sostegno. «Guarda qui. Tra un po' comincerà a camminare».

«Per come vola il tempo, probabilmente hai ragione. Ancora non posso credere che la prossima settimana compirà cinque mesi».

«È pazzesco. Sai, se vuoi restare a casa con Jessie, possiamo permettercelo per altri sei mesi, se vuoi».

«Non voglio continuare a intaccare i nostri risparmi, Frank. Non ci rimarrà niente se non torno a lavorare presto».

«Sarebbe bello avere un anno di congedo pagato invece dei tre mesi che hai avuto. Ma immagino che costerebbe troppo».

«Dobbiamo decidere cosa è importante. Non potevo immaginare di lasciare Jessica dopo soli tre mesi. Sarei un disastro, a preoccuparmi per lei al lavoro».

«Voglio che tu stia a casa con lei il più a lungo possibile. Possiamo farcela, e più cresce più sarà facile lasciarla a qualcuno. Forse puoi rientrare gradualmente, diciamo tre giorni a settimana all'inizio».

«Non so. Per come sta crescendo, penso che quando avrà sei mesi andrà bene tornare al lavoro».

Mancavano circa cinque settimane. Speravo che fosse tempo sufficiente, non solo per Jessie per affrontare la transizione, ma anche per risolvere qualunque cosa stesse succedendo nel mio stomaco. Se lei fosse tornata al lavoro con me in panchina, non avrebbe giovato molto alle nostre finanze, per non parlare del mio stato mentale.

17

La sala d'attesa del dottor Brown era gremita. Mi registrai all'accettazione e notai un uomo con uno di quei cravattini a laccio che sembravano stringhe da scarpe. Era Frank Morgan, che aveva servito per un breve periodo come sceriffo quando Joe Liberi si era ammalato.

Morgan era nato e cresciuto a Naples e non gli piacevano molti dei cambiamenti che vedeva nella sua città natale. Io ero un nuovo arrivato nel sud-ovest della Florida, relativamente parlando, quando lui faceva le veci dello sceriffo, e mi aveva dato del filo da torcere, considerandomi un estraneo. Era strano vederlo lì, non solo perché era fuori contesto, ma anche perché il caso di omicidio che risolvetti quando era lui al comando coinvolgeva i Boggs, un'altra famiglia facoltosa.

Morgan stava fissando i suoi stivali da cowboy quando dissi: «Sceriffo Morgan. Come stai?»

«Luca? Come stai, ragazzo?»

«Bene, sceriffo. E tu?»

«Sto diventando un dannato vecchio, ecco cosa. Che ci fai qui?»

Si era forse dimenticato del mio cancro alla vescica? «Vengo ogni sei mesi. Devono tenermi sotto controllo.»

«Oh, cavolo, scusa, mi ero dimenticato dei tuoi problemi.»

«E tu?»

«Quella dannata prostata che fa i capricci. Non riesco a dormire un'ora di fila senza dover andare a pisciare.»

«Mi dispiace.»

«Non ti preoccupare. Stai lavorando all'omicidio Salter?»

«Sì. Ma non è affatto semplice.»

«I Salter sono una famiglia di vecchia data. Sono qui da prima dei miei antenati.»

«Ho sentito dire che sono qui fin dalla fondazione dello stato.»

«E ti dirò, se non fosse stato per loro, questa città e l'intera costa sud-occidentale non avrebbero questo aspetto. Si sono assicurati che non diventassimo un'altra dannata Miami.»

«E come hanno fatto?»

«Hanno collaborato con altri costruttori e proprietari terrieri per assicurarsi che ci fosse un piano regolatore. Hanno messo un limite ai grattacieli e si sono assicurati che le infrastrutture precedessero l'edilizia.»

«Beh, sembra proprio che ci abbiano fatto un sacco di soldi.»

«Già, un sacco di soldi, ma ci sono state anche delle tragedie.»

«È un peccato, aveva solo cinquantatré anni.»

«Non parlo di Elby. Mi riferisco al vecchio, Prescott, e a sua sorella, Florence; è scomparsa quando io ero un adolescente.»

«Wow. Non lo sapevo. Che le è successo?»

«Non l'hanno mai trovata. Se vuoi il mio parere, è stato perché i Salter non hanno mai collaborato con la polizia.»

«Perché mai l'avrebbero fatto?»

«Chi lo sa. Hanno tirato fuori la storia della privacy, ma per me non aveva alcun senso.»

«Pensi che fossero coinvolti in qualche modo?»

«Non saprei. Dopo essere stato in servizio per un po', ho dato un'occhiata al fascicolo del caso, ma non c'era niente.»

«Era vuoto?»

«No, solo nulla di sostanziale.»

L'infermiera chiamò il nome di Morgan e ci salutammo. Aspettare i venti minuti prima che chiamassero me fu facile, mentre rimuginavo su ciò che Morgan aveva detto. C'era un legame tra l'omicidio di Elby e la scomparsa e presunta morte di sua zia? Quali erano le probabilità che due membri della famiglia andassero incontro a dipartite inspiegabili?

Volevo scavare nella storia della famiglia Salter. Ma cosa avrei potuto imparare dalle generazioni precedenti del loro clan? Sarebbe stato interessante, ma probabilmente una perdita di tempo.

Il dottor Brown sembrava serio. Sapeva forse qualcosa che io ignoravo?

«Cosa La preoccupa?»

«Ho un piccolo dolore alla pancia.»

«Mi mostri dove.»

Toccai il punto dolente. «Da queste parti. Pensa che abbia a che fare con la mia nuova vescica?»

«Si tolga la camicia e si sdrai sul lettino.»

La carta che copriva il lettino mi si appiccicò subito alla schiena.

«Sbottoni la parte superiore dei pantaloni.»

Sapevo che era un medico, ma sentire quella richiesta da una voce maschile era imbarazzante. Conficcai il mento nel petto e lo guardai mentre mi premeva due dita sulla pancia.

«Mi dica quando sente qualcosa.»

Sentii una leggera tensione, ma nessun vero dolore. Si spostò nel basso addome.

«Ahi. Fa male.»

Premette di nuovo. «Qui?»

«Sì.»

Chinato su di me, il dottor Brown sondò l'area in silenzio. Poi si alzò e prese un paio di guanti.

«Scenda dal lettino e si tiri giù i pantaloni, Frank.»

«Che sta succedendo?»

«Voglio controllare una cosa.»

Se mi avesse detto di appoggiare i gomiti sul lettino, sarei scappato a gambe levate. Abbassai i pantaloni e lui mi disse di girare la testa a destra e tossire. Mise una mano guantata sui miei testicoli. Tossii.

«Tossisca di nuovo.»

Obbedii.

«Giri la testa a sinistra e tossisca.»

Mi tastò di nuovo i testicoli, poi si sfilò i guanti. «Può rivestirsi adesso.»

Afferrai la biancheria. «Che succede, dottore? La nuova vescica sta cedendo?»

«No. Lei ha un'ernia.»

«Un'ernia?»

«Sì. Sembra che Lei abbia un'ernia incisionale. Se ricorda, Le avevo detto che doveva esercitare la zona addominale dopo l'intervento per rafforzare i muscoli. Non ne ha fatti abbastanza e si è sviluppata un'ernia dove il chirurgo ha praticato l'incisione.»

Anche se aveva criticato la mia condizione fisica, avrei voluto dargli un bacio, ora che ero vestito.

«È molto meglio di quanto mi aspettassi.»

«Le ernie sono comuni, ma la sua sarebbe stata evitabile se avesse seguito le istruzioni post-operatorie.»

Lasciai perdere la ramanzina; dopotutto, era un'ernia, non un cancro. «Qual è il prossimo passo?»

«Un intervento chirurgico per riparare lo strappo. Di solito si fa in laparoscopia. Non è molto invasivo.»

«In quanto tempo sarò di nuovo in piedi?»

«Un paio di giorni al massimo. Sarà indolenzito per i primi due o tre giorni, ma riuscirà a muoversi.»

«Sto lavorando a un caso adesso; posso aspettare a farlo?»

«Non lo ignorerei; questi strappi possono allargarsi e allora avrà un problema molto più grande.»

Non si fidava di me perché avevo saltato qualche giorno in palestra? «Non ho intenzione di ignorarlo. Volevo solo sapere se potevo rimandare l'intervento di un paio di settimane o giù di lì.»

«C'è un rischio nel rimandare qualsiasi procedura necessaria, ma se ritiene di doverlo fare, non lo lascerei passare oltre le sei settimane.»

Mi diede il nome di un chirurgo, ma mi disse di consultare l'équipe di medici che mi aveva rimosso la vescica e costruito la nuova.

Uscii dallo studio sentendomi bene. Non era niente di grave, e sarei stato ancora qui a veder crescere Jessie.

18

MENTRE FISSAVO LA LAVAGNA DI SALTER, LA PARTE BASSA della schiena cominciò a farmi male. Non ne ricavavo niente. Dissi a Derrick: «Una delle cose più utili che si possano fare in un'indagine per omicidio, ed è una cosa semplice, è fare il punto della situazione, vedere cosa si ha in mano, specialmente nei casi in cui ci sono piste multiple e nessun vero percorso primario da seguire».

«Mi ricordo che me lo hai detto la prima settimana che sono arrivato. Lo facciamo con Salter?»

«Già.» Picchiettai sulla foto di Elby Salter. «Un uomo di cinquantatré anni, proveniente da una delle famiglie più antiche e ricche della contea, viene ucciso in stile mafioso. Sposato, senza figli. Aveva delle relazioni, a volte due alla volta. Faceva beneficenza. Amava il baseball e possedeva partecipazioni in così tante aziende da non poterle contare. Aveva un socio losco. Probabilmente non è giusto nei confronti di Friedman; diciamo che era viscido. Bisogna dargli un'occhiata più da vicino».

«Indagherò su di lui».

«Bene. Ora, potrebbe esserci un collegamento tra il suo

omicidio e le sue scappatelle. Qualcosa mosso dalla passione o da un tornaconto economico».

«Cindy Baylor. Ha ricevuto i soldi da Salter per comprare la casa di Mercato. È un movente da un milione di dollari».

«Ma Salter non sembrava rivolerli indietro. Forse lo considerava il prezzo da pagare».

«Sì, ma aveva questa nuova donna. Magari stava mollando la Baylor e rivoleva i suoi soldi».

«Questa gente vale miliardi. Non riesco a immaginarlo litigare con lei per i soldi della casa. Deve esserci di più, molto di più. Nessuno, in questo caso, è il tipo da uccidere per soldi, a meno che non si tratti di una montagna di quattrini. Un grosso premio assicurativo o, per quanto possa sembrare folle, l'accesso a un suo conto in banca o qualcosa del genere in caso di morte».

«Non vedo come possa ricavare dei soldi dalla sua morte. Aveva bisogno di lui per finanziare il suo stile di vita».

«Hai ragione. Ma c'è una minima possibilità che lui avesse predisposto qualcosa per prendersi cura di lei».

«Pensi davvero?»

«Ne dubito, ma dobbiamo tenere gli occhi aperti».

«E suo marito?»

«Sai, prima che mi dicesse del tradimento di lei con Elby, lui era quasi in cima alla lista con la storia dello stalking. Ma ora non credo che abbia fatto niente di più di quanto avrebbe fatto un qualsiasi uomo ferito».

«Io no. Se mia moglie mi tradisse, sarebbe finita. La cancellerei dalla mia vita in un secondo».

Derrick era troppo giovane per capire come le persone si ritrovino con la vita sottosopra. «Non è così facile come pensi. Sono d'accordo con te, ma è molto più complicato di così».

«Cosa c'è di così complicato in una moglie che tradisce?»

«Non sto dicendo che sia accettabile e che dovresti perdonarla, ma devi guardare il quadro completo. Questo è tutto ciò che sto dicendo. Non divaghiamo. Dobbiamo ficcanasare un po' e vedere se riusciamo a trovare qualche prova che Fred Baylor sia stato visto fuori casa quella notte».

«Dovremmo battere a tappeto il suo quartiere. Vedere cosa riusciamo a tirare fuori».

«Affidalo alla fanteria. Vai a cercare McQuire. Digli quello che ci serve».

«Ora?»

«No. Non abbiamo finito di esaminare tutto questo. C'è qualcosa in questa famiglia. Ho incontrato lo sceriffo Morgan, ed è uno della vecchia guardia, nato qui. Mi ha detto una cosa sulla famiglia Salter. Anni fa, una sorella del padre di Elby scomparve e non fu mai più ritrovata».

«Davvero? Pensi che sia collegata?»

«Sarebbe folle se lo fosse, e non vedo come. Ma c'è qualcosa in questa famiglia. Sembrano persone abbastanza a modo, ma non riesco a esprimerlo a parole...»

«Sono ricchi da far schifo. Ho raccontato a Lynn qualcosina del caso dopo che abbiamo scoperto chi era, e mi ha detto che li conosceva dai tempi in cui stava a Orlando. Possiedono un sacco di proprietà lassù, migliaia di acri di piantagioni di canna da zucchero e un mucchio di complessi residenziali. Sai, ha detto che hanno persino donato il terreno su cui è costruito il Kennedy Space Center».

«Stai scherzando? Lo Space Center?»

Il telefono squillò e Derrick rispose. Si alzò, scuotendo la testa, e riattaccò.

«Abbiamo un altro cadavere».

«Dove?»

«Molo di Naples. Un tizio stava per portare la sua famiglia a fare un giro e, quando è sceso sottocoperta, c'era un corpo».

IL MOLO PRINCIPALE ERA STATO TRANSENNATO CON DEL nastro giallo. Una folla di diportisti e turisti si aggirava lì intorno. Scivolammo sotto il nastro, firmammo il registro ed entrammo, dirigendoci verso un gruppo di agenti a una cinquantina di metri di distanza. L'odore di gasolio permeava l'aria.

Era la prima volta che tornavo qui dal caso Serenity. C'era un filo sottilissimo che collegava i casi: gente ricca e barche. Ma era così che funzionava la mia mente. Lo scartai mentre arrivavamo a poppa della barca dov'era il corpo.

Era un Viking di venticinque piedi con una piccola cabina. Una bella barca, ma niente che assomigliasse lontanamente a quelle della gente di Keewaydin. Un uomo calvo in calzoncini e Top-Sider stava parlando con gli agenti. Dovevamo vedere la scena prima di parlare con chiunque.

Infilammo i guanti. Derrick saltò a bordo e mi offrì la mano. Rifiutai. Tirando la cima d'ormeggio per avvicinare la barca, il dolore nelle viscere esplose. Pensava forse che stessi diventando troppo vecchio per saltare come faceva lui? O stava pensando all'ernia che avevo?

Tirai il chiavistello della porta in teak che conduceva sottocoperta. Erano visibili un paio di piedi con scarpe nere. Le scale d'acciaio inossidabile erano più ripide del K2. Scesi tenendomi a entrambi i corrimano. Le scarpe erano collegate a gambe avvolte in pantaloni neri. Feci un altro passo. Era visibile la zona della vita. Le mani del cadavere erano legate.

Una pozza di sangue intorno alla testa della vittima aveva una sfumatura più scura. Non si stava più allargando Sembrava un colpo alla base del cranio, proprio come Salter. Misi l'altro piede a terra, avvicinandomi al corpo. Era un'altra esecuzione di un uomo ricco?

Derrick scese agilmente le scale nello spazio angusto. «Porca puttana. È esattamente come Salter».

Accovacciandomi vicino alla testa, dissi: «Non proprio. Questo povero diavolo aveva uno straccio ficcato in gola».

Derrick mi girò intorno. «Assomiglia quasi al tipo nel ritratto, non trovi?»

Aveva ragione. L'uomo morto era simile all'uomo che l'artista aveva disegnato sulla scena dell'omicidio di Elby Salter. Poteva essere lo stesso uomo? Se sì, chi diavolo era?

19

«Le faccio un bagnetto veloce», disse Mary Ann.

«Adesso? È già nervosa».

«Oggi l'hanno tenuta tutti in braccio. E un po' d'olio del battesimo le è colato sul collo. Grazie a Dio non è finito sul vestitino».

«Era stupenda nel suo vestitino da battesimo».

«È sul letto. Appendilo, per favore. Voglio farlo conservare».

Stava forse pensando a un secondo figlio? «Perché?»

«Così lo avrà quando sarà più grande. Magari lo indosserà uno dei suoi figli».

Jessica non aveva neanche sei mesi e Mary Ann già parlava di lei che avrebbe avuto un bambino?

Appesi l'abito di pizzo e lo ammirai. Era bellissimo: raso bianco con decorazioni in pizzo ricamato. Il prezzo e la sua lunghezza all'inizio mi avevano infastidito, ma non riuscivo a immaginare Jessie con nient'altro addosso.

Mentre mi cambiavo mettendomi pantaloncini e maglietta, sentii Mary Ann che baciava Jessie. Entrò in camera da letto. Jessica era avvolta in un asciugamano. Aveva un profumo meraviglioso. Le rubai un bacio mentre Mary Ann le metteva un pigiama coperto dalle lettere dell'alfabeto. Gli occhi di Jessie erano due fessure. Mary Ann la mise giù e pochi secondi dopo dormiva.

Mary Ann si lasciò cadere su una sedia in salotto e io mi stesi sul divano.

«È un angelo, Frank».

«Lo so. Non ha neanche pianto come gli altri bambini quando il prete l'ha unta. La piccola ha un ottimo carattere. Ha preso da suo padre».

«Sì, certo. Mister Lunatico».

«Si chiama avere una personalità sfaccettata».

«Sei impossibile».

«E Derrick? È fantastico con Jessie, non trovi?»

«È un bravo ragazzo. E Lynn mi piace davvero tanto. Vuole diventare mamma. Scommetto che avranno subito un figlio».

«Quando si sposano?»

«L'anno prossimo. Credo ad aprile».

«Bene».

«Adesso che Jessica è battezzata non hai più scuse».

«Scuse per cosa?»

«Per farti operare all'ernia».

Uff.

Arrivai tardi al lavoro ed entrai in ufficio lentamente.

«Tutto bene?» disse Derrick.

«Sì».

«Cammini come se avessi un palo su per il culo».

«Quel dannato chirurgo c'è andato pesante durante la visita».

«Certi dottori sono così, no?»

«Perché? Non lo saprò mai».

«Che ti ha detto?»

«È una lei. Ho l'intervento per l'ernia tra due settimane».

«Non so se riuscirei a farmi mettere le mani lì sotto da una dottoressa».

Mi calai su una sedia. «Dopo quello che ho passato con il cancro alla vescica, niente potrebbe mettermi in imbarazzo».

«Hai ragione. Senti, sta arrivando quel testimone che ha aiutato con l'identikit per dare un'occhiata al corpo trovato sulla barca».

«Bene. Ma avremo comunque bisogno di un'identificazione».

«Lo so. Ehi, stamattina ho fatto un paio di telefonate su Friedman e sembra che possa avere qualche problema finanziario».

«Interessante. Come qualcuno possa aver bruciato tutti i soldi che deve aver fatto con quelle televendite va oltre la mia comprensione».

«Sempre che ci abbia fatto dei soldi. Ho sentito che almeno la metà di quei prodotti non vende mai abbastanza da coprire la produzione».

«Forse se le mandassero in onda a un'ora decente, avrebbero una possibilità di andare in pari».

Derrick afferrò la giacca. «Io vado. Tu te ne stai tranquillo?»

«No. Vado da Chadwick».

La casa del fratello di Elby non era altrettanto grande né altrettanto ben tenuta. Tuttavia, aveva un portico che sembrava circondare l'intera abitazione. Una lunga piscina rettangolare era popolata da quattro getti d'acqua ad arco, che mi ricordavano anelli sommersi. Le fontane non mi erano mai piaciute, ma questa era gradevole.

Parcheggiando accanto a una Mustang blu, notai qualcuno seduto sulla veranda. Era Chadwick. A quanto pareva, non solo non sarei entrato in casa, ma non avrei nemmeno potuto contemplare il Golfo mentre parlavamo.

Lo scricchiolio della ghiaia sotto i miei piedi si mescolava al suono della fontana. Osservai le scale: erano solo tre. Avrei stretto i denti e sopportato il fastidio. Il corrimano era ruvido. Prima che raggiungessi il secondo gradino, Chadwick si avvicinò.

Ci stringemmo la mano e lui disse: «Sediamoci qui».

Lo seguii verso una coppia di divanetti con cuscini a fiori. Sul tavolino di vimini con il piano in vetro che separava le sedute c'erano una coppa di frutta, un piatto di panini assortiti, una caraffa di limonata e una d'acqua. Erano solo le undici del mattino. Chadwick si era preparato per la mia visita, o i Salter vivevano meglio di quanto avessi immaginato?

Mi sprofondai su un divanetto e il suono dell'acqua mi mise in una sorta di mini-trance. «È un bel posto questo che ha qui».

«È della famiglia da anni. Qui ci viveva mio nonno».

«E avere suo fratello proprio qui accanto dev'essere stato piacevole».

«Lo è stato».

Il modo in cui lo disse significava il contrario.

Mascherò il tutto con: «A proposito, se ha fame, si serva pure».

«Grazie».

«Cosa posso fare per Lei, detective?»

Mi chinai in avanti. «Ha una relazione con Cindy Baylor?»

Chadwick girò di scatto la testa verso la finestra dietro di lui. Era chiusa. Abbassò la voce. «Detective Luca, questa è casa mia. La sua domanda non solo è inappropriata, ma non ha alcuna attinenza con l'omicidio di mio fratello».

Sussurrai: «Mi ha mentito. Perché?»

A basso volume, si potevano sentire le onde sonore della sua voce profonda da basso. «Mi permetto di dissentire. Credo di essere stato sincero; tuttavia, non vedo il motivo di discutere di questioni private».

«Lei ha una relazione con la stessa donna di suo fratello assassinato».

Infilò una forchetta nel piatto di frutta, prendendo una pallina di melone. La mangiò e posò la posata.

«Ha intenzione di ammetterlo?»

«A meno che Lei non abbia prove che la cosa sia legata alla morte di mio fratello, non intendo affrontare quella che è una questione privata».

«Mi pare giusto».

Prendendo la mia limonata, cercai di dare un senso alla situazione. Non riuscivo a immaginare un fratello adulto che ne uccidesse un altro per una relazione. Andare a letto con la moglie di un altro uomo era una storia diversa. Immaginavo che ci fosse un'abbondante scorta di donne con cui i fratelli Salter potevano intrattenersi. Perché proprio Cindy Baylor? Non era un cesso, ma non era neanche Marilyn Monroe. Era la folle necessità di privacy che li aveva portati a dividersi un'amante?

«Mi permetta una domanda correlata. Fred Baylor L'ha mai perseguitata o pedinata quando ha scoperto di Lei e di Cindy?»

«Lo ha fatto per un po'. All'inizio non l'avevo notato, ma una volta Cindy l'ha visto e ho capito che dovevo stare attento».

«L'ha mai minacciata?»

«Non direttamente, ma sapere che era là fuori era a dir poco spiacevole».

Quindi, si sentiva a disagio perché era osservato e non perché stava tradendo sua moglie con la moglie di un altro?

«Mi lasci chiederLe degli interessi di suo fratello».

«Intende a parte i Red Sox?»

«Era un grande tifoso, vero?»

«Ha cercato di convincerli a trasferirsi a Collier».

«Pensavo stessero costruendo un nuovo stadio qui».

«Non credo che accadrà mai».

«Perché?»

«Solo una sensazione, tutto qui».

«Riguardo agli interessi commerciali di Elby, so che abbiamo già parlato di Robert Friedman, ma c'è qualcun altro con cui aveva a che fare che Lei ritiene sia di dubbia reputazione?»

«Sono sicuro che ce n'erano. Non mi immischiavo nei suoi affari, ma Friedman è una sanguisuga».

Non poté fornire nulla di concreto se non colore. Lasciai Chadwick sapendo che dovevo dare un'occhiata più da vicino a Friedman. Ma il vero punto era cercare di capire chi stesse mentendo: Fred Baylor o Chadwick? E perché?

20

ORA CHE ERO PADRE, LA MIA COMPASSIONE PER I genitori con figli malati era aumentata. Non riuscivo a immaginare cosa succedesse a chi perde un figlio. Come potevano superare una tale perdita? Era più un trovare il modo di convivere con il dolore piuttosto che lasciarselo alle spalle.

Ci avevano detto che il padre di Elby Salter aveva preso molto male la morte del figlio. Lo capivo perfettamente e gli avevo dato del tempo prima di parlargli.

Svoltai da Crayton Road per immettermi in Mermaids Bight, una strada tortuosa che dava su Doctors Bay. Mentre pensavo a quanto fosse forte poter dire di abitare in una via con un nome così fantastico, intravidi uno sprazzo d'acqua tra le case mostruose che la fiancheggiavano.

Verso la fine della strada sorgeva l'unica struttura a un piano dell'isolato. Era lì che viveva Prescott Salter. Entrai nel vialetto d'accesso e la porta d'ingresso si aprì. Una domestica o un'infermiera?

«Lei dev'essere il detective Luca. Sono Emma. Mi occupo del signor Salter.»

«Piacere di conoscerLa, Emma.»

«Mi segua. Il signor S. è sul retro.»

Mi condusse lungo un sentiero lastricato che costeggiava la casa. Chiedendomi cosa ci fosse nel DNA dei Salter da rendere tabù l'interno delle loro case, strizzai gli occhi. La baia scintillava. Non era la casa più grande dell'isolato, ma non riuscivo a immaginarne una con una vista più ampia.

Alla mia sinistra, una barca stava passando sotto Harbor Drive. A sinistra si trovava Venetian Village. Il bar panoramico del Bayside era vuoto. Mi stavo chiedendo se da lì si potesse sentire la loro musica, quando sentii aprirsi una porta scorrevole.

Un deambulatore sbatté sulla terrazza poco prima di Prescott Salter. Emma gli stava vicino, ma non offrì aiuto.

Raddrizzò la sua esile figura e tese una mano coperta di macchie senili.

«Prescott Salter, giovanotto. Lei è un detective, non è vero?»

«Sì, signore. Omicidi. Mi chiamo Frank Luca.»

«Si accomodi dove preferisce, signor Luca, tranne che qui.»

Emma tirò una sedia sotto il sole diretto e Prescott Salter vi si lasciò cadere.

«Grazie, Emma. Sospetto che il signor Luca preferisca parlare in privato.» Mi fece l'occhiolino.

L'assistente si diresse verso la porta. «Vi lascio qui fuori, ragazzi. Mi faccia sapere se ha bisogno, signor S.»

Prescott armeggiò con i bottoni del suo maglione mentre soffiava una brezza leggera.

«Lei è qui per mio figlio, non è vero?»

«Sì, e vorrei porgerLe le mie condoglianze per la Sua perdita, signore.»

«Le accetto. Ora, perché non viene al dunque?»

«In un'indagine, ci piace parlare con chi conosceva meglio la vittima. Sarei venuto prima, ma mi rendo conto di quanto sia difficile per Lei e ho voluto darLe più tempo possibile.»

«La vita è piena di difficoltà. Arrivato alla mia età, persino andare in bagno è una sfida.»

Se solo avesse conosciuto la mia storia. «Mi sembra che se la cavi piuttosto bene.»

Si udì un leggero bussare e una porta scorrevole si aprì. Emma portava un vassoio con una caraffa di tè freddo. Lo posò sul tavolo e versò da bere per entrambi. Mi guardò. «Non è zuccherato. Lo zucchero è nella ciotola.»

Scomparve in casa e Prescott afferrò la ciotola, versandone un cucchiaio nel suo bicchiere.

«Ora, vada avanti, detective, prima che Lei cerchi di convincermi a fare un pisolino.»

Presi un sorso e posai il bicchiere. «Mi sembra un uomo a cui piace arrivare al punto.»

«Lo sono, infatti. Non ho mai capito tutti quei giri di parole che la gente fa per arrivare a ciò che vuole dire veramente.»

Fare il detective sarebbe frustrante per lui. «Chi pensa che possa aver ucciso Suo figlio?»

Spazzò via una goccia di condensa caduta dal bicchiere sul suo maglione. «Ho ottantatré anni, detective. Come potrei saperlo?»

«Speravo che potesse avere qualche intuizione sui Suoi interessi d'affari.»

«Mio figlio era un uomo adulto. Prendeva le sue decisioni da solo.»

«Era d'accordo con quelle decisioni?»

I suoi occhi nocciola ebbero un lampo. «Lei mi sembra un

uomo intelligente, detective. Dovrebbe sapere che non esistono due persone che possano essere d'accordo su tutto.»

Un uomo intelligente? «Signor Salter, sono certo che un uomo del Suo intelletto capisca il senso della mia domanda.»

«Touché, detective.»

«C'erano particolari decisioni d'affari con cui non era d'accordo?»

«La famiglia Salter ha vasti possedimenti in tutto il Sud-est e in Florida, dove ci troviamo sin dalla formazione di questo grande stato. I miei figli, come i figli dei miei avi, commettono errori. È semplice. Era un uomo adulto e, come tutti noi, doveva convivere con le conseguenze.»

Questo sembrava in contrasto con l'uomo e la famiglia che avevano istituito un fondo fiduciario con delle regole. Ma era un uomo anziano che stava affrontando la perdita di suo figlio. Forse era il suo modo di gestire il dolore.

«Mi risulta che abbia perso una sorella anni fa.»

Sbatté le palpebre due volte. «Lo scopo della Sua visita è infangare il nome dei Salter?»

«Assolutamente no, signore. Sono un detective dell'Omicidi che indaga sull'assassinio di Suo figlio. Non farei il mio lavoro se non esplorassi ogni possibile collegamento con il caso.»

«Florence scomparve più di quarant'anni fa. Il Suo collegamento non regge, detective.»

Emma uscì dalla casa. «Mi scusi, signor S., è l'ora delle pillole.»

Gli diede una manciata di medicine e lo guardò mandarle giù prima di rientrare.

«Non invecchi, giovanotto.»

«C'è qualcosa su cui pensa che dovremmo indagare? Una persona o un interesse d'affari che potrebbe avere a che fare con l'omicidio di Suo figlio?»

«Ci ho pensato più che a qualsiasi altra cosa in vita mia. È stato insensato. Elby era un bravo figlio, non perfetto, ma chi diavolo lo è?»

«Apprezzo il Suo tempo, signor Salter. Risolveremo questo omicidio.»

Tese una mano. «Preferibilmente, in fretta e in silenzio.»

21

MARY ANN USCÌ DALLA CAMERA DA LETTO, CON I CAPELLI avvolti in un asciugamano e Jessica in un altro. Dal divano, le dissi: «Portami qui la piccolina».

Mary Ann mi mise Jessie tra le braccia. Inspirai a fondo. L'odore di una bambina pulita riconciliava con la vita. Gli occhi di Jessie erano pesanti.

«Dai la buonanotte a papà».

Baciai mia figlia e la passai a Mary Ann, che domandò: «Cosa stai guardando?»

«Oh, questo è forte. È un documentario su un gruppo segreto chiamato Bilderberg. Mi conosci: non credo alle teorie del complotto, ma questo gruppo esiste dai primi anni Cinquanta».

«E cosa fanno?»

«Secondo questo documentario, si occupano a fondo di politiche pubbliche in tutto il mondo. Prendono decisioni che hanno un impatto su tutti».

«Come mai non ne abbiamo mai sentito parlare?»

«Sono fissati con la segretezza».

«E che ne è del tuo detto secondo cui l'unico modo per

mantenere un segreto tra due persone è che una delle due sia morta?»

«Molto spiritosa, Mary Ann. Guarda, capirai cosa intendo. Questa gente ha guardie armate alle riunioni e aerei che sorvolano la zona per garantire la sicurezza. Non vogliono alcuna copertura mediatica».

«Ma dai, Frank. Ci credi davvero?»

«È vero. Ne fa parte un sacco di gente potente».

«Tipo chi?»

«Un sacco di uomini d'affari e famiglie potenti. Persino figure governative come Ben Bernanke, il tizio che era a capo della Federal Reserve. Era un membro».

«Davvero? E cosa fanno a queste riunioni?»

«Nessuno lo sa per certo, ma dicono che si riuniscono per discutere di ciò che vogliono che venga fatto in tutto il mondo, cose come un governo comune o l'uso della stessa moneta. Un po' come quello che stanno cercando di fare in Europa».

«Come potrebbero farlo?»

«È gente potente, Mary Ann. Se uno come Bernanke decide di fare qualcosa con la politica monetaria americana, quella cosa verrà fatta, e il mondo seguirà a ruota. Credimi. E, per dire, se tutti gli uomini d'affari si accordano per investire nel trasformare l'acqua di mare in qualcosa di potabile o nel costruire più o meno parchi, succede».

Mi balenò in testa l'immagine del vecchio Salter: quello che lo sceriffo Morgan aveva detto dei Salter, che si erano dati da fare per rendere questo posto quello che era.

«Devo metterla a letto».

«Buonanotte, Jessie».

Mi voltai di nuovo verso la TV. Che esistessero gruppi del genere mi affascinava.

C'ERA UNA TAZZA DI CAFFÈ SULLA MIA SCRIVANIA, MA DI Derrick nessuna traccia in ufficio. Presi la tazza: era tiepida. Sorseggiando il caffè, scorsi la posta in arrivo in cerca di qualcosa dalla scientifica e domandandomi se i Salter facessero parte di un'organizzazione segreta.

Niente. Non avevamo ancora ottenuto un'identificazione del cadavere trovato nel porto turistico. Sembrava sempre più che il corpo fosse di un immigrato clandestino. Chi era quest'uomo? L'unico indizio che avevamo era un tatuaggio con la parola *Libertad*: la parola spagnola per libertà. Non un grande aiuto su chi fosse o perché fosse stato ucciso.

L'unica pista sull'omicidio, se così si poteva chiamare, era l'avvistamento di una barca entrata nel porto turistico a tarda notte, il giorno prima della scoperta del corpo. Aveva solo le luci di via accese ed era stata vista lasciare l'area della banchina dove era stato trovato il cadavere. Era tutto ciò che avevamo. Praticamente niente.

Derrick entrò di slancio nell'ufficio, sventolando una manciata di fogli.

«Friedman è indebitato fino al collo. La sua casa è pignorata».

«Interessante».

«Interessante? Vuoi sapere cos'è interessante?»

«Arriva al punto, Derrick».

«Ha intentato una causa contro nientemeno che Elby Salter».

«Cosa? E quando?»

«Due settimane prima che lo uccidessero».

«Su quale base?»

«Questo è un riassunto che ho ottenuto dagli atti del tribunale. Ha sostenuto che Salter non aveva mantenuto la promessa di pagargli una buonuscita in caso di scioglimento della società».

«Era scritto in un contratto o qualcosa del genere?»

«No. Tutto a voce, secondo Friedman».

«Sembra fosse una sanguisuga in cerca di soldi, che scommetteva sul fatto che Salter avrebbe pagato per toglierselo di torno».

«E non ha funzionato, così lo ha ucciso».

«Non so se sia passato da una causa legale a un omicidio, ma è una pista che dobbiamo seguire. Deve essere successo qualcosa per spingere Friedman a passare dal tentativo di spillargli soldi all'assassinio».

«Aveva bisogno di soldi. Che altro motivo ti serve?»

Aveva ragione. Avevo messo dietro le sbarre un bel po' di assassini avidi. «Amen. Dobbiamo fare il terzo grado a Friedman. Perché non ci ha detto di aver fatto causa a Salter?»

«Perché sapeva che immagine avrebbe dato di sé».

«Non so. Quindi, fa causa a Salter, e supponiamo che non sia andata a modo suo. Friedman non ottiene niente, o quello che considera non abbastanza, ed è così incazzato che assolda qualcuno per uccidere Salter. È già successo. Qualcuno si affida al sistema per raddrizzare quello che crede sia un torto e, quando il risultato non è quello che si aspetta, si fa giustizia da solo».

«È più che plausibile. In più, Friedman è un viscido».

«Dovrebbe essere disperato per passare da imbroglione ad assassino. È un salto enorme. Dobbiamo scavare più a fondo possibile, vedere se ci sono prove di violenza nel suo passato. Se c'è qualcosa, allora questo diventa uno scenario possibile».

«Me ne occupo io, Frank. Vedo cosa c'è».

«Dobbiamo ancora scoprire di più sulla nuova ragazza di Elby, Sue».

«Hai qualche idea su come rintracciarla?»

«Non ho mai conosciuto una donna che non sapesse chi fosse la sua rivale».

«Amen. Lynn ogni tanto tira ancora fuori la storia di Valeria».

«Penso che potremmo cominciare chiedendo di lei alla moglie di Elby, a Cindy Baylor e alla ragazza francese».

«Forse Weaver sa di altre con cui è uscito».

22

DERRICK STAVA LEGGENDO IL GIORNALE QUANDO ENTRAI. Lo ficcò in un cassetto.

«Giorno, Frank.»

«Giorno. Leggi il giornale per deprimerti?»

«Mi piace tenermi aggiornato sugli avvenimenti locali. Ehi, hai saputo che l'accordo per il nuovo stadio dei Red Sox è saltato?»

Bevvi un sorso di caffè. «No. Che è successo?»

«Qualcosa che riguarda i costruttori e il contratto per il terreno.»

«Quando è successo?»

«Sull'articolo c'è scritto che è successo ieri.»

«Sai, quando sono andato a trovare Chadwick Salter, mi ha detto che non se ne sarebbe fatto niente. Ma era più di una settimana fa. Come poteva saperlo?»

«Hanno le loro conoscenze, lo sai.»

Lo sapevo bene. «Voglio che scavi un po'; scopri chi c'era dietro il fallimento dell'accordo. Chi era coinvolto, come hanno fatto saltare quello che sembrava un affare fatto, e perché. Scommetto che ci sono di mezzo i Salter.»

«Può darsi, ma se sono loro, cosa c'entra?»

«Se lo sapessi, ci staremmo già dando da fare. Vediamo che cosa scopri.»

Era possibile che la faccenda dello stadio fosse collegata. Elby era un grandissimo tifoso dei Red Sox. Voleva più vicini la squadra e i giocatori che amava. Si sarebbe anche fatto un nome con la squadra, orchestrando un accordo per un nuovo stadio pieno di comfort.

Aveva pestato i piedi a qualcuno? Potenti interessi economici che si opponevano al trasferimento della squadra da Fort Myers avrebbero fatto resistenza. Poteva essere uno di loro. Poi c'erano quelli contrari ad avere la squadra a Collier.

La famiglia di Elby si era opposta all'accordo per via dei propri interessi e, una volta morto Elby, lo aveva mandato a monte? C'erano in gioco centinaia di milioni di dollari. In fin dei conti, lo sport era un grosso affare. Lo sport e la lealtà verso la squadra occupavano uno spazio ossessivo e malsano in una buona fetta della popolazione. Spostare una squadra poteva spingere un tifoso instabile a uccidere? Alla maggior parte della gente sarebbe sembrato inverosimile, ma non a un detective dell'Omicidi.

DERRICK ENTRÒ NELL'UFFICIO SCUOTENDO LA TESTA.

«Niente da fare. Il tizio non ha saputo identificare il corpo nel porto turistico come l'uomo che ha visto la notte in cui è stato ucciso Salter.»

«Maledizione. Speravo di trovarne traccia. Come diavolo lo risolviamo se non sappiamo neanche chi sia?»

«Non ne ho la più pallida idea.»

«Se non è collegato al caso Salter, allora lo mettiamo da parte. Prima o poi qualcuno verrà a cercare questo tizio. Di' a

Sally di diramare un avviso in tutto lo stato che corrisponda a quello che abbiamo sul corpo. Magari qualcuno ha denunciato la scomparsa di una persona che corrisponde al nostro cadavere.»

———

La sala da pranzo del Quail Creek era animata e più rumorosa di quanto ricordassi. Mi diressi allo stesso tavolo dove stava Friedman l'ultima volta, quasi dovendo inforcare gli occhiali da sole. Con una giacca sportiva gialla, Friedman sembrava un canarino. Le sue faccette di porcellana lampeggiarono di un bianco LED mentre chiacchierava con una cameriera.

Quando mi vide, posò un bicchiere di liquido scuro con una ciliegina.

«Come ce la passiamo oggi?»

«Tutto bene, signor Friedman.»

«Si sieda. Vuole qualcosa?»

«No, grazie.»

«Che succede con il caso Elby?»

«Ho un paio di domande per Lei.»

Lui sorseggiò il suo drink. «Mi dica.»

«Come mai non mi ha mai detto di aver intentato una causa contro Elby Salter?»

«Che problema c'è? Se posso dirlo, era l'imputato in molti procedimenti.»

Avrei dovuto riprendere l'argomento. «Limitiamoci a quella intentata da Lei.»

«Mi sfugge qualcosa, detective? Eravamo in affari e gli ho fatto causa. Purtroppo non è una cosa così insolita tra soci.»

«Ha intentato la causa due settimane prima che venisse ucciso.»

«Come potevo sapere che qualcuno l'avrebbe ucciso? La sua scomparsa di certo non ha aiutato la mia causa.»

«Stava cercando di estorcergli del denaro?»

«Estorcere? È una follia. Ho intentato una causa per risolvere le nostre divergenze.»

«Le mie fonti mi dicono che era un'azione legale futile, mirata a convincere Salter a patteggiare.»

Gli occhi di Friedman si strinsero. «Futile? Ha idea delle promesse che mi aveva fatto?»

«Mi risulta che Lei sostenga che quelle assicurazioni fossero verbali.»

«Questo non le rende meno valide. I tribunali considerano sempre i contratti verbali.»

«Aveva bisogno di soldi, non è vero?»

«Certo che ne avevo bisogno. Ho sessantacinque anni. Per quale altro motivo mi sarei imbarcato in una causa legale se non fossi stato costretto?»

Aveva sessantasette anni, ma lasciai correre; la bugia si addiceva ai suoi ritocchi estetici. «Mi risulta che Lei sia in difficoltà finanziarie.»

«La vita è fatta di alti e bassi. Ora come ora, sono in un momento no, ma mi riprenderò. Lo faccio sempre.»

«La sua casa è pignorata.»

«È una casa, tutto qui. Non mi preoccupo delle cose materiali a questo punto della mia vita.»

Volevo chiedergli se avesse mai pensato di mettere da parte un po' dei soldi che aveva guadagnato. «Ha cercato di risolvere il disaccordo prima di andare in tribunale?»

«Certo che l'ho fatto. Non ne ha voluto sapere. Eravamo amici, non intimi, ma pur sempre amici. Mi tirava fuori la solfa del "gli affari sono affari", dicendo che doveva tenere le cose separate.»

«Questo deve averLa fatto arrabbiare.»

«Certo che mi ha fatto arrabbiare.»

«Arrabbiato abbastanza da cercare vendetta?»

«Guardi, ho esposto le mie lamentele a un avvocato e abbiamo fatto causa. Questo è tutto ciò che ho fatto.»

Friedman non era il tipo da sparare a Salter di persona, ma avrebbe potuto assoldare qualcuno per farlo?

«Nella sua carriera ha fatto affari con un paio di persone pittoresche.»

Sospirò. «Sta per tirare fuori la storia degli affari di logistica? È roba di vent'anni fa.»

«Era socio dei fratelli Salido, uno dei quali sta scontando l'ergastolo per omicidio preterintenzionale.»

«Oh, andiamo. Mi servivano magazzinaggio e servizi di preparazione degli ordini in New Jersey. Era tutto in mano ai sindacati; non si poteva fare niente senza di loro.»

«Ha chiesto ai Salido di regolare un conto per Lei?»

Le sue spalle si afflosciarono. «No, è assurdo. Sono un uomo anziano; quanto tempo pensa che mi rimanga?»

Il tempo passava in fretta, ma Friedman pigiò sull'acceleratore. «Mi parli di alcune delle altre cause intentate contro Elby Salter.»

Il suo vigore tornò. «Non conosco molti dettagli, ma Elby, lui aveva l'abitudine di promettere cose alla gente, come ha fatto con me. Faceva incazzare le persone.» Fece una pausa prima di dire: «Ho sentito che usava lo stesso sistema anche con le donne.»

«Ha qualche informazione specifica?»

23

Derrick entrò di slancio nell'ufficio mentre stavo riattaccando il telefono.

«Immagino non sia una sorpresa che Chadwick sia l'esecutore testamentario di suo fratello.»

«Sarebbe potuto essere il vecchio.»

«Ma no, gente come i Salter è maestra nella pianificazione. Probabilmente Prescott lo era stato a un certo punto, ma ha passato la mano. Ha senso.»

«Cosa ti ha detto Chadwick?»

«In sostanza, tutti i beni di Elby sono finiti o stanno per finire nel fondo fiduciario della famiglia Salter. Annabelle riceverà qualcosa, ma non ha voluto dare dettagli. Avevano un accordo prematrimoniale, ed Elby aveva fatto testamento.»

«Non può impugnarlo? Erano sposati da una ventina d'anni. È un sacco di tempo.»

«Potrebbe, ma sarebbe solo una perdita di tempo e di soldi per gli avvocati.»

«E la causa di Friedman? Ti ha detto qualcosa in proposito?»

«Non nello specifico, ma ha detto una cosa interessante

quando gliel'ho accennata. Ha detto che qualunque procedimento legale in corso sarebbe stato archiviato o patteggiato, se ci fossero state le basi legali per farlo.»

«In corso? In quante cause potrebbero essere coinvolti?»

«È esattamente quello che stavo pensando. Ora, dobbiamo ricordare che questa gente è coinvolta in un sacco di affari, ed è inevitabile che ci siano dei disaccordi. Quello che mi interessa scoprire è quanto profonde ed emotive siano queste divergenze.»

«Dovremmo fare una ricerca?»

Non volli dirgli che avremmo già dovuto farla. «Sì, voglio vedere cosa salta fuori, sia in ambito civile che penale.»

24

Incrociai le braccia sul petto e mi spostai in un angolo della stanza. Il leggero camice non poteva nulla contro l'aria condizionata. Continuavo a ripetermi che era una procedura di routine, ma considerando la mia lotta contro il cancro, un mal di stomaco era motivo di preoccupazione. Se fossi stato io il responsabile, mi sarei assicurato di dare un Valium ai pazienti prima di far loro compilare le scartoffie.

Era difficile distrarmi mentre aspettavo. Concentrarmi su Jessica durò solo un paio di minuti. Irrequieto, ripensai al caso Salter. Il fatto che Elby Salter fosse stato l'artefice dell'accordo per i terreni dello stadio doveva essere un indizio importante. Era una cosa che lo appassionava molto, e fu annullata poche settimane dopo la sua morte.

Potenti forze si opponevano all'accordo, tra cui la sua stessa famiglia. Fino a che punto si sarebbero spinti per impedire che andasse in porto? Non mancavano certo le risorse a loro disposizione, ma il loro arsenale includeva anche un sicario?

Mi tornò in mente la battuta che Michael Corleone diceva a Kate ne Il Padrino riguardo alla sua ingenuità sui politici che ordinano omicidi, proprio mentre un'infermiera fece capolino.

«Venga con me, signor Luca. Sono pronti per Lei adesso.»

Forse loro erano pronti, ma io no. La seguii a fatica in una stanza molto illuminata e saltai su una barella. Mi attaccarono una flebo e l'ultima cosa che ricordai fu un'immagine di Michael Corleone in piedi accanto a una Cadillac nera degli anni Cinquanta.

«Mary Ann! Mary Ann!»

Entrò in camera da letto con in braccio Jessie. «Che c'è?»

«Non riesco ad alzarmi dal letto.»

«Cosa?»

«Ogni volta che mi muovo, sento una fitta lancinante, come se qualcuno mi stesse piantando un coltello nelle budella.»

«È del tutto normale. Non ti ricordi cosa ha detto il dottore?»

Feci spallucce. «Aiutami solo a mettere le gambe giù dal letto.»

«Devi muoverti. Te l'hanno detto, Frank.»

«Ma fa un male da cani.»

«Starai bene. Passerà. Non preoccuparti. Non è quello che hai detto tu quando ero in travaglio?»

«Ah, ah. Sai una cosa? Non aiutarmi. Mi alzo da solo.»

Mary Ann scosse la testa e uscì dalla camera.

Cosa? Si era forse dimenticata che mi avevano appena rifatto le tubature? Forse era per quello che faceva così male. Chiedo un piccolo aiuto e lei diventa un sergente istruttore nordcoreano?

Spostai lentamente le gambe fino al bordo del letto.

Appoggiando una mano sul comodino, mi alzai lentamente come un'erbaccia. Il dolore era acuto, ma tenni la bocca chiusa. Stare in piedi era meglio. Mi trascinai fino al bagno con un dolore minimo, temendo di dovermi sedere per fare pipì.

Fortunatamente, andare in bagno non fu così terribile come avevo temuto. Mi lavai e mi diressi in cucina.

«Ecco che arriva papà, Jessica.»

Volevo prenderla in braccio, ma il dottore aveva detto che non potevo sollevare pesi. Le diedi un bacio e mi avvicinai con passo incerto alla macchinetta del caffè.

«Ti senti bene?»

«Sì.»

«Vedi, devi solo muoverti un po' e in un paio di giorni tornerai alla normalità.»

Invece di dire qualcosa, annuii, misi una cialda nella macchinetta e tenni a mente la sua affermazione sul muoversi un po' per uso futuro.

STARE A CASA E NON SENTIRSI BENE NON ERA UNA passeggiata. Avrei preferito lavorare. Almeno il tempo sarebbe volato e avrei fatto qualcosa di utile durante la giornata. Giocherellare con Jessie era divertente, ma dopo mezz'ora mi annoiavo. Non potevo guidare né uscire di casa.

La veranda era il posto perfetto per un pisolino. Mi calai su una chaise longue e sperai di riuscire a dormire un'oretta. Cercai di acquietare i pensieri, ma sembrava funzionare solo quando ero stanco morto. Prima che la pulsazione nelle budella finisse, mi ritrovai a pensare di nuovo al caso Salter.

C'era molto lavoro da fare. Derrick era fuori a fare interrogatori e io ero lì, a pancia all'aria. Rimpiangendo di essermi fatto operare per l'ernia, mi alzai lentamente ed entrai nello studio. Collegandomi al computer del mio ufficio, trovai un numero di telefono e chiamai.

«Fred Baylor? Sono il detective Luca.»

«Uh, sì. Come sta?»

Non c'era bisogno che lo sapesse. «Bene. Volevo farLe una domanda.»

«Questo non è proprio un buon momento. Ho una riunione a cui partecipare.»

«Mi dispiace. Ci vorrà solo un momento.»

«Okay, vada avanti.»

«Ha seguito Chadwick Salter?»

«Senta, Le ho già detto del pedinamento di Elby. È stata una stupidaggine, ma è tutto.»

«Quindi, non ha perseguitato Chadwick Salter?»

Una pausa lunga abbastanza da allacciarsi una scarpa. «No, non l'ho fatto.»

«È sicuro di non voler riconsiderare questa risposta?»

«Non l'ho mai perseguitato.»

«Strano, perché lui ha detto di sì e che la sua ex moglie, Cindy, lo sapeva.»

«Non era niente di simile allo stalking.»

Ah, il qualificatore che cambia tutto. «E allora cos'era?»

«Li ho seguiti due volte, tutto qui. Poi ho capito che razza di idiota ero. Lei non era la donna che avevo sposato. Dovevo essere pazzo per fregarmene ancora di lei. Sbagliare una volta, forse, ma eccola lì con un altro.»

«Voglio crederLe, Fred, davvero, ma perché non ha detto tutto la prima volta?»

«Sa quanto sia imbarazzante?»

«Perché non me l'ha detto?»

«Volevo, lo giuro. Avevo solo paura, tutto qui.»

I giuramenti avevano perso il loro valore. «Con tutte le

bugie che ha detto, dovrei arrestarLa per intralcio alla giustizia.»

«No, per favore. Giuro, non ho avuto niente a che fare con quello che è successo a Elby Salter.»

«Se scopro che ha mentito di nuovo, non Le darò tregua.»

Il fatto che avesse perseguitato anche Chadwick lo faceva scendere di un gradino nella scala dei sospettati. Baylor era uno di quei tipi che pensano di poter mentire alla polizia e farla franca. La realtà era che ciò screditava ogni altra parola che pronunciava.

25

Raccontai a Derrick della telefonata anonima che era appena arrivata.

«Perché questo tizio ha fatto la soffiata, Frank?»

«Non lo so. Forse risparmiano parte dei soldi se non devono pagare un risarcimento.»

«Probabilmente è per quello.»

«Non mi importa. Sono contento che l'abbia fatto.»

«Prenderà dieci milioni?»

«Sì, il valore nominale dell'assicurazione sulla vita era di cinque milioni e l'omicidio rientra nella casistica di morte accidentale. Avevano una copertura per questo e il beneficio è raddoppiato.»

«Sembra un movente forte, ma cinque milioni non sono molti per gente come loro.»

«Senza dubbio, ma non dimenticare che tipo di matrimonio avevano. Quell'uomo si faceva chiunque potesse. Annabelle lo sapeva, ma non poteva farci niente. Forse si sentiva in trappola.»

«Sì, se avesse divorziato da lui, sono sicuro che avrebbe perso qualsiasi cosa le avessero dato.»

«Chi pagava il premio? Doveva essere costoso.»

«Era una polizza sulla vita congiunta? Molte coppie sposate ne hanno una di quel tipo.»

Ora ero sposato e non avevo alcuna assicurazione sulla vita. Temevo che la mia storia clinica con il cancro la rendesse proibitiva, ma se fosse successo qualcosa a me o a entrambi, Jessie avrebbe avuto bisogno di soldi. Era una cosa di cui dovevo occuparmi.

«No, era solo per lei. Forse il fondo fiduciario aveva già abbastanza assicurazioni sulla vita per lui.»

«Ha senso avere un'assicurazione sulla vita quando sei sposato. È allora che ha stipulato la polizza?»

«No, la polizza è stata stipulata sei anni fa.»

«Cosa ha dato origine a ciò?»

«È una delle domande che ho.»

Era un altro posto di cui non avevo mai sentito parlare, il Naples Depot Museum. La vecchia stazione ferroviaria era decorata in stile mediterraneo, nonostante il suo scopo fosse quello di illustrare gli avvenimenti dei ruggenti anni Venti.

Affacciandomi all'interno, vidi Annabelle. Stava parlando con un'altra volontaria davanti a un carro da mulo restaurato. Il veicolo di legno sembrava nuovo. Mi diressi dentro un po' troppo in fretta e sentii una fitta allo stomaco. Un piccolo gruppo di bambini era radunato davanti a un'esposizione interattiva. La loro eccitazione mi fece venire voglia di portare Jessie lì.

Annabelle salutò con un cenno della mano.

«Questo è un posto fantastico. Non sapevo che esistesse.»

«Lo so. La maggior parte della gente non sa nulla di tutti i musei che abbiamo a Collier. È un ottimo posto dove fare volontariato.»

«I bambini sembrano apprezzarlo.»

«Abbiamo una carrozza ferroviaria splendidamente restaurata sul retro. Ci si fa una buona idea di come Naples si sia evoluta da un sonnolento villaggio negli anni ottanta dell'Ottocento a quello che è oggi.»

«Quando mia figlia sarà un po' più grande, la porteremo tutaj

«Me lo faccia sapere. Le riserverò un trattamento da VIP.»

Era una persona diversa da quella che avevo incontrato nella sua casa di fronte all'oceano. «Grazie. Perché non parliamo fuori?»

«Grazie per avermi incontrata qui. Con tutti gli scatoloni, la casa è sottosopra.»

«Sta traslocando?»

«Sì. La casa è a nome del fondo fiduciario.»

«Chi si trasferirà lì?»

«Non lo so davvero. Ma Chad ha sempre amato quella casa.»

«Ma abita proprio qui accanto.»

«Sì, ma questo è il fiore all'occhiello dei Salter. La casa di Chad è, be', diciamo solo che non è così prestigiosa.»

«Chadwick è un tipo geloso?»

«Competitivo sarebbe un modo migliore per descriverlo.»

Interessante. «Capisco. Chadwick si opponeva al coinvolgimento di Elby nel tentativo di far trasferire i Red Sox a Collier?»

«All'inizio, Elby ha detto qualcosa riguardo al fatto che gli stesse creando problemi, ma non era niente in confronto agli altri pazzi che sono saltati fuori dal nulla.»

«Cosa intende con questo?»

«Elby ha ricevuto due o tre lettere per posta con minacce riguardo al trasferimento della squadra.»

«Ha le lettere?»

«No. Elby le ha gettate via. Non le ha prese sul serio.»

«E lei?»

«Non proprio. Me ne ha mostrata una e sembrava che l'avesse scritta un bambino. Ha detto che la squadra riceveva ogni sorta di lettere da tifosi arrabbiati per questo o quello.»

«La gente prende lo sport sul serio.»

«Verissimo, e a scapito delle arti.»

«Volevo chiederle della polizza di assicurazione sulla vita di suo marito.»

Non tradì alcuna emozione. «Cosa vuole sapere?»

«Sembra insolito che la famiglia Salter abbia un'assicurazione al di fuori del fondo fiduciario.»

«Cosa c'è di così insolito nel fatto che una moglie sia la beneficiaria di una polizza sulla vita del marito?»

Era una buona domanda, ma io avevo il distintivo. «Capisco che, con la clausola in caso di incidente, incasserà dieci milioni di dollari.»

«Sì, è corretto.»

«Quando ha stipulato la polizza?»

«Circa sette anni fa.»

«E siete stati sposati per circa ventitré anni, corretto?»

«Ventiquattro.»

«Perché aspettare diciassette anni per stipulare un'assicurazione sulla vita? Doveva essere più economica quando lui era più giovane.»

«Non è un segreto che non avessimo il migliore dei matrimoni. Il tempo passava e mi sentivo esposta, specialmente senza figli. Senza nessuno che portasse avanti il» mimò le virgolette con le dita «nome dei Salter, la famiglia mi sminuiva.»

«Ma mi risulta che ci siano delle disposizioni nel fondo fiduciario per prendersi cura di lei se dovesse succedere qualcosa a Elby.»

«Ascolti, ho sprecato anni della mia vita. Non è giusto. All'inizio le cose andavano bene. Ma quando è diventato evidente che non ero in grado di dargli dei figli, le cose hanno iniziato ad andare a rotoli.»

«E lei ha insistito perché le fornisse una sicurezza?»

«Si potrebbe dire così. Io direi piuttosto che me la sono guadagnata.»

«Perché non ha semplicemente divorziato da lui?»

«Vorrei poterle rispondere.»

«Ha avuto qualcosa a che fare con la morte di suo marito?»

«Assolutamente no.»

«Cosa crede che gli sia successo?»

«Elby aveva dei tratti caratteriali destinati a metterlo nei guai.»

«Intende le sue varie relazioni extraconiugali?»

Cominciò a dire di no, poi esitò. «Quella era una parte del problema.»

«Cosa stava per dire?»

«Niente. Non ho altro da dire.»

«Andiamo, signora Salter. Stiamo indagando sull'omicidio di suo marito. Ogni singolo frammento di informazione è importante.»

«Elby era un uomo buono, ma aveva i suoi difetti come tutti noi.»

«Si trattava di droga o alcol?»

«No.»

«Gioco d'azzardo?»

«No, Elby aveva troppo rispetto per i soldi.»

«Pornografia?»

Scosse la testa. «No.»

Stava nascondendo qualcosa. Che cosa?

«Cosa sa della scomparsa della zia di Elby, Florence?»

«Non molto. La famiglia non parlava quasi mai di lei.»

«Quali erano le congetture su cosa le fosse successo?»

«Non lo so, ma Prescott ha insinuato che non fosse mentalmente stabile e che si fosse messa nei guai.»

«Ha idea del tipo di guai?»

«Nessuna.»

«Okay. È sicura di non avere nient'altro da aggiungere su Elby?»

Distolse lo sguardo e scosse la testa.

Stava nascondendo qualcosa, ma la domanda era se ciò avrebbe aiutato il caso o se fosse una questione personale.

26

DERRICK E IO SALTAMMO SULLA CHEROKEE. PRIMA CHE avessi avuto il tempo di elaborare il colloquio con Annabelle, nella storia di Fred Baylor si aprì un'enorme falla.

«Come va con l'ernia?»

«La sento a malapena. So che c'è, ma non mi dà più molto fastidio.»

«Ottimo. Allora, dimmi cosa ha detto la moglie di Salter.»

«C'è sotto qualcosa. Annabelle nascondeva qualcosa.»

«Cosa ha detto?»

«È quello che *non* ha detto. Quello e il suo linguaggio del corpo.»

«Potrebbe essere qualunque cosa. Forse a lui piaceva qualche perversione e lei non ci stava.»

«Potrebbe essere. Non ci avevo pensato. Le ho chiesto della pornografia e lei ha detto di no, ma dal modo in cui ha scosso la testa... forse era qualcosa del genere.»

«Quindi non pensi che ci sia nulla di strano nel fatto che abbia incassato l'assicurazione sulla vita?»

«No, era troppo pragmatica al riguardo. E se ci pensi, è

una cosa abbastanza normale, specialmente con un accordo prematrimoniale e i limiti del trust.»

«Ma sono dieci milioni di dollari. E la tempistica.»

«Potrebbe dipendere solo dall'età. Tu hai qualche anno meno di me. Io la penso diversamente di questi tempi. Ma quello che secondo me varrebbe la pena approfondire è qualsiasi cosa possiamo trovare risalente al periodo in cui fu stipulata la polizza.»

«È stato sette anni fa.»

«Quindi, calcola il tempo della richiesta, il processo di valutazione, le visite mediche. Direi da sette anni a sei mesi dopo che è entrata in vigore.»

«Cosa pensi che dovremmo cercare?»

«Qualsiasi cosa di finanziario che salti all'occhio. Non so cosa possiamo ottenere su quel fronte, ma dobbiamo ficcarci il naso. Quello e qualsiasi evento materiale nella vita di Elby Salter e anche della famiglia. Il vecchio e suo fratello.»

Derrick parcheggiò in uno spiazzo di fronte all'edificio dell'ufficio di Fred Baylor.

«Me ne occupo appena abbiamo finito qui.»

Trattenni il respiro passando davanti ai fumatori all'ingresso e per poco non andai a sbattere contro Fred Baylor. A testa bassa, stava tamburellando sullo schermo del telefono mentre usciva dall'ascensore.

Se c'era qualcuno che sembrava sul punto di vomitare, quello era lui.

«Ehm, cosa c'è che non va?»

Derrick disse: «Dobbiamo parlarle.»

«Uh, non posso. Sto andando da, uh, da un cliente.»

«Possiamo salire nel suo ufficio?»

«No, no. Non è possibile.»

«C'è uno Starbucks a Waterside dove possiamo andare.»

«Preferirei di no. Come ho detto, ho un appuntamento.»

Derrick disse: «Possiamo fare tutto al distretto, se preferisce, in una sala interrogatori.»

Baylor sbiancò in volto. «Non è giusto. Non ho fatto niente.»

Indicai un tavolo da picnic vuoto. «Perché non ci spostiamo lì per due chiacchiere veloci? È fuori dal sole.»

Derrick e io ci sedemmo di fronte a Baylor su delle panche di cemento. Era una seduta dura per il mio didietro, ma il fresco era piacevole. Baylor teneva la testa bassa.

«So di non avervi detto tutto, ma dovete capire che figura da stupido mi ha fatto fare.»

Io dissi: «Una figura da stupido tale da uscire e uccidere Elby Salter?»

«Non potrei mai fare una cosa del genere.»

Derrick disse: «Ha detto al detective Luca che era a casa la notte in cui Elby Salter si è beccato una pallottola in testa.»

«Sì, ero lì.»

«Mi ha detto che se lo ricordava perché era un martedì, e la sera prima aveva esagerato con l'alcol mentre giocava a bowling.»

Annuì.

«Ed è rimasto a casa tutta la notte?»

«Sì, ho solo guardato un po' di TV e sono andato a letto.»

Derrick disse: «È ora di sputare il rospo. Dov'era quella notte?»

«A casa. Giuro che ero a casa. Dovete credermi.»

«Le crederemmo, ma abbiamo questo piccolo problema: uno dei suoi vicini l'ha vista andar via in macchina quella notte.»

«Cosa? Com'è possibile?»

«Non aveva calcolato che qualcuno, portando fuori la spazzatura, l'avrebbe vista, vero?»

«Non ero io.»

«Andiamo, signor Baylor, abbiamo un testimone oculare.»

«Posso spiegare.»

Eravamo dai nostri vicini per un barbecue. A parte il battesimo, ce n'eravamo stati per conto nostro, convinti, come la maggior parte dei neogenitori, di dover proteggere Jessica dal rischio che prendesse qualcosa. Era una piccola riunione, solo i vicini senza figli e uno dei loro genitori.

Phil e Marlene mi piacevano; erano persone alla mano. C'era il padre di Phil, Marty. A novantadue anni era una fonte di ispirazione. Aveva più memoria di me e camminava per quasi due miglia al giorno.

Mary Ann mostrava Jessie come la piccola principessa che era. Il cuore mi si gonfiò d'orgoglio mentre Jessie continuava a sorridere. Dopo aver affascinato i nostri ospiti, ci dirigemmo verso la veranda.

Il padre di Phil disse: «Frank, vieni a sederti qui vicino a me.»

Lanciai un'occhiata a Mary Ann. lei annuì in segno di approvazione. Mi accomodai su una sedia imbottita accanto a Marty con il mio bicchiere di vino.

«Dimmi cosa succede all'ufficio dello sceriffo. Non ti vedo da poco prima che scappasse quel serial killer.»

«Ce la siamo vista brutta. Sai, non dirlo a nessuno, ma se questi tizi sparissero e basta, avrebbero più possibilità di farla franca.»

«Sai, ero in marina con un tizio, credo si chiamasse Bruce o Brendan. Era più vecchio di me ed era un detective della Omicidi, come te. Comunque, una notte eravamo di guardia insieme e mi ha detto che se uno andasse in un'altra città e uccidesse qualcuno che non conosce, senza testimoni, la farebbe franca.»

C'era del vero in questo. Facevamo molto affidamento sulle connessioni per rintracciare gli assassini. «Potrebbe essere, ma ora abbiamo molti più strumenti con cui lavorare.»

«A quei tempi non sapevamo cosa fosse il DNA.»

«Per molti versi, ha cambiato completamente il modo in cui facciamo il nostro lavoro.»

«Allora, state lavorando all'omicidio di quel ragazzo Salter?»

«Sì, Elby Salter.»

«Come sta andando?»

Non potevo dire «terribilmente». «Temo di non poter discutere di un'indagine in corso.»

«Sono una famiglia potente da queste parti. Hanno messo le mani quasi dappertutto.»

«Ho sentito che hanno avuto a che fare con il terreno su cui è stato costruito il Kennedy Space Center.»

«Esatto. È stato negli anni Sessanta, un paio d'anni dopo l'assassinio di JFK. È stato un periodo folle per il Paese.»

«Quindi è vero che erano coinvolti?»

«Oh sì, hanno avuto un sacco di risonanza mediatica e consensi. Nessuno ha potuto più dire loro niente dopo.»

«Immagino se lo siano meritato.»

«Ne avevano certamente bisogno all'epoca. Avevano una figlia che ha creato un sacco di problemi e imbarazzo.»

«Florence, la zia di Elby Salter? Quella che è scomparsa?»

«Se lo chiedi a me, non è semplicemente svanita. O l'hanno mandata via o l'hanno fatta sparire.»

«Davvero? Ho sentito che la povera donna aveva problemi di salute mentale.»

«È così che li chiamate oggi? Per me, non era altro che una pedofila.»

«Una pedofila? Cosa glielo fa dire?»

«Mio figlio mi direbbe di non andare in giro a spargere pettegolezzi, ma quando ero giovane, se c'erano un paio di voci, si rivelavano sempre vere. Sai cosa intendo? Non c'è fumo senza arrosto.»

«Che tipo di voci ha sentito?»

«Una risaliva a quando era solo un'adolescente. Lavorava in un campo estivo per bambini poveri, e uno dei bambini ha detto qualcosa sul fatto che lei lo avesse toccato. La ragazza Salter ha negato, dicendo che non era stata lei, e un attimo dopo si è cominciato a dire che era stato qualcun altro, o che il bambino si era inventato tutto. Se lo chiedi a me, i Salter sono andati dai media per insabbiare la faccenda.»

«Questa sì che è una storia.»

«Lo è, ma non è l'unica. I Salter finanziavano un sacco di programmi per bambini a Immokalee, e c'è stato un gran polverone riguardo al fatto che lei avesse fatto sesso con un ragazzino che non poteva avere più di dodici anni.»

«Hanno sporto denuncia?»

«È stata portata dentro e interrogata, ma il caso è stato archiviato. Era la sua parola contro quella del ragazzino, e ricordo che l'avvocato ha detto sul giornale che la famiglia aveva spinto il ragazzino a farlo per ottenere soldi dai Salter.»

«E non è successo niente?»

«Non credo sia passato più di un mese quando è saltata fuori la notizia che la ragazza Salter era scomparsa.»

«Mi risulta che non ci sia stata una grande indagine al riguardo.»

«Se ne è parlato sui giornali, ma poi la cosa è svanita. Probabilmente i Salter hanno fatto sparire la notizia.»

«E non si è più saputo nulla di lei?»

«Non che io sappia. Ecco perché dico che c'entrano qualcosa. Sono gente potente. Avrebbero potuto trovarla, se fosse scomparsa davvero.»

«Potrebbe sembrare un po' folle, ma Lei ne ha viste tante da queste parti. Pensa che i Salter facciano parte di qualche gruppo che muove i fili dietro le quinte?»

«Intendi una società segreta, come gli Illuminati?»

«Qualcosa del genere.»

«È possibile. Ci sono cinque o sei famiglie che sembrano avere le mani in pasta dappertutto.»

«Come chi?»

«Gli Hamlet, i West e i Bingham.»

Erano gli uomini nelle foto nell'ufficio di Chadwick.

27

Derrick si alzò non appena rientrai in ufficio. «Non mi hai detto cosa aveva da dire Annabelle.»

«Ha detto che c'erano voci sulla zia di suo marito, ma nient'altro. Ogni volta che saltava fuori il suo nome, la conversazione cambiava argomento.»

«Sono passati quarant'anni. Non vedo il nesso.»

«A meno che non troviamo qualcos'altro, dovremmo dare un'occhiata alla possibilità che Elby fosse coinvolto in una sorta di gruppo segreto.»

«Sembra una cosa da film.»

«Lo so, ma dovresti guardare questo documentario che ho visto su questi gruppi. Non ricordo il titolo, ma cercalo su Netflix. Ti farà cambiare idea quando vedrai i nomi delle persone collegate a questi gruppi.»

«Non ne sono così convinto.»

«Quando gliel'ho chiesto, Annabelle non ha negato la possibilità. Anzi, ha detto che, indipendentemente da tutto, Elby andava a una riunione il quindici di ogni mese.»

«Cindy Baylor ha detto la stessa cosa, no?»

«Sì, dobbiamo indagare.»

«Dove si tenevano le riunioni?»

«Non ne aveva idea.»

«Dobbiamo mettere Chadwick alle strette su questa storia.»

«Senza dubbio. Ho una mezza idea su un paio di uomini che potrebbero far parte del gruppo.»

«Chi sono?»

«C'era un paio di tizi in una foto appesa nell'ufficio di Chadwick. Quegli stessi uomini erano sul giornale un paio di settimane fa, alla posa della prima pietra di un nuovo ospedale nella zona est.»

«Chi sono?»

«Aspetta un secondo.» Sfogliai il mio Moleskine. «Robert Hamlet, Michael West e Marshall Bingham.»

«Vuoi che andiamo a parlarci?»

«Non ancora. Chiamo Chadwick. Perché non fai una ricerca e vedi cosa salta fuori su questi signori?»

Mi sorprese che Chadwick rispondesse alla mia chiamata così in fretta. Mi aspettavo quasi che dicesse alla receptionist di essere in riunione.

«Spero che stia bene, detective Luca.»

«Tutto bene, signor Salter. Lei come sta?»

«Bene, ma molto impegnato. Come posso aiutarLa?»

«Mi risulta che Lei ed Elby partecipassero a una riunione il quindici di ogni mese.»

«Non la definirei una riunione, ma ci troviamo mensilmente per giocare a poker.»

«Poker?»

«Sì, alcuni di noi giocano a Texas hold'em. Non ci sono poste alte o cose del genere.»

«Da quanto tempo vanno avanti queste partite?»

«È una tradizione di lunga data.»

«Suo padre partecipa?»

«Ehm, sì, la maggior parte delle volte, se se la sente.»

«Chi altro fa parte del gruppo?»

«Oh, siamo un bel po'.»

«Vorrei un paio di nomi.»

«Mi rendo conto che il gioco d'azzardo potrebbe non essere legale, ma è un incontro ricreativo. Non sono sicuro di cosa stia cercando, detective.»

«Tra le altre persone ci sarebbero per caso il signor West, il signor Bingham e il signor Hamlet?»

«Non il signor West, ma gli altri di solito vengono. Come lo sa?»

«Qual è lo scopo di queste riunioni?»

«È un incontro sociale. Giochiamo a carte e parliamo.»

«Se è tutto qui, allora mi dica perché Elby si faceva in quattro per essere presente ogni mese, ovunque si trovasse. Mi risulta che sia tornato più volte dalle vacanze in aereo per non mancare alla riunione.»

«Elby era Elby. Non posso rispondere delle sue motivazioni.»

«Dopo la scomparsa di suo fratello, la riunione si tiene ancora?»

«Sì. Come ho detto prima, è una tradizione.»

«Dove vi incontrate?»

«Varia di mese in mese.»

«Mi faccia un esempio.»

«Potrebbe essere a casa di uno dei membri o in un country club.»

«Membri?»

«È un modo di dire, detective.»

«Come si fa a partecipare? Mi piace giocare a poker. Potrei unirmi una sera?»

«Oh, magari potessi, ma al momento siamo al completo.»

«Ma il posto di Elby?»

«È già stato occupato. Mi dispiace, ma La terrò presente.»

Stava usando tattiche da scuola elementare. Lo ringraziai e riattaccai.

GLI UOMINI SU CUI AVEVO CHIESTO A DERRICK DI indagare provenivano da famiglie che rispecchiavano quella dei Salter. Gli Hamlet avevano vasti allevamenti di bestiame da latte e coltivazioni in Wisconsin, e possedevano una banca e terreni agricoli in tutta la Florida. I Bingham operavano principalmente nel settore della vendita al dettaglio e avevano costruito tre dei più grandi centri commerciali a sud di Orlando. La famiglia West era composta da costruttori, sia in ambito commerciale che residenziale.

Mi sedetti sulla tazza e riflettei sulla situazione mentre cercavo di farla. Qual era il nesso tra questi uomini? Ognuno di loro ci aveva propinato la stessa storia del poker mensile. Era una scusa plausibile, ma non si prendeva un aereo per tornare dalle vacanze solo per giocare a carte con gli amici. Elby non avrebbe tradito sua moglie nemmeno il quindici del mese. In quei raduni stava succedendo qualcosa di più di una partita a carte.

C'erano domande che esigevano risposte. Quante persone partecipavano? Erano tutti uomini? Come si entrava nel gruppo? Era un gruppo d'affari segreto? Cercare di mantenere i propri affari all'interno di una cerchia ristretta aveva molto senso, e c'erano innumerevoli esempi di aziende che cospiravano per gonfiare i profitti e ridurre la concorrenza. Era di questo che si trattava? O era qualcosa di più elevato, come il Gruppo Bilderberg, dove si cercava di controllare la politica pubblica?

Dovevamo indagare sui legami politici che i Salter e gli

altri avevano. Stavano influenzando o corrompendo i legislatori? Questa storia sarebbe finita a Tallahassee o a Washington?

Tirandomi su la cerniera, fui attraversato dal pensiero che potesse trattarsi di qualcosa di perverso. Era un incontro a sfondo sessuale? Un gruppo di scambisti o di persone dedite a pratiche sadomaso? O peggio, pedofilia?

Dopo essermi gettato dell'acqua sul viso, tornai in ufficio. Il pensiero che un gruppo di persone di successo potesse trasformarsi nella peggior feccia che la società avesse mai visto mi nauseava. Che mondo in cui far crescere mia figlia.

Derrick era seduto sull'angolo della sua scrivania a leggere un documento. «Non ci crederai mai, ma sette anni fa è stata presentata una denuncia contro Elby Salter.»

«Okay. Hai intenzione di dirmi per cosa?»

«Rapporti sessuali con un minore.»

28

«MI STAI PRENDENDO PER IL CULO? SESSO CON UN minore? Che ne è stato della denuncia?»

«La denuncia è stata ritirata. Ho tirato fuori il fascicolo e la madre ha detto che sua figlia aveva mentito su quello che era successo.»

«Come si chiama la donna?»

«Christina Matthews.»

«E questo è successo sette anni fa?»

«Sì, la data sulla denuncia è l'11 dicembre 2012.»

«Dobbiamo parlare con questa donna. Dove vive?»

«La sto rintracciando.»

«Ma che, i Salter hanno un qualche difetto genetico che li attrae verso i ragazzini?»

«Se fosse vero, sarebbe una vera porcheria.»

«Inizio a domandarmi se il gruppo che si riunisce il quindici non giri attorno a qualche perversione sessuale con i bambini.»

«Pensi? È un sacco di gente e sono tutte persone di spicco.»

«Su nel Jersey abbiamo smantellato un giro di materiale

pornografico che includeva un paio di amministratori delegati. Uno di loro era sempre sulla CNBC a dare consigli. Te lo dico: più sto su questo pianeta e più mi convinco che non si conosce mai veramente nessuno.»

«Probabilmente hai ragione, ma con un paio di eccezioni. Sono piuttosto sicuro di conoscere te, Mary Ann, Lynn e i miei genitori, praticamente da cima a fondo.»

«Su questo ti do ragione, ma un sacco di volte la gente vede segnali preoccupanti negli altri e, per una ragione o per l'altra, li ignora. Ecco perché ci sono più sparatorie di massa di quante dovrebbero essercene.»

«Viviamo in un mondo dove tutto è possibile. Specialmente nel nostro mestiere.»

«Come si dice, la realtà supera la fantasia. Senti, tu stai addosso a questa Matthews. Io vado a trovare Annabelle e vedo cosa ha da dire in proposito.»

<hr />

Annabelle partecipava a una colazione di lavoro al Naples Grand Beach Resort. L'hotel si trovava alla fine di Pine Ridge Road, vicino al parcheggio di Clam Pass Beach, dove un paio di anni prima era stato scoperto un cadavere. I dettagli del caso mi attraversarono la mente finché non mi ricordai che mi era stato diagnosticato un cancro nel bel mezzo di quell'indagine.

La hall era sfarzosa, come un locale di New York. Mi piacque l'area bar a pianta aperta dominata da un pianoforte a coda. Mi diressi verso la zona delle sale da ballo, fermandomi di fronte a un ingresso su cui era scritto "Salvate le Nostre Tartarughe". Annabelle dedicava il suo tempo a organizzazioni di beneficenza meno conosciute.

Un fiume di donne uscì dall'evento. Il vestito rosso di

Annabelle era difficile da non notare; non era vistoso o sexy, ma urlava determinazione. Il suo sorriso svanì quando mi vide seduto su una poltrona. Diede un bacio sulla guancia alla signora con cui stava parlando e fece un cenno verso la hall.

Ci accomodammo su delle sedie con lo schienale basso la cui comodità era appena superiore a quella di camminare sui carboni ardenti. Non volli altro che acqua. Lei ordinò una soda con una fetta di lime e disse: «Non L'aspettavo così presto».

«Non si sa mai quanto traffico ci sia su Pine Ridge. Com'è andata la colazione?»

«Bene. Stiamo raccogliendo fondi per ampliare il nostro programma per le tartarughe marine. Una volta che spieghi quanto sia importante la missione, la gente aderisce.»

«Installate voi le recinzioni intorno ai nidi delle tartarughe sulla spiaggia?»

«Sì, è una buona parte di quello che facciamo. Organizziamo anche battute di pulizia delle spiagge per rimuovere i sacchetti di plastica e pattugliamo le spiagge di notte per assicurarci che non ci sia bracconaggio.»

Un cameriere posò le nostre bevande sul tavolo tra di noi.

Aveva il tempo e il denaro, ma io ero grato a persone come lei. Avrebbero potuto impiegare il loro tempo e le loro ricchezze nell'autocompiacimento invece di aiutare le indifese tartarughe.

«È una bella cosa che Lei e i Suoi amici diate una mano.»

«Facciamo quello che possiamo.»

«Devo chiederLe una cosa che è venuta alla luce da poco.»

Mi guardò mentre sorseggiava la sua bevanda.

Abbassai la voce. «Alla fine del 2012 è stata presentata una denuncia penale contro Suo marito per rapporti sessuali con un minore. Immagino che ne sia al corrente.»

«È stata ritirata.»

«Cosa ne sa?»

«Per quanto ne so, la ragazza si è inventata le accuse, ed è per questo che è stata ritirata.»

«Conosceva la madre della ragazza, una certa Christina Matthews?»

Prese un altro sorso per ponderare la risposta. «Non proprio.»

«È un sì o un no?»

«Era una delle scappatelle di Elby.»

«Suo marito è stato accusato di comportamento sessuale inappropriato con la figlia di una delle sue amanti?»

Lei strinse le labbra e annuì.

«Crede che l'accusa fosse una specie di vendetta? Qualcosa del tipo che Elby stesse magari chiudendo la relazione e la signora Matthews non riuscisse ad accettarlo.»

Lei fece spallucce.

«Lui cosa Le ha detto al riguardo?»

«Non ha detto molto, solo che non era vero e che se ne sarebbero occupati gli avvocati.»

«La tempistica della denuncia è vicina a quando Lei ha stipulato la polizza assicurativa. C'era un collegamento?»

«La stipula dell'assicurazione sulla vita collegata alla denuncia della Matthews?»

«Sì.»

«No.»

«Cosa può dirmi di Christina Matthews?»

«Preferirei davvero non parlare di lei o della sua tresca con Elby. È successo tanto tempo fa, e non la conoscevo se non come la donna che andava a letto con mio marito.»

«Capisco. Posso chiederLe se conosceva un'amica di Suo marito di nome Sue o Susan?»

«Ha il cognome?»

«Temo di no.»

«Se era una relazione recente di Elby, non saprei chi fosse. Mi ero stancata di ossessionarmi per quello che faceva, decidendo che non sarebbe cambiato e che era ora di vivere la mia vita.»

«Capisco.»

«Non credo che Lei capisca. Nessuno capisce quanto sia stato difficile essere sposata con lui. Se non ha altre domande, vorrei andare. Devo essere al museo tra meno di un'ora.»

Il modo in cui disse «difficile» segnalò che non erano solo le sue amanti a turbarla. Di cosa si trattava?

«Ho solo un'ultima serie di domande. Mi risulta che a Elby piacesse giocare a poker.»

«Poker? Non che io sappia.»

«Pensavo giocasse con un paio di uomini il quindici di ogni mese.»

«Non sarebbe possibile, dato che Elby aveva sempre una riunione di lavoro in quelle serate.»

«Di che tipo di affari si trattava?»

«Non parlava molto di lavoro con me, ma una volta mi ha detto che si trattava di sessioni di pianificazione strategica.»

«Pianificazione strategica?»

«Sì, roba importante, di alto livello.»

«Ed è sicura che non giocasse a poker?»

«Lo conosco da quasi trent'anni e non l'ho mai visto giocare o mostrare interesse per le carte o per qualsiasi gioco d'azzardo, a dire il vero.»

29

CHESTER AVEVA IL VISO GONFIO. «COM'È ANDATA LA vacanza, signore?»

«Oh, è stata magnifica, Frank. Lei è mai stato in Italia?»

Frank? Lo sceriffo era rilassato. «Solo una volta e solo a Roma»

Si diede una pacca sulla pancia. «Un Paese magnifico. Abbiamo mangiato e bevuto in lungo e in largo, dappertutto. È stato fantastico. Non ho capito tutto quel clamore per Venezia, ma Firenze, Roma e la Costiera Amalfitana, cavolo, non c'è posto più bello»

«Sembra che si sia divertito molto»

«Infatti. Ma tutte le cose belle finiscono, si dice. Allora, mi aggiorni su Salter»

«Stiamo seguendo alcune piste. Abbiamo finalmente rintracciato la donna che aveva intentato la causa per rapporto sessuale con minore contro Salter»

«È stata ritirata, però, quindi ci vada cauto»

«Sissignore. Si trova in California: Newport Beach.» Non gli dissi che non era sposata, il che non quadrava con ciò che sapevamo delle scappatelle di Elby.

«Basta che faccia attenzione. I Salter non hanno fatto pressioni e non voglio che comincino a farne»

«Sembra strano che non insistano per una risoluzione»

«Non vogliono pubblicità. Lei ha accennato a un paio di cause civili»

«Sì, abbiamo scoperto una serie di cause civili contro Elby Salter che sono state patteggiate e secretate»

«Interessante, ma secretare un accordo potrebbe essere solo un modo della famiglia per scoraggiare cause pretestuose»

Le cause patteggiate mi sembravano pretestuose, ma a quel punto non volevo discuterne con lui. «Potrebbe essere. Indagheremo un po' e vedremo cosa salta fuori»

«Sia discreto, Frank»

«Forse le sembrerà strano, signore, ma ha mai sentito parlare di un gruppo di famiglie potenti e facoltose, come i Salter, che collaborano?»

«Collaborano su cosa? Gli interessi economici si allineano di continuo»

«Non riesco a inquadrare bene la cosa, ma parlo di un gruppo segreto che cospira dietro le quinte»

«Non mi venga a parlare di teorie del complotto, Luca»

«È solo che non c'è dubbio che un gruppo di uomini potenti, inclusi Elby e suo fratello Chadwick, si riunisca mensilmente cercando di mascherare il tutto come una partita di poker. Se non c'è niente di losco, perché mentire?»

«Cosa le fa credere che la riunione sia illegale?»

«Niente di concreto, al momento»

«Allora si assicuri di agire di conseguenza. Le acque sono calme da queste parti e voglio che rimangano tali»

«Com'era lo sceriffo?»

«A parte l'aver messo su un paio di chili, era il solito, cauto sé stesso»

«Non ha bloccato nessuna indagine, vero?»

Scossi la testa. «Rivediamo queste cause legali prima di provare a incontrare qualcuno»

Derrick aprì un fascicolo, separando tre plichi di documenti. «Il primo fu depositato il 17 luglio 2014 da una certa Paula Whiting. Sostiene che Elby Salter abbia diffamato la sua reputazione, chiedendo un risarcimento di cinque milioni di dollari. Fu patteggiato e secretato il dodici agosto. Neanche un mese dopo»

Sfogliai le carte del caso Whiting. C'erano più informazioni su un rotolo di carta igienica. «Qual è il prossimo?»

«Patricia Corning ha fatto causa a Salter il 9 febbraio 2015. Sosteneva di aver avuto un'intossicazione alimentare al South by Southwest, un ristorante di proprietà di Salter. La Corning affermava di essere dovuta andare in ospedale e che l'episodio le aveva fatto perdere il desiderio di mangiare e che, di conseguenza, soffriva di una moltitudine di disturbi alimentari. Chiedeva tre milioni»

«Quel ristorante è ancora aperto su a Fort Myers. Non ne ho mai sentito parlare male. Qual è l'ultimo?»

«Lisa Daly ha fatto causa a Salter nel settembre del 2016. La Daly comprò una casa a Collier Isle, un complesso che Salter costruì nel 2015. Sostiene che la casa avesse alti livelli di radon, che le avrebbero causato un'artrite precoce e avrebbero esposto lei e sua figlia a livelli cancerogeni»

«Non hanno fatto controllare la casa quando l'hanno comprata?»

«Oppure potevi installare un sistema per tipo duemila dollari per risolvere il problema»

«Queste sono cause campate per aria. Ecco cosa sono»

«Senza dubbio, ma pensi sia perché sono straricchi? E

magari fanno secretare le cause per tenerle private, per evitare che altra gente provi a far loro causa»

«È quello che ha detto Chester»

Il sorriso di Derrick quasi mi scottò. «Davvero?»

«Già. Non montarti la testa. Chester sarà anche bravo a valutare, ma offre un bello zero nella categoria soluzioni»

«Mi chiedo cosa possano avere altre contee. Potrebbe valere la pena di controllare la Contea di Lee»

«Potrebbe essere meglio controllare alcuni degli altri pezzi grossi di qui. Vedere che tipo di cause intentano loro, in confronto»

«Questa è una buona idea, Frank»

«Forse, ma invece di quello, indaghiamo un po' su queste donne. Vediamo cosa troviamo»

30

Derrick riattaccò il telefono e si alzò. «Frank, hanno trovato la macchina di Elby.»

«Chi l'ha trovata?»

«La Dogana stava facendo un'ispezione per l'esportazione su un container di auto demolite e ha controllato il numero di telaio.»

«In che porto?»

«Tampa.»

«L'hanno messa sotto sequestro?»

«Sì, l'ispettore ha detto che hanno emesso un avviso di sequestro.»

«Dovremo farla analizzare dalla scientifica.»

«Cavolo, è la svolta che stavamo aspettando. Ci sarà di sicuro qualcosa che i tecnici riusciranno a trovare.»

«Speriamo di non finire in qualche rogna territoriale con la Sicurezza Interna per la custodia del veicolo.»

«Forse dovremmo chiedere allo sceriffo di intervenire. Magari riesce a sbloccare la situazione.»

«Un omicidio ha sempre la priorità. Finché non si tratta di un'enorme rete di contrabbando che i federali stanno tenendo d'occhio, dovremmo essere a posto. Ma non voglio perdere tempo per metterci le mani sopra. Coinvolgiamo Chester.»

«Gli farò avere i dettagli.»

«Dov'era diretta la macchina?»

«In Cina. L'hanno dichiarata come una spedizione di rottami metallici.»

«Chi si occupava della spedizione?»

«Un'azienda chiamata Sunshine Scrap and Waste. Ha sede a Sarasota.»

«Vai a parlare con lo sceriffo.»

Inserii Sunshine Scrap and Waste nel portale web del Segretario di Stato della Florida. Scorsi fino ai documenti di costituzione della società. Era di proprietà della Liberty Enterprises LLC, con sede a Orlando.

Il cuore mi balzò in petto quando apparve la proprietà della Liberty Enterprises. Era un'entità chiamata Hamlet Family Holdings. Poteva essere la stessa famiglia Hamlet di cui faceva parte Robert Hamlet?

Inserii nel lettore il DVD che avevamo finalmente ottenuto da CVS. Mandai avanti veloce fino alle 20:50, poi rallentai. Un flusso costante di persone entrava e usciva dal negozio.

Alle 21:04, guardai due volte e premetti con forza il dito sul tasto di pausa. Un tizio che sembrava avere un manico di scopa nel sedere si stava avvicinando alle porte d'ingresso. Feci uno zoom. Era lui: Fred Baylor.

Premetti play. Baylor entrò. Passarono nove minuti. Fred Baylor uscì barcollando con un piccolo sacchetto bianco in mano. Era tutto ciò che mi serviva vedere. Espulsi il nastro e andai nel mio ufficio.

«Sembra che Baylor abbia detto la verità.»

«Era da CVS?»

«Già. Pochi minuti dopo le nove, il che coincide con l'ora in cui il vicino l'ha visto uscire.»

Derrick rise. «Ho sentito un sacco di scuse, ma un culo che prude? Questa è la nuova numero uno sulla mia lista.»

«Non è una cosa da ridere quando ti viene un attacco di emorroidi. Ne ho avuto uno qualche anno fa.»

«Perché non ce l'ha detto e basta? *«Sono dovuto andare a prendere la Preparation H per il sedere».* Doveva solo dirci questo.»

«Nemmeno io ne ho parlato per molto tempo. Non è una cosa che condividi con tutti.»

«Immagino di sì.»

«Ci ha fatto perdere un sacco di tempo. Se ci avesse detto tutto fin dall'inizio invece di darci le informazioni col contagocce, avrei potuto prendermi una settimana di ferie.»

«Non è ostruzione alla giustizia?»

«Non esattamente. Non essere sinceri e mentire sono due cose diverse. Se il procuratore distrettuale accusasse tutti quelli che mentono alla polizia, dovremmo costruire un miliardo di prigioni. La distinzione sta nel mentire per proteggere se stessi o qualcun altro. Baylor ci ha solo presi in giro, ma niente di più.»

«Sarebbe bello che qualcuno venisse punito in modo esemplare, per far pensare due volte la gente.»

«Amen. Senti, sto andando—»

Squillò il telefono di Derrick. Lui rispose, poi coprì il ricevitore con una mano e sussurrò: «È Christina Matthews.»

Scattai in piedi.

«Attenda un attimo, signora Matthews. Il detective Luca vorrebbe parlarLe.»

Derrick mi passò il telefono.

«Signora Matthews, sono il detective Luca. Ho un paio di domande riguardo a Elby Salter.»

«Ho sentito che è stato assassinato.»

«Sì, è così.»

«Okay.»

Okay? Invece di «che cosa terribile»? «Mi risulta che Lei ed Elby Salter avessero una relazione.»

«È così.»

«Quanto è durata?»

«Meno di un anno.»

«Lei ha sporto una denuncia sostenendo che lui avesse compiuto un atto sessuale con sua figlia.»

«Comportamento sessualmente inappropriato, credo fosse questa l'accusa.»

«Okay. Mi dica cos'è successo.»

«Non posso.»

«Cosa vuol dire, non può?»

«Ho firmato un accordo di non divulgazione che mi impedisce di discutere del caso.»

«L'ha pagata per farla stare zitta?»

«Non posso dire nulla.»

«Perché ha accettato di farsi mettere a tacere? È sua figlia, per l'amor di Dio.»

«Senta, era traumatizzata da, uhm, tutto quanto, e ci avrebbe impedito di andare avanti con le nostre vite.»

Avrei voluto chiederle quanti soldi ci fossero voluti per mettere da parte la sua moralità, ma dissi: «C'è qualcosa che può dirmi sul caso?»

«Mi dispiace, ma non posso.»

«E di Elby Salter? Cosa può dirmi di lui?»

«Mi sembra che lei sappia che tipo di uomo è.»

Sputai fuori un grazie e riattaccai.

«Salter l'ha pagata per tenere la bocca chiusa.»

«Non ti ha detto niente?»

«No, ha firmato un accordo di riservatezza. Scommetto che è per questo che sta a Newport Beach. Probabilmente voleva tenere lei e sua figlia il più lontano possibile.»

«Questa accusa era nota, e la gente doveva saperlo. So che gli avvocati l'hanno insabbiata, ma se era vera, non riesco a immaginare che sia stata l'unica volta in cui ha passato il segno. La pedofilia è una malattia mentale; questi schifosi non lo fanno una volta sola.»

«Senza dubbio. La domanda è: si è trattato di una vera trasgressione di Salter o di un'invenzione? La figlia cercava attenzioni? Non le piaceva che la madre uscisse con lui e non riusciva a trovare un modo per farli lasciare? O è stata la madre a inventare tutto per spillargli dei soldi?»

«Dovremmo iniziare a scavare nel passato della Matthews. Vediamo cosa salta fuori su di lei.»

«Sì, è da lì che bisogna partire. Mi ha detto una cosa quando le ho chiesto di Elby. Ha detto che io sapevo che tipo di uomo fosse. Stava cercando di dirmi che era un molestatore o solo che gli piaceva andare in giro a farsi donne diverse?»

«Se è un pedofilo, forse è stato ucciso da una delle sue vittime o dalla sua famiglia.»

«Potrebbe essere. O forse è stato fatto fuori da uno dei suoi. Qualcuno del suo gruppo segreto o della sua famiglia per evitare l'imbarazzo, per metterlo a tacere.»

«FRANK, GUARDA CHE VESTITINO ADORABILE HO comprato per Jessica oggi.»

Mary Ann sollevò un abitino rosa e bianco con un bordo di pizzo.

«È carino. Però sembra troppo grande.»

«Non è per adesso. Probabilmente per quando avrà dieci o undici mesi. Era così carino, non potevo lasciarlo lì.»

Quante volte avevo sentito questa frase nell'ultimo anno? «Mi piace, ma visto che in questo periodo lavora solo uno di noi, dobbiamo tenere a freno le spese.»

«È solo un vestito, ed era in saldo.»

Ah, un'altra classica giustificazione. «Com'è andato l'incontro di gioco di oggi?»

«Oh, è stato fantastico. Jeannine ha preparato una piccola piscina gonfiabile e Jessica l'ha adorata.»

«Era acqua pulita? Non voglio che si prenda qualcosa.»

«Sei così apprensivo, Frank. Cosa credi, che la lascerei giocare nell'acqua sporca?»

«Sai, con questo caso Salter che sta prendendo una brutta piega, dobbiamo stare attenti a Jessie.»

«Di cosa ti preoccupi adesso?»

«È possibile che Salter sia stato ucciso perché ha molestato un bambino.»

«Oh mio Dio. Quei malati non lo fanno mai una volta sola.»

«Lo so. C'era un'accusa contro di lui che è stata ritirata, ma abbiamo trovato un paio di cause civili che non hanno alcun senso.»

«Cioè?»

«Tre donne gli hanno fatto causa, cercando di ottenere dei soldi. Una ha detto di essersi ammalata vivendo in una casa costruita dai Salter, un'altra che l'aveva diffamata, e l'ultima per un'intossicazione alimentare in un locale di proprietà di Salter. I casi sono stati tutti risolti con un patteggiamento e secretati, quindi non possiamo accedere ai dettagli senza un'ordinanza del tribunale.»

«E pensi che abbia a che fare con comportamenti sessuali inappropriati?»

«Non so cosa pensare. Ma voglio che nessuno di noi due la lasci mai sola con nessuno, e non appena sarà in grado di capire, dobbiamo assicurarci che sappia che là fuori ci sono dei bastardi malati. Deve sapere che nessuno può toccarla e che se pensa che qualcosa non vada, deve dircelo.»

Fu impossibile addormentarmi. Il pensiero che qualcosa potesse accadere alla mia Jessie mi terrorizzava a morte. Vivevamo in un mondo in cui una persona potente poteva nascondere le sue azioni disgustose usando soldi, avvocati e i tribunali? E anche se Salter non fosse stato colpevole di atti sessuali con un minore, faceva parte di un qualche gruppo che sembrava avere i suoi segreti.

Sapevo che ore erano. Era ora di togliersi i guanti.

31

―――――

«Devi essere sicuro che Bingham sia a casa, Derrick».

«Lo è. Ho chiamato per conferma, gli ho detto che ero un perito immobiliare e che potevo fargli ridurre le tasse. Ha abboccato subito. Non lo biasimo, paga cinquantottomila dollari l'anno».

«È una follia».

«Deve essere un bel posto, probabilmente l'attico».

«Alcuni appartamenti su Gulf Shore Drive valgono più di dieci milioni».

«Assurdo, per un appartamento?»

«Entra alle undici in punto. Se hai un ritardo, chiamami. Dobbiamo assicurarci che non si parlino tra loro».

«Capito».

«Mandami un messaggio quando hai finito con lui».

«Sto partendo. Se arrivo in anticipo, aspetterò nel parcheggio del Venetian Village».

Robert Hamlet cercò di evitare di parlarmi, ma la minaccia di farlo venire in centrale funzionò, come sempre. Non volevo che Hamlet e Bingham sapessero che stavamo parlando con ciascuno di loro separatamente. Volevo vedere come le loro versioni sarebbero combaciate senza che si fossero preparati.

Gli uffici della Hamlet Family Holdings si trovavano al quarto piano di un edificio appena fuori Park Shore Drive. I servizi e le finiture erano di qualche gradino superiori rispetto alla sede degli affari di Salter, ma nient'affatto lussuosi. Il basso ronzio generato da un piano pieno di gente copriva quasi del tutto la musica classica in sottofondo.

Attesi in una sala conferenze la cui finestra si affacciava sul traffico della Route 41. Sul tavolo, una mappa di lotti edificabili era disseminata di appunti. Stavo cercando di capire dove si trovasse il complesso residenziale quando la porta alle mie spalle si aprì.

Hamlet era un uomo corpulento con un principio di naso da bevitore. Senza cravatta, indossava una fede nuziale e una camicia bianca a maniche lunghe. Ci stringemmo la mano.

«Detective Luca, Bob Hamlet. Piacere di conoscerLa».

La sua mano era morbida. «La ringrazio per avermi ricevuto».

Lui prese l'unica poltrona al tavolo e io mi sedetti di fronte a lui.

«Voleva parlare di Elby?»

«Sì, mi risulta che Lei faccia parte di un gruppo che si riunisce mensilmente».

«Sì, a un paio dei ragazzi piace giocare a poker. Io non sono un gran giocatore, ma alcuni degli altri pensano di essere alle World Series of Poker».

«E Elby Salter? Era uno di quelli che la prendevano sul serio?»

«Assolutamente. Mi ha detto diverse volte che voleva provare a giocare da professionista».

«È tutta un'altra categoria. A quanto ammontano i bui quando giocate tra di voi?»

Un'esitazione. «Niente di che».

«Cinque dollari?»

«Sì, a volte dieci».

«Sembra divertente, ma non sono venuto qui per chiederLe del poker».

Hamlet sorrise.

Il suo sorriso svanì quando proseguii: «Volevo chiederLe della Sunshine Scrap and Waste».

«E cosa c'entra?»

«L'auto di Elby Salter è stata trovata al porto di Tampa in un container diretto in Cina».

«Davvero?»

«E la società che la stava spedendo a migliaia di chilometri di distanza era una delle Sue aziende, la Sunshine Scrap and Waste».

«Non capisco cosa c'entri tutto questo con me».

«Come ci è finita lì l'auto di Elby Salter?»

«Non saprei risponderLe. Posso chiedere al mio team di gestione di indagare».

«Dobbiamo sapere come e quando la Sunshine Scrap sia entrata in possesso del veicolo di Salter».

«Sono certo che ci sia una spiegazione per tutto. La Sunshine riceve migliaia di veicoli all'anno, da una miriade di fonti: compagnie di assicurazione, altri demolitori, officine e privati».

«Cosa ne fate delle auto?»

«Recuperiamo quanti più metalli preziosi possibile».

«Tipo i convertitori catalitici?»

«Sì, è la prima cosa che rimuovono per via del palladio, ma ci sono metalli preziosi anche sulle schede dei circuiti, e si recuperano persino delle monete. Poi, ciò che resta viene fuso».

«Perché in Cina?»

«Non possiamo farlo qui; è semplicemente troppo costoso. Togliamo i convertitori prima, sono accessibili».

«Chi pressa le auto?»

«Se non sono già compattate, lo facciamo noi.»

«Quando qualcuno porta un veicolo, quali documenti richiedete per provare che non sia rubato?»

«Paghiamo quasi niente per queste auto. Non c'è proprio motivo di rubare un'auto per poi venderla a uno sfascia-carrozze.»

«Mi risulta che si possano ottenere fino a cinquecento dollari per un'auto.»

«Se è funzionante, mi sembra ragionevole.»

«Per un tossicodipendente, sono un sacco di soldi.»

«Capisco cosa intende. Ma la Sunshine Scrap esiste da decenni e quasi tutti i veicoli provengono da una fonte commerciale.»

«Avremo bisogno di parlare con chiunque abbia ricevuto l'auto.»

«Capisco. Farò in modo che la documentazione sia pronta per Lei.»

«Qualcuno è già in viaggio per andare là.» Guardai il mio orologio da quattro soldi. «Dovrebbe arrivare da un momento all'altro».

Si mosse sulla sedia. «Oh, sanno che sta arrivando?»

«È una lei, e non ne ho idea.»

«Oh. D'accordo.»

Era una stronzata, ma mi divertiva un mondo prenderlo in giro. Era una goccia di sudore, quella che si stava formando sul suo labbro?

«A proposito, non voglio che si diffonda la notizia che abbiamo trovato l'auto di Elby Salter. Lei e il Suo staff non dovete farne parola con nessuno. Capito?»

«Darò loro le dovute istruzioni.»

«Bene. Ora, la Sua famiglia ha molti interessi commerciali da queste parti, non è vero?»

«Beh, sì. Siamo qui da generazioni e abbiamo accumulato importanti proprietà terriere e una banca o due.»

Una banca o due. Come un bambino a cui la madre avesse chiesto quante caramelle avesse mangiato: *Ho mangiato un Tootsie Roll o due.*

«Ha delle società in comune con la famiglia Salter?»

«Abbiamo lavorato insieme a diversi progetti nel corso degli anni.»

«Forse li riconoscerei. Quali?»

«Siamo una società privata e, come tale, preferiamo mantenere riservate le nostre attività.»

«Questo sembra in contrasto con la foto che ho visto sul *Naples Daily News* sulla posa della prima pietra per l'ospedale.»

«A volte dobbiamo far sapere alla comunità che ci siamo per loro. Ma, detto questo, ci sono abbastanza pazzi in giro che di solito è meglio per noi tenere un basso profilo.»

«Immagino che conoscesse Elby Salter abbastanza bene.»

Scrollò le spalle. «Non così bene come si potrebbe pensare. Era piuttosto riservato. Beh, immagino che lo siamo tutti. Non è vero?»

«Cosa sa dell'accusa contro di lui per rapporti sessuali con una minorenne?»

Il suo naso rosso impallidì. «Ha detto che era infondata, ma che l'abbia fatto o no è irrilevante, dato che ora non c'è più.»

«Lei ha figlie femmine?»

«Io? No, tre figli maschi.»

«Lo immaginavo.»

«Mi scusi. Non capisco.»

«L'omicidio di Elby Salter è il punto. Le ricordo che nascondere o fabbricare informazioni o prove è ostruzione alla giustizia.»

Era un uomo curato, ma la puzza che emanava, unita al fatto che avevo esaurito le domande, significava che era ora di andarmene, ma ne avevo un'ultima.

«Era contrario agli sforzi di Elby Salter per costruire un nuovo stadio per i Red Sox?»

«Non particolarmente. Anche se non vedevo il senso di sprecare un buon terreno per quello.»

«Perché il terreno sarebbe stato sprecato?»

«Le strutture per gli allenamenti primaverili sono un'attività a tempo parziale.»

«Quindi, era contrario?»

«Si potrebbe dire di sì.»

Aprii la portiera dell'auto per far uscire il caldo e accesi il telefono. C'era un messaggio di Derrick che mi chiedeva di chiamarlo.

«Che c'è? Sono appena uscito da Hamlet.»

«Avresti dovuto vedere la faccia di Bingham quando gli ho mostrato il distintivo.»

«Cosa aveva da dire sugli incontri?»

«Gli ci è voluto un minuto per smettere di balbettare, ma ha detto che a Elby non piaceva molto giocare a poker. Era solo una serata fuori con gli amici per lui.»

«E per quanto riguarda i limiti delle puntate?»

«Bingham ha detto che il buio era di venti dollari.»

«Hamlet ha detto che era di cinque dollari e che Elby era

un patito del poker. Ha anche detto che voleva diventare un professionista.»

«Che diavolo nascondono questi tizi?»

Era un'ottima domanda.

32

«MARY ANN! TIENI D'OCCHIO JESSIE. DEVO METTERMI AL portatile.»

«Che succede?»

Mi diressi verso quello che un tempo era un ufficio, ma che ora era un deposito per i giocattoli di Jessica.

«È appena arrivato il rapporto della scientifica sull'auto di Salter. Non riesco a leggere quel dannato aggeggio sul telefono.»

«Ssh, Frank.»

Accesi il mio HP, avvicinai una sedia alla scrivania e mi sedetti. Lessi il riassunto due volte. Erano stati rinvenuti tre campioni di fibre non identificate e diversi capelli. Furono scoperte tracce di sangue, ma non furono trovati altri fluidi corporei.

Passai ai dettagli. Il tettuccio dell'auto era stato tagliato per accedere all'abitacolo. I sedili erano stati rimossi. Sul cruscotto e sui pannelli laterali interni erano state trovate tracce di candeggina. I tecnici ritenevano che il veicolo fosse stato pulito con un tipo di salviettina, come quelle della Lysol o della Clorox, nel tentativo di rimuovere sangue e DNA.

Sulla console e sul cruscotto fu trovato sangue compatibile con quello della vittima. Le tracce di sangue erano mischiate con gli agenti detergenti delle salviettine. C'era una minuscola goccia di sangue non contaminato sull'unità di controllo della radio. Apparteneva anch'esso a Elby Salter.

Nell'auto furono trovate semplici fibre di cotone, tipiche del tipo usato per fare le magliette. Due erano tinte di rosso e una era bianca. Si riteneva che le fibre provenissero dallo stesso indumento. Ulteriori analisi avrebbero potuto chiarire un paese di origine o un possibile stabilimento di produzione.

La scoperta più interessante furono i capelli raccolti dall'interno del veicolo. Quattro campioni di capelli furono attribuiti a Elby Salter, ma ne furono recuperati anche un altro paio. Entrambi i capelli erano leggermente ricci e tinti di nero, corrispondenti ai capelli trovati sul corpo di Salter che non gli appartenevano.

Anche il retro del SUV conteneva alcuni capelli di Salter, ma nient'altro.

Né i quattro pneumatici né il sottoscocca del veicolo presentavano particelle di terra degne di essere analizzate.

Cosa significava? Non c'era dubbio che ci fosse stato un tentativo di sterilizzare l'auto di Salter. Era stata solo una persona a rapire Salter, a stare in macchina con lui, a ucciderlo e a scaricare il corpo? O i capelli appartenevano a qualcuno che si era limitato a scaricare il corpo?

Avrebbe dovuto essere un'operazione altamente coordinata se avesse coinvolto più di una persona, aumentando il fattore di rischio. Non avevo mai propeso per quell'ipotesi, ma questa sembrava una cosa che un gruppo di persone potenti avrebbe potuto facilmente mettere a segno.

Ero turbato dal luogo in cui era stato trovato il corpo. La maggior parte degli assassini tenta di nascondere i cadaveri, appesantendoli sott'acqua, seppellendoli o lasciandoli in un luogo di difficile accesso. E non pochi svitati li mettono nei congelatori.

Era deprimente, ma cosa speravo che trovassero? Che l'assassino avesse lasciato il suo biglietto da visita?

Entrò Mary Ann. «Hai scoperto qualcosa?»

«Non molto. Hanno trovato un paio di capelli che corrispondono a quelli che abbiamo trovato sul corpo. Chiunque sia stato ha cercato di ripulire tutto, ma c'era un sacco di sangue di Salter.»

«Mi dispiace.»

«Non fa niente. Prenderemo chiunque sia stato. Dov'è Jessie?»

«Dorme nella sua altalena.»

«Adora quell'aggeggio.»

«Lo so. Devi chiamare Phil e ringraziarlo per il vino che ha portato.»

«Ah, già. Lo chiamo subito.»

———

«Ciao, Phil. Come stai?»

«Tutto bene, Frank. Che si dice?»

«Volevo ringraziarti per il vino. Non dovevi prendermi una bottiglia.»

«Nessun problema. Ci sono piaciute le bottiglie che hai portato per il barbecue. Non avevamo mai provato vini spagnoli prima d'ora, ed erano buoni.»

«Sono contento che vi siano piaciuti. Ho pensato che fossero buoni per il prezzo che avevano, specialmente quelli della Ribera del Douro. Non sono costosi.»

«Non so quanto sia buono quello che ti ho preso. Viene dalla Corsica.»

«Corsica? Non sapevo nemmeno che facessero vino lì.»

«Neanch'io, ma Marlene e io siamo andati a cena in questo ristorantino francese, Auberge, vicino a Wiggins Pass. Non sapevamo che vino ordinare e la proprietaria, credo si chiamasse Marie, ne ha suggerito uno dalla Corsica. Ha detto di essere di lì e che i loro vini erano buoni.»

«Conosco quel posto. Credevo mi avesse detto di essere del nord della Francia.»

«No, è dell'isola di Corsica. È proprio accanto alla Sardegna. Sembra un posto fantastico da visitare.»

«Forse uno di questi giorni.»

«Dovremmo provare a organizzarci.»

«Non con una bambina piccola. Come sta tuo padre?»

«Sta bene. Al momento è ossessionato dal giardiniere, ma sta bene.»

«È una forza della natura. Gli voglio un gran bene. Digli che lo saluto e grazie per il vino. Sono curioso di vedere che tipo di uva usano.»

Corsica? Cercai di ricordare la conversazione con Marie Redoux. La mia memoria non era più buona come prima di essere imbottito di chemio, ma di solito dimenticavo completamente qualcosa. I dettagli, come la provenienza di una persona, non li confondevo. O forse sì?

Composi un altro numero.

«Derrick, sono Frank.»

«Ehi, come stai?»

«Senti, ti ricordi di quella donna francese con cui usciva Salter, Marie Redoux?»

«Sì, quella che abbiamo visto in quel ristorante vicino a Imperial?»

«Sì. Non aveva detto di essere del nord della Francia?»

«Credo di sì. Sì, un posto vicino a Le Havre.»

«È quello che pensavo.»

«Perché?»

«Uno dei miei vicini mi ha detto che lei è della Corsica, un'isola al largo della costa meridionale della Francia. È più vicina all'Italia che alla Francia.»

«Magari la sua famiglia veniva da lì.»

«Immagino di sì, ma gli europei non è che si spostino molto, e la Corsica è così lontana da dove ci ha detto lei.»

«Corsica. Ogni volta che sento questo nome, penso al film *Il braccio violento della legge*.»

«Non è più come una volta, ma ci sono ancora organizzazioni criminali con radici in Corsica.»

«Non possono essere coinvolte in questo.»

«E perché no?»

«Cosa stai dicendo, Frank?»

«Non sto dicendo niente. Sto solo elaborando le informazioni man mano che emergono. Andrò di nuovo da Marie Redoux, per vedere se ha mentito e perché.»

33

DERRICK STAVA LEGGENDO QUANDO ENTRAI.

«Frank, ho fatto qualche ricerca.»

«Su cosa?»

«Su Marie Redoux. Non c'era niente nel sistema con lo stesso cognome. Beh, in realtà c'era, ma era un tizio della Costa d'Avorio.»

«I francesi gestivano quel Paese prima che ottenesse l'indipendenza.»

Sollevò i documenti che stava leggendo. «Così mi sono rivolto all'Interpol e alla Police Nationale francese e, bingo, la famiglia è piena di delinquenti. Hanno persino una loro banda gestita da uno zio di Marie che si chiama Lucien Redoux.» Derrick girò pagina. «Questo rapporto che l'Interpol ha mandato dice che sono collegati all'Unione Corse, il clan che gestiva il traffico di eroina tra Marsiglia e l'America.»

«È la banda di cui parla il film *Il braccio violento della legge.*»

«Si occupano della solita roba, droga e prostituzione, ma ecco la cosa interessante. Quando il traffico di droga è finito negli anni Settanta, si sono buttati pesantemente nel riciclaggio di denaro, ma anche negli omicidi su commissione.»

«C'è qualcosa sul loro modus operandi?»

«Niente di distintivo, ma un colpo alla nuca mi puzza di omicidio su commissione.»

«Probabile, ma è più facile sparare a qualcuno da dietro.»

«Senza dubbio, ma è pieno di bastardi senza cuore là fuori.»

«C'è qualche collegamento con un'organizzazione criminale negli Stati Uniti?»

«Non se ne fa menzione.»

«Se non hanno contatti qui, dovrebbero mandare qualcuno. È rischioso se il sicario non sa come funzionano le cose da queste parti, ma aiuta un fottio dal punto di vista dell'anonimato.»

«Pensi che manderebbero qualcuno per uccidere Elby?»

«Un'ipotesi remota, ma non impossibile. Recupera una lista di tutti i loro collaboratori noti, confrontala con i registri dei passaporti. Vediamo se qualcuno di loro ha fatto un viaggio negli States di recente.»

«Inizio da un mese prima che Salter venisse ucciso?»

«Fa' pure due. Avere a che fare con Dwyer mi ha fatto capire quanto possano essere pazienti alcuni di questi pazzi.»

34

Sʙᴀᴛᴛᴇɪ ɢɪù ɪʟ ᴛᴇʟᴇғᴏɴᴏ.

«Questa è una stronzata!»

«Che succede?»

«Era Chester. Mi ha detto di stare alla larga da Christina Matthews.»

«A malapena le hai cavato qualcosa di bocca.»

«Lui non lo sa, credo.»

«Come faceva a sapere che le stavamo parlando?»

«L'avvocato di Salter, Gerey, ha chiamato Chester e gli ha detto che stavamo facendo pressione per avere delle informazioni protette da un accordo di non divulgazione.»

«Sono preoccupati. Significa che c'è qualcosa sotto.»

«Senza dubbio. Però mi fa incazzare da morire. Invece di provare a vedere cosa c'è sotto, Chester vuole toglierci di mezzo.»

«Possiamo chiedere a un giudice di togliere il segreto, no?»

«Potremmo, ma ci servirebbe una fondata ragione di credere che le informazioni nell'accordo siano centrali per un crimine.»

«Ma è proprio questo il punto: potrebbero esserlo, giusto?»

«Esatto. Chester si sta comportando come tutti gli altri qui, proteggendo gli onnipotenti Salter. È un'autentica stronzata.»

«Cosa faremo?»

«Cosa possiamo fare? Dobbiamo stare attenti. Questo caso è un fottuto casino. L'ultima cosa che ci serve è Chester con il fiato sul collo.»

«Pensi che lo sceriffo sappia qualcosa?»

«Spero proprio di no. Se scopro che sta proteggendo qualcuno, me la filo via da qui più veloce della gente che si fionda sugli assaggi gratuiti alla Costco.»

«E io subito dietro di te.»

***

Il bistrot non era pieno, nonostante il piatto del giorno a dieci dollari che offrivano ai clienti che si sedevano entro le sei. Redoux, vedendomi, lasciò cadere un menù che aveva appena ritirato da un tavolo di teste canute. Amavo il mio lavoro.

Fece un passo verso di me.

«Bonsoir, monsieur, sono subito da Lei.»

«Faccia con comodo.»

Prima che avessi modo di accomodarmi su una sedia, Marie uscì dalla cucina. Il tacco delle sue scarpe batteva sul pavimento mentre camminava. Stava forse facendosi coraggio, o era davvero così sicura di sé? Mentre si avvicinava, colsi una zaffata di aglio e olio. Escargot?

«Desidera il menù?»

«No, sono qui solo per parlare.»

«Siamo occupati e...»

«Si sieda.»

Lei tirò indietro una sedia. «Di cosa si tratta?»

«Da dove viene?»

«Dalla Francia.»

Il fascino del suo accento era svanito come una pozzanghera al sole.

«È un paese grande. Di dove, esattamente?»

«Della Corsica.»

«Come mai mi aveva detto che veniva dal nord della Francia?»

«Io?»

«Sì, certamente.»

«La maggior parte della gente non sa nemmeno dove sia la Corsica. È più facile dire nord della Francia.»

«È più facile mentire, vorrà dire. È stata molto specifica, dicendoci che veniva da Fécamp. Non so molto della Francia, ma direi che più gente ha sentito parlare della Corsica che di Fécamp.»

«È un crimine in America dire una cosa per un'altra sulle proprie origini?»

«Non a meno che non si stia cercando di sviare un'indagine.»

«È stato un errore innocente.»

«La sua famiglia ha una storia alquanto interessante in Francia.»

«Non capisco.»

«Credo di sì, invece. Suo zio Lucien è a capo di un'organizzazione criminale corsa. Non è così?»

«Che significa tutto questo?»

Non potevo dirle che stavo cercando di capirlo io stesso.

«Ho un'attività da mandare avanti.»

«Lei ha una figlia, non è vero?»

Si mosse sulla sedia. «Sì.»

«E quanti anni ha?»

«Quindici.»

«Era al corrente che Elby Salter fosse stato accusato di aver avuto rapporti sessuali con una minorenne?»

La sua mancata sorpresa mi confuse. «No.»

La porta d'ingresso si aprì di scatto e una coppia entrò.

Marie si alzò. «Mi dispiace, ma devo tornare al lavoro.»

Rimasi seduto nella Cherokee a pensare. Aveva avuto una tresca con Elby e aveva ammesso che per lei era stato difficile accettarne la fine. Lo aveva chiamato tre volte il giorno prima che venisse ucciso. Perché? Sosteneva che fosse per una bottiglia di vino. La cosa non quadrava. Non si frequentavano più. Perché spendere soldi per chiamare un ex dalla Francia? Era forse l'atto di un'amante irrazionale? E si trovava davvero in Francia?

Avevamo una donna che ci aveva mentito, che poteva essere stata così ossessionata dalla fine della sua relazione da aver passato il limite, una donna con una famiglia che operava nel settore degli omicidi su commissione.

Era un'ipotesi tirata per i capelli, ma aveva anche una figlia minorenne. Una figlia nella stessa fascia d'età della ragazza che aveva mosso l'accusa contro Elby. Le era successo qualcosa?

35

Rosanne Roberts viveva in una bellissima struttura di residenza assistita chiamata Tuscany Villa, vicina a Lely, che sembrava un posto divertente dove passare gli ultimi anni. All'interno dell'edificio principale dai colori pastello, qualcuno stava suonando il pianoforte a coda nella hall per una manciata di residenti. Il pianista suonava "As Time Goes By". Qualcuno ne coglieva l'ironia?

Mi accompagnarono in un salotto con un bar vero e proprio. Un paio di anziani si stavano godendo un cocktail pomeridiano e il mio appuntamento era uno di loro. La Roberts balzò dalla sedia con l'agilità di una persona con la metà dei suoi ottantaquattro anni. Aveva mani piccole e un ampio sorriso.

«Vuoi qualcosa da bere? La chiamiamo happy hour; i drink sono gratis.»

«No, grazie, ma non farti problemi.»

«Ho già bevuto il mio gin tonic. Uno è il mio limite.»

Sperando che il vino che avevo bevuto avesse lo stesso potere conservante che sembrava avere il gin, ci accomodammo su delle sedie attorno a un tavolo da gioco.

Si tolse gli occhiali. «Come giornalista, sono curiosa di sapere come mi hai trovata.»

«È stato facile. Ho cercato su Google le vecchie edizioni del *Naples Daily News* e ho guardato chi si occupava della cronaca locale quando Florence Salter è scomparsa.»

«Sai, ho imparato negli anni che un reporter, quelli bravi almeno, opera come un detective.»

«È vero. Se vuoi trovare la verità, devi scavare sotto la superficie.»

Sorrise. «E tu cerchi questa vecchia vanga per aiutarti a smuovere un po' di terra?»

Questa signora mi piaceva e mi chiesi se sarebbe andata d'accordo con il padre di Phil. «Qualsiasi informazione che tu possa condividere sulla famiglia Salter sarebbe d'aiuto.»

«Beh, c'è molto da dire. Erano una delle due famiglie che hanno plasmato questo luogo che chiamiamo paradiso, ricavandone profitti che alcuni considererebbero osceni. Ora, il *News* aveva una sorta di museruola ufficiosa quando si trattava di scrivere di loro. Avevano amici nel comitato editoriale e il caporedattore mise in chiaro che il modo in cui influenzavano lo sviluppo della città era una cosa buona.»

«Intendi: per non trasformare Naples in un'altra Miami?»

Annuì, facendo dondolare gli orecchini di perla. «A nessun reporter piace sentirsi dire di cosa o di chi scrivere, ma aveva ragione. Avevano molto potere, ma veniva esercitato tutto dietro le quinte, cosa che infastidiva molti di noi. Sembrava che i commissari della contea approvassero i progetti in automatico, nonostante le obiezioni del pubblico.»

«Pensi che venissero pagate delle mazzette?»

«Ho ficcato il naso qua e là, ma non sono mai riuscita a scoprire alcuna corruzione. Più che altro, i commissari erano brave persone del posto, ma la crescita ha superato le loro capacità. Persone come i Salter, che gestivano con successo grandi imperi commerciali, erano viste come cavalieri bianchi. Sapevano come gestire le cose e questo toglieva pressione al consiglio di contea.»

«Pensi che ci fosse un'intesa o un accordo tra famiglie come i Salter per controllare non solo la crescita ma anche le opportunità di guadagno da queste parti?»

«Sono sicura che ci fosse qualcosa del genere, per spartirsi la torta che stavano preparando.»

«Pensi che la cooperazione si estendesse a qualcosa di illegale?»

«Non capisco la domanda. I loro interessi commerciali sembravano essere in regola.»

«E per quanto riguarda la rimozione di un ostacolo?»

«Oh, la cosa si fa interessante. Avevo dimenticato che sei un detective dell'Omicidi. Non ho mai sentito voci su qualcosa del genere.»

«Parlami della situazione di Florence Salter. Mi risulta che sia stata accusata di abusi sessuali su un minore.»

«Quando sento una cosa una sola volta, ho imparato a essere scettica e a cercare conferme, ma quando è emerso il secondo episodio, ho pensato che dovesse esserci qualcosa di vero».

«E c'era?»

«Purtroppo, sembrava che le accuse potessero essere vere. Il giornale si occupò dell'accusa e, quando fu ritirata, si assicurò che la notizia venisse diffusa, come, francamente, avrebbe dovuto. Se c'è una cosa che i media sbagliano, è non dare alla smentita lo stesso risalto della notizia originale. Ma in questo caso, l'accusa sembrava vera».

«Cosa ti ricordi al riguardo?»

«I Salter erano, e sono tuttora, attivi sulla scena filantropica e avevano finanziato un centro giovanile per i ragazzi svantaggiati della zona est. Un ragazzino, credo avesse dodici o tredici anni, disse di aver avuto un incontro sessuale con Florence Salter. Quando si sparse la voce, la madre del ragazzo lo venne a sapere e sporse denuncia».

«Cosa ti fa credere che non si sia inventato tutto?»

«La cosa venne a galla quando iniziò a raccontare ai suoi amici che cosa fosse successo e i ragazzini, beh, parlano. Un volontario lo scoprì e affrontò il ragazzo, che coinvolse sua madre. Un reporter con cui lavoravo, un tizio di nome Benny Goshen, poveretto, è morto dieci anni fa, parlò con un paio di ragazzi e ne trovò altri due che dissero che lei aveva praticato loro sesso orale».

«I ragazzini tendono a essere inaffidabili, no?»

«Naturalmente, ma Benny disse che entrambi i ragazzi gli indicarono lo stesso luogo in cui sostenevano fosse accaduto, nonché le date e gli orari. Fece delle verifiche e lei era lì in quei momenti. E la cosa interessante era che i ragazzi non erano amici tra loro e venivano al centro in orari diversi».

«Perché la notizia non fu riportata?»

«Benny andò dal direttore, ma dissero che era una voce non comprovata e che l'accusa originale si era rivelata falsa, eccetera eccetera. Dissero di aspettare che emergessero altre prove. Ma, un paio di settimane dopo, lei scomparve».

«Cosa pensi che le sia successo?»

«Penso che sia scappata. Era spacciata da queste parti. Forse sapeva che sarebbero emerse altre accuse e che sarebbe finita in prigione».

«Pensi che la sua famiglia l'abbia aiutata a sparire?»

«Ne sono certa. Era un imbarazzo per loro. I Salter sono gente orgogliosa e probabilmente furono felici di vederla andare via».

«Nessuno cercò di scoprire che cosa le fosse successo?»

«Ce ne occupammo all'inizio, ma il fatto è che non c'era nulla da seguire. Doveva aver lasciato lo stato e il giornale non avrebbe pagato per farci cercare in giro per il paese. Chissà dove poteva essere andata. Avrebbe potuto persino lasciare gli Stati Uniti. Avevano abbastanza soldi per procurarle una nuova identità e trasferirla ovunque».

«Pensi che possa essere rinchiusa da qualche parte in un istituto?»

«Improbabile. Era una donna brillante. Non ce la vedevo a restare in un posto del genere. A meno che non l'abbiano drogata in qualche modo».

«Pensi che possano averne organizzato la morte?»

«Uccidere la propria figlia? Non so, ma immagino sia possibile. Quel tipo di persone non guarisce. È una malattia, se vuoi la mia opinione. E se è a Timbuctù, probabilmente sta facendo la stessa cosa e alla fine verrebbe scoperta e smascherata per quello che è».

«Elby Salter era suo nipote e aveva circa la stessa età del ragazzo che l'aveva accusata. Pensi che sia possibile che abbia subìto abusi da sua zia?»

«Certo che è possibile. Sono sicura che ci furono molte opportunità perché lo facesse ed Elby doveva vederla come una figura autoritaria».

«È quello che stavo pensando. Ammesso che sia successo, è possibile che Elby sia rimasto segnato dall'abuso e sia diventato lui stesso uno che cercava rapporti sessuali con i ragazzini».

«E qualche genitore l'ha scoperto e l'ha ucciso».

La Roberts doveva essere stata una brava reporter; a ottantaquattro anni sapeva ancora come mettere insieme i pezzi di una storia.

36

I RED SOX ERANO SPARSI PER TUTTO IL CAMPO. UN gruppo raccoglieva palle rasoterra, altri facevano stretching nel campo esterno e, a bordo campo, i lanciatori lanciavano ai ricevitori. Io e Weaver eravamo gli unici due nel palco del proprietario. Non era sfarzoso come mi aspettavo, ma era un impianto per gli allenamenti primaverili.

«È un bel posto per guardare una partita. Verrei più spesso se potessi sedermi quassù.»

«Quando vuole, detective. Mi faccia sapere un giorno prima e farò in modo che accada. Porti la sua famiglia, se vuole.»

«Grazie. Lo apprezzo molto. Potrei prenderla in parola. Il mio partner segue il gioco più di me.»

«Basta che me lo faccia sapere.»

«Grazie, lo farò.»

«Bene. Mi lasci chiedere una cosa. Non ha nulla a che fare con Elby, ma riguarda la legge.»

«Certo, mi dica pure.»

«C'è questo tizio. È un tifoso della squadra e sono quasi certo che mi stia perseguitando.»

«Cosa glielo fa credere?»

«Spunta fuori quasi ovunque io vada. Sono sicuro al novantanove per cento che mi abbia seguito a casa dopo la partita di martedì.»

«Si sente minacciato?»

«Mi è successo un paio di volte quando giocavo, ma si trattava per lo più di ragazzini o donne che mi ronzavano attorno. Stavolta è un po' inquietante, perché abbiamo ricevuto lettere sgradevoli riguardo al mancato ingaggio di Blair.»

«Da una sola persona?»

«Crediamo di sì. Voglio dire, ci sono un sacco di strambi scontenti per questo o quello, ma questa sembra una cosa diversa.»

«Fa minacce nelle lettere?»

«Non esattamente.»

«Mi faccia un esempio.»

«Dice solo che se non ingaggiamo Blair, sa che è colpa mia. E che ogni giorno accadono un sacco di incidenti e di non commettere errori, perché non vorrebbe che mi succedesse qualcosa. È una specie di farneticazione sconclusionata su come i Sox debbano avere Blair e, se non lo prendiamo, il mondo finirà.»

«Non mi piace come suona. Riesce a identificare questa persona?»

«Oh sì, è a ogni partita. Ha l'abbonamento per gli allenamenti primaverili. Quel tizio veniva qui anche quando giocavo io.» Weaver rise. «O lavora per Blair, forse prende una parte del suo contratto, oppure gli si è svitata qualche rotella.»

«Appena abbiamo finito, farò una telefonata a un mio amico, Tim Winters. Lavora nell'ufficio dello sceriffo della contea di Lee. A che ora è la partita oggi?»

«All'una.»

«Se questo svitato verrà qui...»

«Oh, ci sarà.»

«Allora voglio che chiami Winters quando lo vedrà. Dovrà però sporgere una denuncia per stalking contro di lui. Ma lo arresteremo, lo porteremo dentro e vedremo se riusciamo a farlo tornare in sé. Le va bene?»

«Assolutamente. Ma non voglio che lo arrestino allo stadio.»

«Non lo farebbero. Winters lo prenderà dopo la partita. Lo farà con discrezione. Si segni il suo numero.»

«Okay, lo apprezzo davvero. Cosa voleva chiedermi?»

«Lei ed Elby passavate molto tempo insieme, giusto?»

«Per lo più proprio qui. Il nostro rapporto ruotava attorno al baseball. Amava davvero i Sox e, se fosse ancora qui, ci staremmo trasferendo nella nuova sede a Collier.»

«Perché l'accordo per il trasferimento è saltato?»

«Era Elby a portarlo avanti. C'era molta opposizione da parte degli affaristi e dei tifosi. Una volta che lui se n'è andato, è andato tutto in fumo.»

«Perché? Chi ha fatto saltare tutto?»

«Il fondo fiduciario della famiglia Salter, a quanto ho capito, ha assunto tutti o la maggior parte degli interessi di Elby, compreso il terreno per lo stadio. Si sono tirati indietro.»

«È stato Chadwick a prendere la decisione?»

«Onestamente non saprei dirlo. Noi, la squadra, abbiamo cercato di salvare l'accordo, ma alla fine abbiamo deciso che combattere contro di loro e altri che volevano che restassimo qui semplicemente non ne valeva la pena. E guardi, questo posto non è così male, no? È molto, ma molto più nuovo di Fenway.»

Osservare un gruppo di giocatori che correva sotto il sole lungo il perimetro del campo da gioco era davvero una bella vista.

«Mi lasci farle una domanda più personale su Elby. L'ha mai visto fare delle avances a una ragazzina?»

«Cosa intende?»

«Qualche anno fa è stata presentata una denuncia contro di lui, accusandolo di aver avuto rapporti sessuali con una minorenne.»

«Sapevo di quella storia, ma era stata archiviata. A quanto pare, era solo una ex fidanzata che cercava di spillargli dei soldi.»

«Beh, sembra che li abbia ottenuti.»

«Come, scusi?»

«È stato raggiunto un accordo con la madre della ragazza che aveva sporto denuncia. Ha firmato un patto di non divulgazione in cambio di quella che dev'essere stata una bella sommetta.»

«Sta dicendo che c'era del vero nell'accusa e che l'ha pagata per mettere tutto a tacere?»

«Sto cercando di mettere insieme i pezzi del puzzle. Ci sono state anche altre tre cause civili intentate contro di lui, che sono state risolte con un accordo e i cui dettagli sono stati secretati dal tribunale.»

«E Lei pensa che avessero a che fare con qualcosa di deviato?»

«Il mio lavoro è esplorare ogni possibilità, e a volte si scoprono cose sgradevoli.»

«Cosa, che Elby fosse un pedofilo o qualcosa del genere? E che pagasse la gente?»

«Non posso dirlo con certezza, ma la possibilità esiste.»

«Ma perché queste donne avrebbero avuto bisogno di rivolgersi a un tribunale?»

«Non ne sono sicuro, ma potrebbe essere semplicemente per dimostrare che facevano sul serio.»

Mise le mani sulla testa. «Mi ha sconvolto. Non so cosa pensare di tutto questo.»

«Pensi a qualsiasi cosa del genere. A qualche comportamento che le sia sembrato fuori luogo.»

«L'unica cosa a cui riesco a pensare, e non era fuori luogo, lo dico solo per quello che sta dicendo, è che Elby si assicurava sempre di essere qui quando c'erano eventi per i figli dei giocatori.»

«Qualcosa che le sembra sospetto, col senno di poi?»

«Non che mi venga in mente in questo momento.»

«Ci rifletta su e mi faccia sapere se le viene in mente qualcosa.»

37

Derrick rispose al telefono, parlò per un istante e disse: «Frank, c'è una giornalista, una certa Roberts, al telefono».

Si era per caso ricordata di qualcosa, o ero diventato un'alternativa al bridge e ai cocktail?

«Pronto, signora Roberts. Come sta?»

«Non potrei stare meglio. Ascolti, dopo che se n'è andato, mi sono messa a pensare a tutta la faccenda. A quei tempi succedevano un sacco di cose».

«Le accuse contro Florence Salter?»

«No, non lei. Lei ha accennato alla possibilità che un gruppo di pezzi grossi agisse di concerto per raggiungere i propri scopi. È vero, ma credo di averLa sentita insinuare la possibilità che avessero preso una brutta piega».

«Non posso dire molto, ma si può tranquillamente affermare che quando si riuniscono, non giocano a Scarabeo».

«Dovrebbero. A me aiuta a tenermi sveglia. Mi è venuto in mente che in effetti non c'erano mai visioni contrapposte. Tutti si accodavano a qualunque proposta venisse fatta, e finiva lì. Ma mi sono ricordata che c'era un uomo, Dennis

Harding; era della East Coast e possedeva un paio di lotti di terreno su Gulf Shore Boulevard, vicino a Venetian Village. Harding aveva ereditato il terreno e si era trasferito a Naples per lottizzarlo».

«Harding? Il nome non mi dice niente».

«Non mi sorprende. Lei andava ancora in bicicletta quando lui era qui. Harding voleva costruire una serie di grattacieli residenziali su quel terreno».

«Immagino ci sia riuscito. Ho sempre pensato fosse un po' strano che quello fosse praticamente l'unico punto del Golfo dove ci sono palazzi alti raggruppati».

«Ce l'ha fatta, ma è stata una bella battaglia. C'è stata molta resistenza al piano di Harding, ma aveva tutti i permessi per il progetto, un diritto acquisito da quando il terreno era di suo padre. Lo hanno portato in tribunale, ma l'ha spuntata. È ritornato a West Palm, ma la costruzione della prima torre ha avuto inizio».

«Interessante».

«È qui che la cosa si fa interessante. La struttura portante in acciaio della prima torre era già in piedi, e Harding è venuto in città per la posa della prima pietra del secondo edificio. Ora, potrebbe essere solo la mia immaginazione a galoppare, ma quella notte è rimasto ucciso in un incidente d'auto su Alligator Alley. Ha urtato qualcosa che era caduto da un camion, ha perso il controllo dell'auto ed è stato trovato morto».

STAVO SDRAIATO SUL PAVIMENTO A GIOCARE CON JESSIE quando Mary Ann disse: «Frank, ti sta squillando il cellulare. È Derrick».

«Torno subito, zucchetta». Baciai una gamba paffuta e mi alzai.

Presi il telefono dalle mani di Mary Ann. «Tienila d'occhio».

«Che succede?»

«Indovina chi è stato negli Stati Uniti?»

«Ti voglio bene, fratello, ma preferirei fare i giochetti con Jessie che con te. Di che stai parlando?»

«Due dei ceffi della famiglia criminale Redoux sono volati negli Stati Uniti. Uno è arrivato a Miami appena quattro giorni prima che sparassero a Salter, e un altro è atterrato ad Atlanta nove giorni prima dell'omicidio».

«Porca miseria. Forse abbiamo qualcosa in mano. Sono anche ripartiti?»

«Nessuna traccia della loro partenza. Potrebbero essere sgattaiolati oltre il confine, in Messico o in Canada. I controlli sono limitati, specialmente in uscita».

«Hai le loro foto?»

«Le foto del passaporto, ma sono di un paio d'anni fa.»

«Per ora vanno bene. Vedi se le autorità francesi hanno qualche loro foto recente. Ma prima, porta quelle foto al testimone che ha detto di aver visto qualcosa quella notte.»

«L'ho già chiamato. Sono in macchina e sto andando da lui adesso. Sarò lì tra un paio di minuti.»

«Così si fa.»

«Vuoi fare un salto? Posso aspettarti lì.»

Ci volevo andare, ma sembrava avere la situazione sotto controllo. «È tutto tuo; stai solo attento. Una foto alla volta. Dagli abbastanza tempo per rifletterci e non fargli capire chi sono quei tizi.»

«Ricevuto.»

«Chiamami appena hai finito con lui.»

«Ok. Aspetta, ho dimenticato di dirti che Marie Redoux era in Francia quando ha detto di esserci.»

«Potrebbe averlo pianificato apposta per avere un alibi.»

«Comunque non ce la vedrei a commettere l'omicidio. Se ha avuto un ruolo, è stato quello di assoldare qualcuno o di farlo fare a un membro della famiglia.»

«Ma se il movente non erano i soldi, avrebbe avuto bisogno di un motivo convincente per far intervenire la sua famiglia. I corsi saranno anche dei duri, ma non sono una gang di strada di Chicago, non uccidono per divertimento.»

«Vero.»

«Vediamo prima cosa ha da dire il tuo testimone. In bocca al lupo.»

Rientrai in soggiorno cercando di elaborare la probabilità che Elby Salter fosse stato ucciso da sicari francesi. Mary Ann teneva Jessie per le mani, aiutandola a provare a camminare.

Mi misi in ginocchio. «Guardati, Jess. Stai camminando.»

«Sta facendo molto da sola.»

«Camminerà presto. Non posso credere a quanto stia diventando grande.»

«Sto pensando di tornare al lavoro il mese prossimo. Che ne pensi?»

«I soldi ci farebbero comodo, ma con tutto quello che sta succedendo sto avendo dei ripensamenti. Di chi possiamo fidarci per badare a lei?»

«Charlene ha detto di aver usato un'agenzia e che si sono trovati benissimo.»

«Un'agenzia? Quindi lasceremo la nostra bambina con una perfetta sconosciuta? Non se ne parla.»

«Sono professionisti, Frank. Hanno curriculum e referenze che possiamo controllare.»

«Senti, possiamo non affrontare questo discorso adesso?

Possiamo permetterci di farti stare a casa con Jessie per qualche altro mese.»

«Non è per i soldi, Frank.»

«E allora per cos'è?»

«Sto diventando un po' insofferente a stare a casa. Tutto qui.»

Avrei voluto dire che potevamo scambiarci i ruoli, ma capivo cosa intendesse. Mary Ann era una brava detective ed era abituata a vedersi piovere addosso le cose come un temporale estivo.

«Metteremo a punto un piano, non ti preoccupare. Magari tra due mesi potremmo fare due giorni a settimana per rendere le cose più facili a Jessie.»

«Ci ho pensato molto, Frank. Ho pensato che per iniziare fossero meglio tre mezze giornate. Le Risorse Umane hanno detto che si poteva fare, e credo sia l'approccio migliore.»

Volevo lamentarmi del suo approccio unilaterale, ma l'idea mi piaceva. «È un buon modo. Resterebbe da sola con qualcuno solo per un paio d'ore. Saresti di ritorno prima di rendertene conto. Ma non potremmo iniziare con due giorni?»

«Fammi vedere come vanno le cose con lei la prossima settimana o giù di lì.»

«Ok. Mi sembra un'ottima idea.»

Controllai il telefono. Niente. Perché Derrick non aveva chiamato? Aveva detto che sarebbe arrivato in pochi minuti. Era successo qualcosa? A lui? Composi il suo numero.

38

DERRICK ERA DI SOTTO, AL POLIGONO DI TIRO, PER LA SUA esercitazione obbligatoria. Sorseggiando le ultime gocce di caffè dalla mia tazza da viaggio, mi chiesi se avesse da qualche parte un caffè di Dunkin' per me. Lo speravo. Avevo iniziato a fare affidamento su quello piuttosto che sulla broda industriale della mensa.

Stavo leggendo un articolo sull'interpretazione del linguaggio del corpo quando il mio telefono squillò.

«Luca, Omicidi.»

«Salve, detective Luca. Sono Ron Weaver.»

«Come sta, Ron?»

«Bene. Volevo ringraziarLa per aver coinvolto il detective della contea di Lee.»

«Tim Winters, è un brav'uomo.»

«Beh, ha arrestato quel tizio, e non c'è stato alcun trambusto. È stato come contare fino a tre, e quello era già sul sedile posteriore dell'auto.»

«Sono contenta che si sia risolto tutto per Lei.»

«Ero preoccupato. Sa che immagine avrebbe dato far arrestare un fan. Ma non credo che più di una manciata di persone nel parcheggio si sia resa conto di cosa stesse succedendo.»

«Meglio così. Ora quel tipo La lascerà in pace. Probabilmente aveva solo bisogno di una bella strizza.»

«Lo so, ma preferirei non sporgere denuncia e non ingigantire la cosa.»

«Può ritirare la denuncia tra una settimana circa. Lo lasci a cuocere nel suo brodo per un po'.»

«È una buona idea. Farò così.»

Derrick entrò, senza caffè.

Dissi: «Bene, Ron. Ora devo andare.»

«Okay, ma stavo pensando a quello che ha detto su Elby e su qualsiasi cosa di strano.»

«Le è venuto in mente qualcosa?»

«Probabilmente non è niente, e mi sento come se stessi infangando la sua reputazione...»

«Non si preoccupi. Qualsiasi cosa dirà resterà qui. Di che si tratta?»

«Beh, un giorno eravamo a una partita e ha detto che una donna assomigliava alla figlia della sua ragazza, Marie. Poi ha aggiunto che la figlia aveva un paio di tette incredibili per essere una ragazzina.»

«Disse altro?»

«No, più o meno finì lì.»

«Faceva regolarmente commenti del genere?»

«Né più né meno della maggior parte degli uomini.»

«La maggior parte degli uomini?»

«Avrei dovuto dire atleti. Frequento un sacco di loro, e beh, sanno essere un po' rozzi.»

«Elby sembrava eccitato quando ha parlato della figlia di Marie?»

«Non gli ho prestato molta attenzione quando l'ha detto.»

«C'è altro che ha ricordato?»

«No. E devo dire che, se non avesse sollevato Lei l'argomento, probabilmente non avrei nemmeno fatto il collegamento.»

«Capisco. Ma mi faccia un favore, vuole?»

«Certo, di cosa ha bisogno?»

«Quando qualche idiota fa un commento del genere, non lo lasci passare. Dica qualcosa, o gli ficchi un dannato calzino in bocca.»

«Oh, sì, lo farò di sicuro. Buona giornata.»

Sbattei giù il telefono.

«Che succede?»

«Era Weaver. Ha detto che Elby aveva fatto un commento sulla figlia di Marie allo stadio.»

«Cosa ha detto?»

«Qualcosa sul fatto che la ragazza avesse un seno grosso.»

«Quel tipo è un fottuto verme. Probabilmente era un pervertito.»

«Non so che pensare. Questi stronzi che aprono la bocca tanto per darle fiato. Vorrei ficcargli un pugno in gola.»

«Non vale la pena arrabbiarsi. Rilassati.»

Per lui era facile dirlo. Non aveva una figlia di cui preoccuparsi. «Vado a fare pipì.»

Seduta sulla tazza, mi resi conto che l'emotività non avrebbe risolto niente. Cosa significava davvero l'informazione che Weaver mi aveva passato? Era possibile che Elby Salter avesse superato il limite con la figlia di Marie Redoux? L'aveva aggredita sessualmente? Era una conferma che fosse un pedofilo?

Se c'era del vero in questa estrapolazione, avevamo il nostro movente. Non Marie che agiva come un'amante respinta, ma come una madre determinata a vendicare la violenza subita dalla sua bambina. Era una reazione potente, logica, se di questo si trattava.

Mentre la pipì cominciava a scorrere, mi resi conto che, venendo da una famiglia a suo agio con il crimine, per Marie sarebbe stato facile organizzare l'omicidio. Nessun bisogno di cercare dietro le quinte tra loschi figuri qualcuno che non solo lo facesse, ma lo facesse bene e tenesse la bocca chiusa al riguardo. Poteva rivolgersi a persone che conosceva e di cui, presumibilmente, si fidava. Era semplice e, francamente, fin troppo conveniente. I familiari avevano uno sconto sugli omicidi su commissione?

O era stato qualcosa fuori dal suo controllo? Che la notizia della trasgressione di Elby, se ce n'era stata una, fosse arrivata alla sua famiglia e che loro avessero preso in mano la situazione? Forse Marie aveva cercato di fermarli, ma si era scontrata con quel contorto codice d'onore che i criminali amano invocare per spiegare il loro comportamento.

Tirandomi su la zip, mi chiesi perché il testimone non avesse identificato nessuno dei due francesi come l'uomo che era con Elby Salter la notte del suo omicidio. La sua memoria poteva averlo tradito? I testimoni oculari erano problematici: sempre sicuri di ciò che avevano visto, finché non lo erano più.

Se fossero stati membri di una famiglia criminale francese a compiere il gesto, avrebbero potuto indossare dei travestimenti. Secondo l'Interpol, erano sicari esperti, abituati a prendere ogni precauzione possibile per evitare di essere individuati.

Dove diavolo erano adesso? Una volta che qualcuno entrava nel paese, tenerne traccia era quasi impossibile. Se erano entrati, avevano compiuto il colpo su Salter e avevano lasciato il paese, non li avremmo mai presi.

Mentre mi asciugavo le mani, un conato di bile mi colpì in fondo alla gola. Ricordai ciò che l'istruttore del corso di addestramento per detective aveva detto sulla cattura dei colpevoli: se qualcuno andava in una città a centinaia di miglia di distanza, non c'era mai stato né conosceva nessuno lì, commetteva un crimine e se ne andava, le possibilità di catturarlo erano minime.

In questo caso, forse sapevamo coloro che lo avevano fatto, ma si trovavano a cinquemila miglia di distanza, protetti da un governo straniero. Costruire un caso contro di loro sarebbe stato come attraversare il mondo in un kayak bucato.

39

Il traffico dell'ora di pranzo in direzione nord sulla 41 era praticamente paralizzato finché non superai Immokalee Road, momento in cui abbassai un po' il finestrino e premetti sull'acceleratore. Non vedevo l'ora di sentire cosa avrebbe avuto da dire. Svoltando nel parcheggio, capii che quello era un punto cruciale dell'indagine.

I tavoli all'aperto erano vuoti. Aprii la porta dell'Auberge, scrutando con lo sguardo la sala da pranzo quadrata. Quattro tavoli da due persone e sei commensali a un tavolo rotondo stavano pranzando, ma di Marie nessuna traccia.

Una cameriera sorridente sollevò un dito mentre portava una bottiglia di vino bianco a un tavolo. La infilò in un secchiello per il ghiaccio e si affrettò verso di me.

«Buon pomeriggio. Per quante persone?»

«Non sono qui per pranzo. Devo parlare con Marie Redoux.»

«Oh, oggi non c'è.»

«È in malattia?»

«No, ha detto che le è sorto un imprevisto.»

Stavo per andare a casa sua, ma chiesi: «Domani ci sarà?»

«Non credo. Domani di solito ho il giorno libero, ma mi ha chiesto di assicurarmi di venire.»

«Va bene. Magari ci vediamo domani per pranzo.»

«Posso dirle chi è passato a cercarla?»

«Lavoro per un distributore di vini, niente di importante, volevo solo farle assaggiare una cosa che credo le piacerà. Tornerò io, grazie.»

Dove diavolo era? Era fuggita, credendo che le stessimo con il fiato sul collo? Per precauzione, chiamai Derrick per fargli sapere che mi stavo dirigendo a casa di Marie. Era un protocollo che di solito non seguivo.

Marie Redoux viveva a Esplanade, un nuovo complesso residenziale che obbligava ogni proprietario di casa a iscriversi al suo golf club. Guidai costeggiando il campo da golf, superai una dozzina di campi da tennis e svoltai, oltrepassando i campi da pickleball, l'ultima moda in fatto di vita attiva. Non capivo la necessità del pickleball, ma del resto non capivo nemmeno il golf.

Sembrava che le case su entrambi i lati di Terrace Way avessero la vista sull'acqua. Cercai di ricordare quali fossero le fasce di prezzo. Le case erano grandi. Con la vista sull'acqua, dovevano aggirarsi intorno al milione e mezzo.

Marie viveva circa a metà dell'isolato, in una casa a un piano di colore marrone chiaro. Una coppia di palme reali si ergeva come sentinelle ai lati del vialetto. Non c'era una macchina per strada. Risalii il vialetto verso una palma a coda di tigre ondeggiante che nascondeva la porta.

Chiedendomi che tipo di vista avesse la casa, suonai il campanello. Nessuna risposta. Al secondo squillo aggiunsi un paio di colpi alla porta. Niente. Forse era seduta nel lanai. Le mie scarpe affondarono nell'erba bagnata mentre camminavo lungo il fianco della casa.

La piscina a forma di rene era protetta da una zanzariera. Mi diressi verso l'acqua e mi voltai a guardare. Non c'era nessuno nella parte coperta del lanai. La casa era vuota.

Risalii sulla Cherokee e mi avviai verso l'ufficio, domandandomi dove fosse Marie Redoux.

«Hai raggiunto Marie?»

«No. Non era neanche a casa.»

«Strano, ma potrebbe esserci un motivo valido.»

«È per questo che non salto a conclusioni, nonostante io sia un campione olimpionico di questa specialità.»

«Divertente.»

«Senti, chiama la dogana e la polizia di frontiera. Dobbiamo diramare un avviso di ricerca per questi francesi. Voglio ogni paio d'occhi disponibile a cercare questi due, specialmente lungo il confine canadese.»

«Perché pensi che andrebbero in Canada piuttosto che in Messico?»

«Milioni di canadesi parlano francese, soprattutto in Québec, dove lo parla la maggioranza.»

«Ah, già. Io e Lynn siamo andati a Montréal e non potevamo credere che fosse la lingua principale lassù.»

«C'è una lunga storia tra Francia e Canada. Temo che non incontrino ostacoli se passano il confine.»

«Mi ci metto subito.»

«E voglio i filmati del loro arrivo a Miami e ad Atlanta. Prendi il video del loro aspetto attuale e mostralo al testimone. Vedi se riesce a identificare uno dei due.»

«Ci sto già lavorando. Ho inoltrato le richieste stamattina.»

«Bene.»

Derrick prese il telefono mentre io fissavo le foto degli uomini che dovevamo trovare. Jacques Redoux aveva trentasei anni, una barba corta e ben curata e capelli neri ondulati. Tinti? Era il cugino di primo grado di Marie. La mia ipotesi era che fosse lui il responsabile dell'operazione. Era atterrato a Miami, mentre Pierre Bouchard era arrivato all'aeroporto di Atlanta.

Bouchard aveva un naso affilato e una piccola cicatrice sul mento. Era lui il sicario? Non assomigliava all'uomo dell'identikit disegnato dal ritrattista della polizia. In effetti, nessuno dei due uomini mostrava alcuna somiglianza con il disegno.

Come ogni altro cittadino, ero preoccupato per la perdita di privacy causata dal numero crescente di telecamere installate. Ma cavolo, quanto avrei voluto avere qualche video su cui lavorare.

Sembrava la trama di un film di Hollywood: killer stranieri che si intrufolano nel Paese per vendicare un atto atroce. Avrebbe venduto biglietti, ma come la maggior parte della spazzatura prodotta da quell'industria, era forse lontano dalla realtà?

Mi infastidiva che Marie non si fosse presentata al lavoro, non fosse a casa e non rispondesse al telefono. Forse era una coincidenza, ma sai come la penso sulle coincidenze.

40

Marie rispose quando Derrick telefonò al ristorante alle 10:30 del mattino, scusandosi per aver chiamato il numero sbagliato. Io aspettavo dall'altra parte del parcheggio e, quando mi scrisse che lei era dentro, mi affrettai verso la porta dell'Auberge. Era chiusa a chiave.

Bussai ripetutamente alla porta, chiedendomi se sarebbe scappata dall'uscita sul retro. Alla fine apparve Marie, con in mano una bacinella piena di posate. Aggrottò la fronte quando mi vide, posò le posate su un tavolo e aprì la porta.

«Allora, *era* lei ieri?»

«Cosa gliel'ha fatto capire?»

«Non ci sono distributori di vino che assomiglino a George Clooney.»

Era infantile, ma il complimento mi piacque; mi fece sentire di non avere perso il mio smalto. O forse anche i capelli di Clooney stavano diventando più sale che pepe?

«Ci sono domande a cui deve rispondere.»

«Davvero? Sono molto impegnata, e se preferissi non farlo?»

«La farò portare all'ufficio dello sceriffo per un interrogatorio. Non dovrebbe volerci più di tre o quattro ore, se hanno una stanza libera.»

Socchiuse gli occhi. «Cosa vuole da me?»

«Risposte veritiere.»

Incrociò le braccia. «Sono stata sincera.»

«Non sono qui per discutere con lei, signora. Ci sediamo?»

Si fece da parte. «Non ho scelta. Abbiamo prenotato una comitiva numerosa per pranzo. Faccia in fretta.»

I ristoranti vuoti avevano la stessa tristezza del passare il compleanno da soli. Una festa aspettava di iniziare, ma non c'erano partecipanti per farla decollare. Tirai fuori il mio Moleskine e mi accomodai su una sedia traballante.

«Mi risulta che abbia avuto un paio di visite dalla Francia.»

Un'espressione le attraversò il viso. Era sorpresa o perplessa? «Visite? Non capisco.»

«Suo cugino Jacques è atterrato a Miami.»

«Davvero? E quando?»

«Solo un paio di giorni prima che Elby Salter venisse assassinato.»

«Le ho già detto che ero in Francia quando è successo.»

«Sì, lo so. Abbiamo verificato con la Sicurezza Nazionale.»

«Allora perché mi sta interrogando?»

«Non credo sia una coincidenza che suo zio sia a capo di una famiglia criminale corsa nota per gli omicidi su commissione e che due membri di tale organizzazione arrivino nella soleggiata Florida pochi giorni prima che Elby Salter finisca ammazzato. È questo che mi turba.»

«Non ho idea di tale coincidenza, ma chi è l'altra persona? Ha detto due membri.»

Era sincera o stava recitando bene la parte della finta tonta chiedendo del secondo uomo. «Pierre Bouchard.»

«Mai sentito.»

«Può anche darsi, ma non sarebbe sorprendente. Sono sicuro che saprà che gli omicidi su commissione necessitano di vari livelli di negazione per essere efficaci.»

«Detective Luca, il mistero che sta intessendo potrebbe essere affascinante al cinema, ma io ho un ristorante da mandare avanti.»

«Suo zio, Lucien, ha mandato un paio dei suoi scagnozzi a uccidere Elby Salter?»

«E perché avrebbe dovuto fare una cosa del genere?»

«Perché glielo ha chiesto lei.»

«Non ho fatto nulla di simile.»

«O ha deciso di sua iniziativa di rimediare a un torto e proteggere l'onore della famiglia.»

«E di quale onore sta parlando?»

«Di sua figlia.»

Si sporse in avanti. «Tenga mia figlia fuori dalle sue allucinazioni. Lei non c'entra niente con tutto questo.»

«Sa cosa penso? Penso che Elby Salter abbia superato il limite in qualche modo con sua figlia. Non sto dicendo che lei avesse a che fare con lui. Non è stata colpa sua. Ma ci sono segni che Elby Salter avesse un feticcio per le ragazze giovani.»

«Ha finito? Perché non ho altro da dire e devo preparare il pranzo. Se ha delle prove a sostegno delle sue idee strampalate, le presenti. Altrimenti, le chiedo di andarsene.»

Si alzò in piedi, con le spalle dritte e le labbra serrate.

«Grazie per il suo tempo, signorina Redoux.»

Durante il tragitto di ritorno in ufficio, continuai a ripensare alle sue risposte. Era forse la sua origine europea a smorzare la lettura del suo linguaggio del corpo? Era protettiva nei confronti di sua figlia, ma chi non lo sarebbe?

Avevo bisogno di altre prove, qualcosa che non potesse

negare, forse anche qualcosa che mi permettesse di parlare con sua figlia. Mi sarebbe piaciuto interrogare la ragazzina, ma non volevo sottoporla a nulla a meno di avere prove schiaccianti che potessero aiutare il caso.

Sulla via del ritorno in ufficio, chiamai Derrick.

«Frank, com'è andata con Marie?»

«Niente da segnalare. Ha negato di sapere dell'arrivo dei malavitosi francesi. Ha persino detto che non aveva idea che suo cugino fosse qui, sostenendo di essere in Francia in quel periodo.»

«Un buon alibi, ma crolla di brutto se si tratta di una cospirazione.»

«Lo so, e quello che mi dà fastidio è che lei è in Francia a trovare la sua famiglia. Che probabilità ci sono che non sappia che suo cugino è qui? Sarebbe una delle prime cose di cui la gente parlerebbe. Lei vive in Florida, un cugino vola a Miami, e la cosa non salta fuori?»

«Non ci credo neanch'io. Doveva saperlo. Non mi importa se è un cugino di secondo grado. Lynn aveva una zia dall'Irlanda e questa donna voleva sapere se conoscevamo suo cugino di secondo grado. E il tizio viveva da qualche parte vicino a Chicago.»

«Mi ha anche zittito non appena ho tirato in ballo sua figlia. Non voleva parlarne, dicendomi di non coinvolgerla.»

«Hai chiesto della ragazzina e di Elby Salter?»

«Sì, ho posto la domanda con delicatezza, ma è comunque andata su tutte le furie. Non so se ci sia qualcosa sotto o no, ma devo scoprirlo.»

«Lo faremo. Senti, ho le copie digitali dei filmati video sia dell'aeroporto di Hartsfield che di quello di Miami. Ho il portatile e sto andando a trovare il testimone. Speriamo che possa identificare uno di questi uomini come il tizio che ha visto la notte in cui Salter è stato ucciso. Se lo fa, siamo a cavallo.»

Apprezzai il senso di urgenza di Derrick. «Sarebbe un bel modo di iniziare il fine settimana.»

«Ti chiamo e ti faccio sapere. Se non c'è niente, allora ci vediamo domani. È una partita all'una. Passo a prenderti verso le undici e mezza, ok?»

«Perfetto. Fammi sapere cosa succede con il video.»

41

Ci facemmo largo tra una folla di ragazzini e anziani fino ai nostri posti. Più della metà della gente indossava maglie e cappellini da baseball dei Red Sox. Lo spring training era diventato un appuntamento fisso per i turisti invernali e per la gente del posto.

L'attrazione non era solo il clima: l'azione era più vicina, i giocatori erano più disposti a interagire e i biglietti costavano molto meno rispetto alla stagione regolare.

«Questi sono posti fantastici, amico.»

«Vorrei che Weaver fosse riuscito a farci entrare nel palco, ma John Henry, il proprietario della squadra, lo usa oggi.»

«Se lo chiedi a me, questi sono meglio; siamo più vicini al campo.»

«Weaver ha detto che questi posti sono per gli scout dell'organizzazione.»

«L'anno prossimo dovremmo portare le ragazze a una partita.»

«È una buona idea. Lascio a te l'organizzazione.»

«Affare fatto. Ancora non posso credere che i Sox abbiano lasciato andare Blair.»

«Davvero?»

«Sì, ieri sera ha firmato con gli Yankees. Gli hanno fatto un contratto decennale.»

«Mi chiedo se Weaver c'entri qualcosa.»

«Certo. Lui e Riley hanno detto di avere un ragazzo nelle leghe minori che potevano aspettare, invece di un accordo costoso e a lungo termine con Blair.»

«Ricordo che aveva detto qualcosa su un giocatore delle leghe minori che secondo lui sarebbe stato pronto a metà stagione.»

«Vuoi una birra?»

I Red Sox stavano perdendo malamente e i tifosi cantavano il nome di Blair all'unisono.

«Li senti, questi? È solo il quarto inning, per l'amor di Dio. C'è un sacco di tempo.»

«I tifosi delle squadre vincenti non hanno molta pazienza.»

«Hai ragione. A me piace la partita, ma non riesco a immaginare di tifare per una squadra che perde sempre.»

«Ecco che arriva Weaver.»

Mentre si faceva strada verso di noi, scoppiò un coro di fischi.

«Salve, Ron, questo è il mio socio, Derrick Dickson.»

Si strinsero la mano e io dissi: «La prendono sul serio, vero?»

«Amico, non hai idea. Si è scatenato un putiferio dopo che Blair ha firmato con New York.»

Un tifoso una dozzina di file più indietro cominciò a gridare: «Fai schifo, Weaver. Trovati un altro lavoro.» Feci un cenno col mento in direzione del tipo chiassoso e Derrick si allontanò per calmarlo.

«Mi dispiace per tutto questo. Abbiamo tifosi appassionati.»

«Perché non va su nel palco?»

«Ne è sicuro?»

«Sì, grazie per i biglietti. Sono fantastici.»

Con la coda dell'occhio notai un uomo che saliva di corsa le scale. Mentre mi voltavo, lanciò una birra contro Weaver, inzuppandogli una gamba dei pantaloni e bagnando di schiuma il mio braccio. Il rosso del suo volto era quasi identico alla B sul suo cappello.

Urlò: «Sei un fottuto idiota. Abbiamo bisogno di Blair, imbecille. Stai distruggendo la squadra!»

Non indossava nulla sotto la sua giacca a vento di Boston, slacciata fino all'ombelico. Mi misi tra di loro, posandogli il palmo della mano sul petto sudato, che lui prontamente scostò.

«Si calmi e moderi il linguaggio, giovanotto. Qui ci sono dei bambini.»

«Mi calmerò quando questo imbecille imparerà a gestire una dannata squadra.»

«Se non chiude la bocca e non si dà una calmata, verrà sbattuto fuori.»

«Certo, ecco come va in questa squadra, fregatevene dei tifosi finché continuate a intascare soldi.»

Derrick mi si affiancò dicendo: «Questo è il suo ultimo avvertimento.»

L'uomo fissò Weaver con occhi furenti prima di girarsi. Mi chiesi cosa ci fosse nelle tasche rigonfie dei suoi pantaloni cargo mentre tornava spavaldamente al suo posto.

Derrick disse: «Che pazzoide».

Sussurrai: «Credo che sia armato. Mi è parso di vedere un rigonfiamento sul fianco destro».

«Speriamo che abbia un permesso».

Prima che potessi rispondere, Weaver disse: «Quello è il tifoso che il suo amico ha arrestato».

«Sta scherzando? Il tipo è stato arrestato una settimana fa e sta già facendo una scenata?»

«La faccenda di Blair deve averlo fatto scattare».

«Non mi importa cosa possa essere successo: questo tizio ha bisogno di farmaci o di essere rinchiuso».

Derrick disse: «È abbastanza ovvio che non ha capito il messaggio. Dovrebbe essere cacciato da qui».

«Non voglio creare una scenata».

«La decisione spetta a Lei, ma se non lo fa, incoraggerà lui e, del resto, tutti gli altri svitati a fare quello che pare loro».

«Frank ha ragione. Non può permettere una cosa del genere. I pazzi come lui spaventeranno le famiglie».

Weaver abbassò la voce. «Sono in una situazione delicata. Quelli delle pubbliche relazioni hanno detto che dobbiamo stare attenti a gestire i tifosi scontenti. Hanno detto che un paio di anni fa la cosa si è ritorta contro i Marlins e la loro affluenza non si è mai ripresa».

Derrick disse: «Me lo ricordo. Si parlava persino di spostare la squadra fuori dalla Florida».

Weaver disse: «Esatto. Stanno ancora perdendo un sacco di soldi. Gira voce che potrebbero essere venduti».

«Guardi, non so nulla di marketing, ma non voglio che nessuno si faccia male: tutto qui».

«Nemmeno io. Ne parlerò con i ragazzi nel palco e vedremo se possiamo far uscire qualcosa per ricordare ai tifosi le regole di comportamento del club».

«Bene. Come si chiama questo tizio?»

«Eugene Smick».

Mentre la partita andava avanti, tenni d'occhio Smick. Non fece altro che tifare come un pazzo mentre i Sox si facevano sotto, vincendo alla fine la partita per un punteggio di nove a otto.

Volevo chiedere a Weaver se si ricordava qualcos'altro su Elby Salter e sulla figlia di Marie Redoux e andai al palco del proprietario non appena la partita finì.

Weaver stava scendendo lungo il corridoio e sorrise. «Bella partita. Non è vero?»

«Non pensavo che i Sox sarebbero riusciti a rimontare. Forse dopotutto non avete bisogno di Blair».

«Lo spero, o mi ritroverò a cercare un lavoro».

«Se la caverà. Senta, volevo solo ricontrollare per vedere se si ricordava qualcos'altro su Elby e Marie Redoux».

«Sa, ci ho pensato molto, ma non mi è venuto in mente nulla. A lui piaceva, senza dubbio, e credo che si sia arrabbiato quando lei ha rotto con lui, ma...»

«È stata lei a rompere con lui?»

«Sì».

«Ne è sicuro?»

«Sì, ne sono abbastanza certo».

DERRICK MI STAVA ASPETTANDO AL CANCELLO principale. C'era una manciata di ritardatari che gironzolavano nella speranza di ottenere degli autografi.

«Weaver ha detto che è stata Marie a rompere con Elby. Non è quello che ci ha detto lei».

«Ha mentito di nuovo».

«Lo so, ma perché? Potrebbe averlo scaricato dopo che lui ha fatto o ha tentato di fare qualcosa a sua figlia?»

«Conclusione logica. Ma perché lo chiamava dalla Francia?»

«Potrebbe aver cercato di estorcergli del denaro?»

«E lui si è rifiutato di stare al gioco e lei lo ha fatto uccidere».

«Esatto».

Derrick mi diede una gomitata. «Ecco il nostro amico».

Eugene Smick stava camminando verso un furgone bianco i cui portelloni posteriori erano coperti di adesivi.

«Che soggetto. Deve trovarsi una vita».

42

MENTRE GRIGLIAVO UN PAIO DI HAMBURGER, ALZAI LO sguardo e ammirai il cielo striato d'arancione. Anche osservare le stelle era una cosa che avevo iniziato a fare. Avrei dovuto accumulare un po' di conoscenza sul pianeta, altrimenti Jessie avrebbe pensato che suo padre non sapesse nulla prima ancora di entrare nell'adolescenza.

Mary Ann entrò dalla portafinestra con Jessie in braccio. «Dov'è il telecomando?»

«Sul tavolo.»

«Devi vedere. Stanno facendo una rivolta a Parigi.»

Il televisore si accese, mostrando migliaia di manifestanti che marciavano lungo gli Champs-Élysées. Divampavano incendi vicino ai negozi più costosi del mondo.

«Oh mio Dio, guarda cosa stanno facendo. Ci siamo appena stati.»

«Che schifo. Cosa li ha scatenati?»

«Ho sentito qualcosa riguardo a un aumento della tassa sulla benzina.»

«Cosa, cinque dollari al gallone non sono abbastanza?»

«Guarda, il negozio di Louis Vuitton è tutto sbarrato.»

«I poliziotti dovrebbero usare gli idranti per fermarli.»

«Guarda tutti quei graffiti sull'Arco di Trionfo.»

«Stanno dissacrando delle tombe.»

Il video di una fila di poliziotti che marciava con scudi antisommossa verso i manifestanti fu interrotto da un giornalista che intervistava un uomo mascherato con un giubbotto giallo. Alla sua destra si era radunata una folla di compagni.

«Guarda quel cartello. Cosa c'è scritto?»

«*Liberté*. Significa libertà in francese.»

«Porca miseria!»

«Frank! Quando la smetterai di dire parolacce davanti a Jessie?»

«Scusa, scusa...»

«Basta con le scuse. Vuoi che le sue prime parole siano delle parolacce?»

«Lo prometto, va bene? È solo che ti ricordi quel cadavere che hanno trovato sulla barca al molo di Naples City?»

«Quello senza identità?»

«Sì. Aveva un tatuaggio che pensavo fosse in spagnolo. È passato un po' di tempo, ma potrebbe essere francese.»

Stavamo sfrecciando lungo l'Interstate 75, dopo aver appena superato Venice. Saremmo arrivati a Sarasota in meno di mezz'ora. Era un viaggio lungo e, anche se violava il mio mantra sull'uso diligente delle nostre risorse, ero contento che Derrick fosse con me. Dissi: «Ho sempre pensato che il morto sulla barca fosse il sicario. Dopo aver ucciso Salter, qualcuno l'ha ucciso per assicurarsi che non parlasse mai.»

«Anch'io. Ecco perché mi ha sorpreso che non fosse uno dei francesi.»

«Poteva esserci un terzo uomo nell'operazione.»

«È quello che penso. Poteva essere un tizio del posto assoldato dai francesi.»

«O qualcuno assoldato dal gruppo di giocatori di poker.»

«Non lo so, Frank.»

«Come ha fatto l'auto di Elby a finire nelle mani di una società controllata da Hamlet?»

«Spero che lo scopriremo oggi.»

Un paio di roulotte costituivano gli uffici della Sunshine Scrap and Waste. Piccole colline di rottami metallici e auto schiacciate punteggiavano i diversi acri che componevano la proprietà. Due macchine gialle simili a chele sollevavano auto come se fossero scatole di cereali, e un paio di trituratori arancioni, alimentati da un trattore, sputavano suoni stridenti e strisce di metallo.

Entrammo nella roulotte. Era quello che ci si aspettava in uno sfasciacarrozze. La moquette era strappata in alcuni punti e le quattro scrivanie erano sovraccariche di scartoffie e pezzi di ricambio. Una donna dall'aria vissuta e con la voce da fumatrice andò a chiamare il suo capo.

Due uomini si fecero strada verso di noi. Stringemmo la mano al direttore del deposito, Marty Vine, e all'avvocato dell'azienda, Louis Alispi.

Vine aveva mani ruvide come carta vetrata e indossava una camicia bianca che forse gli sarebbe andata bene vent'anni prima. Il suo portavoce era vestito con un abito blu e una cravatta rossa. Pur essendo la metà del suo cliente, faceva comunque da protezione.

Ci infilammo nell'ufficio di Vine, dove un condizionatore era appeso al muro. Era un mistero il motivo per cui qualcuno avesse attaccato con del nastro adesivo delle strisce di carta alla sua bocchetta d'uscita, poiché emetteva un forte ronzio quando era in funzione. Attraverso la finestra, un'auto nella morsa di una macchina veniva impilata.

Alispi si sedette in diagonale, intrappolando il suo cliente dietro una scrivania piena di carte. Disse: «Capisco che siate interessati all'acquisizione da parte della Sunshine Scrap di una certa Ford Explorer del 2018.»

«Quella che apparteneva a Elby Salter.»

«I registri in nostro possesso indicano che è stata portata al deposito il ventuno febbraio.»

«A che ora?»

«Non registriamo l'ora del giorno.»

«Chi ha portato il SUV?»

«Un uomo di nome Dick Simon.»

«Che tipo di documento di riconoscimento richiedete?»

«Questa è una copia della patente di guida che ha presentato.»

Presi il foglio. «Avete già fatto affari con questo tizio?»

Alispi guardò Vine, che disse: «Non che io sappia. Accettiamo come minimo millecinquecento veicoli al mese, a volte milleseicento, o anche millesettecento.»

Derrick era più bravo di me in matematica e disse: «Sono più di cinquanta auto al giorno.»

«Se lo dice Lei. So solo che se ne prendiamo sessanta o più al giorno, stiamo andando bene.»

Simon sembrava un marine, taglio di capelli a spazzola e mascella squadrata. Aveva sessantadue anni ed era alto un metro e settantotto. Non avrebbe avuto bisogno di una pistola per intimidire uno come Salter. Il suo indirizzo era indicato come 3874 Deerfield Drive a North Sarasota.

Derrick chiese: «Quanto avete pagato per l'auto?»

«Cinquecentocinquanta.»

«Cinquecentocinquanta dollari? Perché qualcuno dovrebbe vendere un'auto relativamente nuova per soli cinquecentocinquanta dollari, quando ne vale trenta o quarantamila?»

Alispi disse: «Non possiamo speculare sulle motivazioni dei clienti dell'azienda, ma è improbabile che il valore da Lei assegnato sia accurato.»

«E perché lo dice?»

Fece scivolare una fotografia sulla scrivania. «Vedete voi stessi. L'abbiamo stampata a partire dalla fotografia digitale scattata.»

La vernice bianca era a macchie. Sembrava che sul SUV fosse stato spruzzato un qualche tipo di corrosivo. Il tetto verso la parte posteriore presentava una grande ammaccatura e il lunotto mancava. La foto sollevava più domande di quante ne risolvesse.

Dissi: «L'auto è arrivata al deposito in queste condizioni?»

«Sì.»

«Ed è stata guidata qui dal signor Simon?»

«Sì, è quello che crediamo.»

«Lo credete o lo sapete?»

«Non abbiamo motivo di credere che l'abbia portata nessun altro se non il signor Simon.»

Studiai la patente di Simon. Mi riusciva difficile credere che non avrebbe chiamato un carro attrezzi per spostare un'auto del genere per circa venti miglia dalla sua casa di North Sarasota, a meno che non ci fosse qualcosa di losco sotto.

«Cosa avete fatto della macchina dopo che è arrivata?»

Vine disse: «Beh, smontiamo le parti che possiamo vendere o da cui possiamo ricavare metalli preziosi, come la marmitta catalitica e le schede dei circuiti. Quel genere di cose.»

«E poi?»

«Le schiacciamo.»

«L'Explorer era in un container diretto in Cina. Chi l'ha ordinato?»

«Spediamo un sacco di rottami laggiù. Il costo del lavoro laggiù è un decimo del nostro, e lì possono fare cose che ci farebbero chiudere.»

«C'è stato qualcosa di insolito nel trattare quest'auto?»

«Cosa intende?»

«C'è stato un trattamento speciale? È stato accelerato?»

«Non che io sappia.»

«Lei o qualcun altro ha ricevuto comunicazioni dall'esterno riguardo a questo veicolo?»

«Dall'esterno? Non capisco.»

«Qualcuno dei piani alti o della holding che possiede questa struttura, o qualcuno della famiglia Hamlet ha chiamato o comunicato in qualche modo riguardo alla ricezione, al trattamento o all'organizzazione della spedizione dell'Explorer in questione?»

«Io non ho parlato con nessuno di niente.»

Ce ne andammo da lì e ci dirigemmo dritti a North Sarasota. Non vedevo l'ora di sentire la storia di Dick Simon sull'auto di Salter.

43

C'IMPIEGAMMO SOLO QUINDICI MINUTI AD ARRIVARE A Newton Estates, dove viveva Simon. La sua via dava su un parco con al centro una biblioteca. Era un tranquillo quartiere borghese con case ben tenute.

«Rallenta, Derrick, ma non fermarti. La sua casa dovrebbe essere a metà isolato.»

«Eccola. Quella verde.»

Un uomo scese lungo il fianco della proprietà spingendo un tosaerba. «È lui?»

«Sì, sembra proprio lui.»

«Indossa delle cuffie. Accosta qui di fianco.»

Io e Derrick ci separammo di circa un metro e mezzo e ci avvicinammo a lui. La maglietta di Simon gli fasciava i muscoli del petto e delle spalle. Il tipo era magro come un manico di scopa. Smettè di tagliare l'erba quando mettemmo piede sul suo prato, mise il tosaerba al minimo e si sfilò gli auricolari.

Derrick disse: «Signor Simon? Dick Simon?»

Lui si fece avanti. «Sì, sono io. Che succede?»

Mostrammo i distintivi. «Siamo i detective Dickson e Luca dell'ufficio dello sceriffo della contea di Collier.»

«La contea di Collier? Cosa volete?»

«Vorremmo parlarLe. Possiamo entrare?»

«Certo.» Spense il tosaerba. «Venite con me.»

La casa era buia e fresca. Un grande acquario splendeva nel soggiorno. Una pagnotta di pane era posata sul bancone della cucina accanto a un paio di scatolette di tonno.

«Accomodatevi. Non so come potrei esservi d'aiuto.»

Ci sedemmo attorno a un tavolo di vimini con il piano in vetro.

«Mi risulta che Lei abbia recentemente venduto un Ford Explorer a uno sfasciacarrozze di nome Sunshine Scrap and Waste a Sarasota.»

«Un Ford Explorer?»

«Sì, un Ford Explorer bianco del 2018.»

«Avete sbagliato Dick Simon.»

Sganciai la copia della sua patente. «È Lei, non è vero?»

«Sì, ma io ho rottamato la vecchia Gremlin di mia moglie. Era del 1978 e le riparazioni mi costavano più di quanto valesse.»

Derrick disse: «Ne è sicuro?»

«Certo che ne sono sicuro.» Si alzò. «Aspettate, prendo i documenti.»

Derrick si alzò a sua volta. «Un attimo, La accompagno.»

«Come vuole. Sono nello studio.»

Tutti e tre percorremmo un corridoio fino a uno studio le cui pareti erano coperte di mappe. Misi la mano sulla fondina mentre Simon si chinava e apriva un cassetto. Ne tirò fuori una cartellina verde Pendaflex, posandola sulla scrivania.

«Ecco. Eccoli qui. Me l'hanno pagata centocinquanta dollari.» Mostrò una ricevuta della Sunshine Scrap.

Scattai una foto con il telefono e chiesi: «Ha il libretto di circolazione?»

Frugò nella cartellina. «Ecco a Lei.»

Simon sembrava in buona fede. «Conosce Elby Salter?»

«Intende il riccone che è stato ucciso giù a Naples?»

«Sì.»

«No. Come potrei conoscerlo?»

«Conosce qualcuno della famiglia Hamlet?»

«Nessuna idea. Non mi piace nemmeno Shakespeare.»

«Che diavolo sta succedendo, Frank?»

«Sto cercando di capire cosa significa. Se Hamlet pensa di poterci prendere per il culo, si troverà in un mare di guai.»

«Pensa che credesse che ci saremmo bevuti qualsiasi cazzata ci avessero propinato?»

«Sono troppo cauti per una cosa del genere. Ecco perché c'era un pezzo grosso, per assicurarsi che la situazione non degenerasse.»

«Vine si cagherà sotto quando ci ripresenteremo.»

«Ragioniamoci su. Chiunque abbia ucciso Salter ha dovuto sbarazzarsi della sua auto. Invece di lasciarla da qualche parte a farsi trovare, sapendo che avrebbero recuperato del DNA, l'hanno rottamata. Un'ottima idea, se non fosse che l'auto era abbastanza nuova.»

«E abbiamo visto il video del bancomat; l'auto non aveva danni allora.»

«Buona osservazione. Oltre a chi ha portato l'auto, la domanda è: chi l'ha ammaccata? Lo sfasciacarrozze potrebbe distruggerla in pochi secondi. Ma questo aumenterebbe il numero di persone coinvolte in un eventuale piano.»

«Pensi che ci sia qualche possibilità che Redoux e Hamlet lavorino insieme?»

«Se così fosse, allora sì che le avremmo viste tutte.»

Dissi a Derrick di accendere la sirena e i lampeggianti appena prima di svoltare nel vialetto dello sfasciacarrozze. Vine era sulla veranda della roulotte prima ancora che scendessimo dalla Cherokee.

«Che succede?»

«Lei ci ha mentito.»

«Cosa? Io non ho mentito.»

«Vuole parlarne qui fuori?»

«No, venite nel mio ufficio.»

Ci accomodammo sulle stesse sedie, ma non aveva il suo giubbotto antiproiettile appoggiato accanto a lui.

«Lei ci ha detto di aver comprato l'auto da Dick Simon.»

«Sì, esatto.»

«Beh, il signor Simon Le ha venduto una vecchia Gremlin, non un Explorer.»

«È impossibile. I documenti dicevano che proveniva da Dick Simon.»

Gli mostrai il telefono. «È questa la sua ricevuta?»

«Sembrerebbe di sì. Sì.»

«Chi dice che ha pagato?»

«Richard Simon.»

«Per cosa?»

Le sue spalle si affosciarono. «Ehm, una Gremlin del settantotto...»

«Vuole spiegare cosa sta succedendo qui?»

«Io... io non capisco. I documenti devono essersi mescolati. Aspetti un minuto.»

Andò verso la porta. «Ellen! Venga qui!»

Vine le disse di controllare tutti i fascicoli: c'era stato un errore con dei documenti. Aveva un'espressione preoccupata ma non di panico.

«Mi dispiace per tutto questo. Mi spiace dirlo, ma non siamo i più organizzati da queste parti.»

Derrick chiese: «Qualcuno Le ha dato istruzioni di perdere i documenti dell'Explorer?»

«No.»

«Va bene se l'hanno fatto. Ce lo dica e basta. Non si caccerà in nessun guaio. Stava solo eseguendo degli ordini.»

«No. Nessuno mi ha detto nulla.»

Dissi: «Sta proteggendo gli Hamlet?»

«No, lo giuro.»

«Ne è sicuro? Se lo sta facendo, lo scopriremo, e allora sarà nei guai fino al collo.»

«Le sto dicendo che i documenti si sono solo mescolati, tutto qui. Li troveremo, prima o poi. Vedrà.»

Derrick disse: «Le conviene sperare di sì. E se tenterà di falsificare la documentazione, i nostri laboratori lo scopriranno e Lei finirà dietro le sbarre.»

«Non farei mai una cosa del genere.»

Dissi: «Ora torneremo a Collier, e voglio che Lei ci pensi su. Forse si ricorderà qualcosa su come si sono mescolati i documenti. Se così fosse, ce lo faccia sapere. Non siamo interessati a Lei. La lasceremo stare. Non deve preoccuparsi.»

«Non so come sia successo, ma non appena lo capiremo, La chiamerò.»

«Bene.» Indicai fuori dalla finestra. «Dica, sa come si manovra uno di quelli?»

«Certo, ne ho usato uno simile per dieci anni buoni.»

44

Dissi: «Wow, questo caffè scotta da morire.»

«Quando mi hai detto che avresti fatto tardi, l'ho scaldato al microonde, invece di prenderne uno alla caffetteria», disse Derrick.

«Stamattina abbiamo fatto un colloquio a una tata.»

«Com'è andata?»

«È dura, amico. Vorrei torchiare le candidate come presunte colpevoli, ma la settimana scorsa la tizia mi ha interrotto bruscamente ed è andata via. Puoi immaginare la ramanzina che mi sono beccato da Mary Ann.»

«Devi esserne sicuro. Stiamo parlando di tuo figlio.»

«Lo so. Vorrei trovare un modo per far restare Mary Ann a casa e guadagnare qualche soldo in più.»

«Perché non passi ai piani alti, Frank? Fai questo lavoro da un sacco di tempo e guadagneresti il venti per cento in più.»

«Non posso. Il lavoro d'ufficio e i giochetti di potere non fanno per me. E poi, adoro dare la caccia agli assassini e lavorare sui casi.»

Derrick indicò la lavagna appesa tra le nostre scrivanie. «Anche quando sembra di girare a vuoto?»

«Diventa frustrante, senza dubbio, ma se non molliamo, prima o poi, lo becchiamo, quel bastardo.»

«Questo è frustrante.»

«Ricorda: fai un passo indietro e ricontrolla. Quando lo fai, il quadro si fa più chiaro.»

«Allora, abbiamo la pista francese...»

«Parti da prima. Abbiamo un uomo ricco e influente, ucciso dopo aver prelevato tremila dollari da un bancomat. Non sappiamo se il prelievo significhi qualcosa, ma l'ipotesi della rapina non quadra con il modo in cui è stato ucciso e il corpo abbandonato. Era sposato, senza figli. Ha un fratello, un possibile concorrente. Il suo migliore amico, o chi lui considerava tale, è un ex giocatore e dirigente dei Red Sox, la squadra che amava e che aveva cercato di trasferire a Naples.»

«Era coinvolto in un sacco di affari diversi e aveva soci loschi come Friedman.»

«Senza dubbio. Gli piaceva anche andare a letto con altre donne, donne sposate. Doveva essersi fatto dei nemici, tra i mariti delle donne e donne come Marie Redoux, che aveva le conoscenze giuste per uccidere Salter. E poi c'è la sfilza di cause legali e le voci sulla sua possibile perversione per le ragazzine.»

«Se fosse vero, sarebbe probabilmente il movente più forte che abbiamo.»

«Probabilmente, ma faceva parte di un gruppo di uomini potenti che controllano mezzo stato, uno dei quali, guarda caso, possiede lo sfasciacarrozze che ha predisposto la spedizione della sua auto in Cina, mascherandola da rottame. Un posto che sostiene che i documenti dell'auto siano scomparsi e il cui direttore sa come usare i macchinari per farla sembrare un ammasso di ferraglia.»

«E quegli incontri? Tutta quella farsa del poker è solo una copertura.»

«La domanda è: per cosa? Ha a che fare con la pedofilia? Ha superato il limite con qualcuno del gruppo? O potrebbe trattarsi di un affare andato storto?»

«Sembra che abbiano annullato l'accordo per lo stadio.»

«Quello è stato Chadwick. Aveva il controllo dei beni di Elby.»

«Pensi che sia coinvolto?»

«È strano. Non riesco a vederlo agire da solo. Forse è una questione di famiglia. Ma come parte di un gruppo, con una specie di stupido codice, non posso escluderlo.»

«Non sono mafiosi di strada, sono persone istruite. Non ce lo vedo.»

«Ti sei dimenticato il quoziente intellettivo di Dwyer, il serial killer? Vado a trovare Chadwick. Vediamo cosa sa.»

AVEVO INCONTRATO CHADWICK DIVERSE VOLTE E IL fatto di non essere mai riuscito a vedere il colore della vernice che avevano usato all'interno non solo era strano, ma mi privava di informazioni. Ogni volta che si incontrava un sospettato o un testimone nel suo spazio personale, era un'opportunità per sbirciare da una finestra.

Era di nuovo il suo ufficio, un ambiente impersonale e sterile. Era una conferma del modo discreto in cui la famiglia Salter sembrava operare, ma l'unica cosa che avevo scoperto proveniva dalla foto nel suo ufficio, quella con alcuni degli altri cosiddetti giocatori di poker. Era un'informazione solida, ma cosa significava? Si trattava solo di un gruppo di uomini d'affari che collaboravano per riempirsi le tasche? Truccavano gli appalti? O c'era una componente malvagia in questo gruppo influente, forse qualcosa di disgustoso come la pedo-pornografia?

Spingendo la porta della Southern Enterprises, riconobbi immediatamente la voce di Chadwick. Sembrava il narratore di un documentario. Stava parlando con un socio e si voltò verso di me mentre entravo. Sorrise, concluse con il suo collega e disse: «Andiamo nel mio ufficio.»

Accese le luci e notai che la foto della battuta di pesca non era più appesa al muro. Cosa significava?

«Come sta, detective?»

«Bene, grazie.»

«Spero che riusciremo a sbrigare questa faccenda nei prossimi venti minuti. Tra un'ora ho un volo per Orlando.»

Doveva essere un aereo privato, oppure stava mentendo.

«Nessun problema. Due cose oggi. Avevo un altro paio di domande e volevo condividere alcune informazioni sull'indagine per l'omicidio di suo fratello.»

Si irrigidì. «Va bene, proceda.»

«Prima di tutto, volevo informarla che abbiamo localizzato il veicolo di Elby.»

«Oh. Immagino sia una buona notizia.»

Sapeva che l'avevamo trovato. Probabilmente il suo amico Hamlet lo aveva chiamato prima ancora che imboccassimo l'autostrada.

«L'Explorer di Elby si trovava in un container, in procinto di fare un viaggetto in Cina.»

Si fece scrocchiare una nocca. «Interessante.»

Viene a sapere che abbiamo trovato l'auto in cui suo fratello è stato ucciso e la cosa le sembra interessante?

«La cosa davvero interessante è che la società coinvolta nel tentativo di occultare il veicolo è di proprietà di un suo amico, Robert Hamlet.»

«Non mi sorprende. Probabilmente controllano più della metà del mercato dei rottami dello stato.»

«Fa anche parte del gruppo che si riunisce il quindici, non è vero?»

«Cosa sta insinuando, detective?»

«Il signor Hamlet mi ha detto di essere contrario al tentativo di Elby di trasferire i Red Sox a Collier. Perché lei e Hamlet eravate contrari all'accordo per lo stadio?»

«Aggiungeva poco valore economico e, unito a un profilo più elevato di quello a cui la mia famiglia è abituata, era poco attraente.»

«Suo fratello non era d'accordo.»

«Elby seguiva la squadra come un bambino di dieci anni e aveva i paraocchi. Anche quando ha ricevuto lettere minatorie dai tifosi, ha continuato a portare avanti il progetto.»

«Lettere minatorie?»

«È quello che mi ha detto Annabelle.»

«Lei o Elby le ha fatto vedere qualcuna di queste lettere?»

«Sì, Annabelle me ne ha mostrata una. Era molto inquietante. Ho cercato di dire a Elby di stare attento, ma lui ha liquidato le mie preoccupazioni.»

Annabelle mi aveva detto che Elby aveva distrutto le lettere. Si era sbagliata? «Ricorda cosa diceva la lettera?»

«Qualcosa del tipo: se non avesse smesso di cercare di spostare la squadra, se ne sarebbe pentito.»

«Credeva che la minaccia fosse credibile?»

«Non sapevo cosa pensarne, ma ritenevo che la cosa più prudente da fare fosse usare cautela.»

Ci fu un bip dal telefono sulla sua scrivania, seguito da una voce all'interfono.

«Signor Salter, mi scusi se la interrompo, ma voleva sapere quando avrebbe chiamato Sue.»

«Le dica che la richiamo io.»

«Sue? Per caso si tratta della stessa Sue con cui suo fratello aveva una relazione?»

«Oh, no. Quella era Sue, Sue Mallory; è una... una designer con cui stiamo lavorando a un progetto.»

«Mi interessa parlare con la Sue che conosceva suo fratello. Sa dove potrei contattarla?»

«Non esattamente, ma lavorava in quel ristorante francese vicino all'Imperial Golf Course.»

«Auberge?»

«Esatto.» Sorrise. «Tipico di Elby. Frequentava la proprietaria e un attimo dopo se la faceva con una dipendente.»

45

«Pare che abbiamo trovato la ragazza di Elby, Sue.»

«Stai scherzando?»

«No. Chadwick, che nascondeva qualcosa, ha detto che questa Sue lavorava al bistrot di Marie Redoux.»

«Come diavolo è collegato tutto questo? Dobbiamo parlarle. Vuoi che chiami il ristorante per rintracciarla?»

«No. Non so come si incastri in tutto questo, ma non possiamo mettere in allarme Marie facendole capire che sappiamo di lei. Entra nel portale statale e cercala tramite i registri dell'impiego.»

«Ottima idea.»

«Ora chiamo Annabelle. Chadwick ha detto che lei gli aveva mostrato una delle lettere minatorie ricevute da Elby. Ma prima voglio fare quattro chiacchiere con Hamlet per la soffiata a Chadwick sull'Explorer di Salter.»

«Gliel'ha detto?»

«Ne sono quasi certo. Il modo in cui Chadwick ha reagito non quadrava per niente.»

«Se si sono messi d'accordo, c'era da aspettarselo.»

«Sai che ti dico? Hai ragione. Lo lascerò in pace. Voglio

che entrambi pensino che non sospettiamo di nulla. Trovami i recapiti di Sue.»

«Ci sto già guardando.»

Chiamai Annabelle. Fu evasiva sulla questione se avesse effettivamente mostrato una delle lettere a Chadwick. Ricordava di avergliene parlato, ma non rammentava di avergliene fatta vedere una. Possibile che ogni singola informazione in questo caso arrivasse già avvolta in una patina grigia?

La misteriosa Sue era in realtà Suzanne Lynn Bellows. La sua patente indicava trentacinque anni e un'altezza di un metro e sessantatré. Sposata, viveva a Meadow Brook Preserve, un vecchio complesso residenziale sulla Old 41.

Prima di andare, controllai i canoni di locazione. La fascia media era di millecinquecento dollari al mese. Elby non le aveva lasciato soldi.

Suonai il campanello. Lei sbirciò dallo spioncino, chiedendo chi fossi. Era sola. Chiese di nuovo e io ripetei il mio nome, mostrandole il distintivo. Scattarono due serrature e la porta si aprì. La Bellows aveva zigomi alti e occhi color castagna dai tratti asiatici. L'abbigliamento sportivo le fasciava il fisico da istruttrice di yoga.

«Cosa succede?»

«Suzanne Bellows?»

«Sì.»

«Detective Luca, Ufficio dello Sceriffo della Contea di Collier. Vorrei farle un paio di domande riguardo a Elby Salter.»

Il suo viso si rabbuiò. «Oh, entri.»

L'appartamento era interno, con finestre solo sul retro e

un unico sopraluce sopra la porta. La seguii per un metro e mezzo fino a un piccolo tavolo da cucina. C'erano motivi floreali e colori pastello ovunque si guardasse. La Bellows viveva da sola.

«Mi risulta che lei e Elby Salter vi siate frequentati di recente.»

«Sì, non riesco ancora a credere a quello che gli è successo.»

«Come l'ha conosciuto?»

«Ero hostess in un ristorante e l'ho conosciuto lì.»

«Auberge?»

«Esatto.»

«Quando è stato?»

«Un anno e mezzo fa, più o meno.»

«Ma all'epoca lui stava con Marie Redoux, non è vero?»

Sorrise. Era un bel sorriso. Come la maggior parte delle persone, pareva che a Elby piacessero i bei sorrisi.

«Sì, e mi è costato il lavoro.»

«Perché si è messa in mezzo alla loro relazione?»

«Non ho fatto niente. Elby ci provava spudoratamente con me, ma avevo bisogno del lavoro ed ero sposata. L'ho respinto, ma Marie, lei, mi ha licenziata.»

«Ha iniziato a uscire con lui allora?»

«No, ero sposata. Lo sono ancora, ma da allora siamo separati e ormai è finita. Vede, mio marito era un poliziotto a Lee County, e deve essere stata Marie a dirgli che avevo una storia con Elby. Era una bugia totale, ma Tony ha un caratteraccio. Alla fine gli è costato il lavoro, e lui continuava ad accusarmi; non riuscivamo più ad andare d'accordo e ci siamo separati.»

«È stato allora che ha iniziato a frequentare Elby?»

«No. Non volevo avere niente a che fare con lui, specialmente dopo aver negato tutto a Tony. Sarebbe andato su tutte le furie.»

«Come sono iniziate le cose con Elby?»

«Ero alla giornata di apertura del ritiro primaverile dei Red Sox con Tony. Lui è un grande tifoso e ci andavamo sempre. Non ha voluto sentire ragioni, così l'ho raggiunto là. Comunque, mentre ero lì, ho incontrato Elby. Ci siamo messi a parlare e, sa, mi ha chiesto di uscire. È stato abbastanza strano, perché l'ho visto solo perché eravamo a, tipo, venti file di distanza, e c'era tutto quel trambusto sotto di noi. Ho guardato per vedere cosa stesse succedendo, ed era Elby. Un tifoso gli stava urlando contro. Elby ha detto che quel tizio lo faceva tutte le volte. Comunque, ci siamo ritrovati allora, e stava andando bene, ma poi...»

«Ha detto che suo marito ha un caratteraccio. Sapeva che usciva con Elby Salter?»

«Sì. Tony mi controllava ossessivamente. Mi accusava di averlo frequentato per tutto il tempo e di avergli mentito.»

«Quanto si è arrabbiato?»

«Molto, ma io ero fuori di casa da sei mesi buoni.»

«Ha mai fatto minacce contro Elby?»

«Ho pensato che ci stesse seguendo, ma Elby pensava che fosse un tifoso dei Red Sox.»

46

Arrivare in ufficio prima di Derrick accadeva sempre più di rado. C'era sempre qualcosa che mi tratteneva, ma quel giorno mi ero alzato presto con Mary Ann e Jessie. Dovevo indagare a fondo sul marito di Sue Bellows.

Derrick entrò con aria tranquilla. «Ehi, Frank, grazie per averci invitato ieri sera. Lynn non faceva che parlare di Jessica. Non appena ci sposiamo, penso che proveremo ad avere un bambino.»

«Non hai vissuto davvero finché non hai un figlio, ma aspetta un anno o due. Avrete bisogno di tempo per voi, sai, per assestarvi prima come coppia.»

«Pensi? Conviviamo già da quasi un anno e mezzo.»

«Dammi retta, socio. Prendetevi il vostro tempo. Siete entrambi molto più giovani di me e di Mary Ann. Non abbiate fretta; è una cosa da fare per bene.»

«Grazie. Dovremo parlarne.»

«Bene. Senti, questo marito, Tony Bellows, della misteriosa fidanzata Sue, è un vero campione. Stamattina ho parlato con il mio amico Tim Winters a Lee. Ha detto che quando

Bellows era in servizio, gli Affari Interni avevano il suo numero sulla chiamata rapida.»

«Cosa ha combinato?»

«Più che altro, cosa *non* ha combinato? Uso eccessivo della forza tre volte, l'ultima su una donna di sessant'anni che aveva fermato per eccesso di velocità. Bellows le ruppe un braccio.»

«Tipi come lui mettono davvero nei guai tutti noi.»

«Amen. Non so nemmeno come facciano a entrare in polizia, tipi così. Vado a trovarlo. Vuoi venire?»

«Non posso. Devo restare qui per una chiamata dalla Sicurezza Interna. Sembra che possano avere qualcosa sui nostri amici francesi.»

«Hanno cercato di lasciare il paese?»

«Non hanno cercato: uno di loro potrebbe essere passato in Canada. Stanno controllando un sacco di video e parteciperò a una videochiamata.»

«Nessuno capisce quanto sia facile attraversare il confine: migliaia di chilometri e centinaia di migliaia di persone ogni singolo giorno.»

«Quando implementeremo i sistemi di riconoscimento facciale, sarà molto più facile.»

«Le questioni sulla privacy non dovrebbero bloccare il progetto. Tutti devono mostrare il passaporto, che ha la loro foto. Io vado; ci vediamo più tardi.»

Tony Bellows avrebbe dovuto essere inclinato da un lato per il peso del risentimento che si portava sulla spalla. Aveva un'aria strafottente ancor prima che gli dicessi perché ero lì.

Bellows era alto al massimo un metro e sessantatré. Perché gli uomini di bassa statura sentivano il bisogno di dimostrare di essere dei duri? Si tingeva i capelli di nero, un altro segno delle sue insicurezze.

Il suo appartamento era grande il doppio di quello di sua moglie, ma aveva meno mobili di una stanza del dormitorio. Ciò che aveva, però, era un plaid dei Boston Red Sox sul divano e una collezione di cappellini da baseball di Boston sparsi su due mensole. Lo seguii in cucina.

«Si sieda dove vuole.»

Feci scivolare indietro una sedia della cucina, e Bellows ne spinse fuori una con un piede e si sedette. Un gomito appoggiato su un bracciolo, aveva una costituzione snella che un diciassettenne di Brooklyn avrebbe invidiato.

«Mi risulta che Lei fosse nell'ufficio dello sceriffo della contea di Lee.»

«Esatto. Sei anni di servizio, e mi hanno gettato in mezzo a una strada come un cane per una stronza che ha opposto resistenza all'arresto.»

Quindici anni prima mi sarei messo a fare a gara a chi ce l'aveva più lungo con questo idiota, ma non ne valeva la pena. «Cosa fa adesso?»

«Non molto, do una mano a un amico qua e là. Sto aspettando di vedere come va a finire la causa che ho intentato contro il dipartimento.»

«Come Le dicevo, sto indagando sull'omicidio di Elby Salter. Mi risulta che sua moglie abbia iniziato una relazione con il signor Salter poco prima che venisse ucciso. Cosa sa al riguardo?»

«È questo che Le ha detto? Mi tradiva con lui quando lavorava in quel locale francese. È allora che ha cominciato a frequentarlo.»

«È stata una relazione continua?»

«Perché lo chiede a me? Chieda a lei. È lei che ci andava a letto.»

«Sto cercando di considerare la cosa da tutte le prospettive.»

«Non c'è nessuna fottuta prospettiva, solo una. Era sposata con me, ma stava succhiando il... di un qualche riccone.»

«Si calmi. Cerchiamo di mantenere un tono civile, altrimenti possiamo continuare questa conversazione in centrale.»

Le orecchie di Bellows si appiattirono contro la testa. Spostò il peso sull'altro gomito.

«Abbiamo un testimone che ha detto che Lei perseguitava Elby Salter nelle settimane prima che fosse ucciso. È vero?»

Ci mise troppo tempo a rispondere. Bellows era un ex poliziotto e sapeva qualcosa sugli interrogatori. Stava calcolando la risposta, sapendo che se si fosse infilato in un vicolo cieco, io gli sarei stato subito alle calcagna.

«Non era niente del genere.»

«Allora mi dica. Com'era?»

«Ero incazzato, detective. Come diavolo si sentirebbe Lei? All'improvviso ha detto che non saremmo tornati insieme e che voleva il divorzio. Io, tipo, stavo cercando di capire cosa fosse cambiato. Stavamo cercando di risolvere le cose, siamo anche andati da un consulente matrimoniale. Che gran cazzata. Poi lei ha detto semplicemente che era finita. Così, l'ho seguita un po', cercando di vedere cosa stava succedendo. Tutto qui.»

«E l'ha seguita quando era con Elby?»

«Ma è stata una volta, forse due.»

«Dov'era la notte del venti febbraio?»

«Oh, andiamo. Starà scherzando. Sono un agente di polizia.»

«Non importa che cosa fosse. Mi dica dove si trovava quella notte.»

«Non lo so. Probabilmente ero a casa.»

«Da ex collega, sa che un *probabilmente* non basterà. Se vuole che io La lasci in pace, mi dia un alibi.»

«Non mi ricordo così indietro nel tempo.»

«Sarebbe disposto a fornire volontariamente un campione di DNA?»

«È impazzito? Mi incastrerebbero in un batter d'occhio.»

«Crede davvero che La incastreremmo per qualcosa che non ha fatto?»

«Forse non Lei, ma i poliziotti della contea di Lee? Oh, sì, ha dimenticato che gli sto facendo causa? Mi accuserebbero di qualcosa solo per non dovermi pagare.»

Non fui d'accordo con la sua logica, ma potei capire perché lui ci credesse.

«Posso usare il bagno?»

«Oh, no, detective. Con me quel trucco non attacca.»

Poteva negarmi la possibilità di prelevare del DNA oggi, ma ne avremmo ottenuto un campione. Forse ce n'era in qualche vecchio fascicolo. Altrimenti, l'avrei recuperato in qualche modo.

Lo lasciai e mandai un messaggio a Derrick chiedendogli di far avere la foto della patente di Bellows al testimone.

47

Prima di allora non ero mai stato in uno stadio da baseball, né in alcuna arena sportiva, tante volte quante andai al JetBlue Park nel periodo in cui stavamo cercando di risolvere l'omicidio di Salter. Ron Weaver aveva organizzato per me un incontro con un paio di persone che lavoravano a diretto contatto con i tifosi. Avevo una foto di Tony Bellows che volevo mostrare loro.

Era una pista che andava seguita. Il collegamento con i Boston Red Sox emergeva troppo spesso per poterlo ignorare. Il parcheggio si stava riempiendo, anche se mancavano più di due ore all'inizio della partita.

Un padre teneva per mano due bambine bionde che sembravano avere tra i sei e i dieci anni. La più piccola saltellava come se stesse andando a Disneyland. Non vedevo l'ora di fare delle cose con Jessie.

Udii uno strano rumore di motore sopra la mia testa. Un biplano giallo che trainava uno striscione della Geico si faceva strada sopra lo stadio. Con la coda dell'occhio vidi un furgone bianco. Era forse il furgone di quel tifoso strambo?

Fui colto dall'impulso di andare a controllare e mi feci

largo tra due gruppi di tifosi in direzione del furgone. Era un modello vecchio, qualcosa della fine degli anni Novanta. La sua antenna terminava con una palla da baseball. Su un finestrino laterale erano dipinti un paio di calzini rossi e la scritta Campioni del Mondo 2018. O la moglie di quel tizio era una tifosa sfegatata quanto lui, oppure non era sposato.

Girando sul retro del furgone, fissai un collage di adesivi. Più della metà erano variazioni sul tema di mantenere la squadra a Fort Myers:

Giù le mani dalla nostra squadra
Trasferirsi è perdere
Lottate contro il trasferimento
Il trasferimento è una sconfitta

Mi alzai sulle punte dei piedi. Sbirciando attraverso i finestrini posteriori oscurati, non riuscii a distinguere cosa ci fosse sul pianale. I finestrini pesantemente oscurati erano illegali in molti stati, poiché aumentavano il pericolo per gli agenti che non erano in grado di valutare una situazione. Ma con il sole abbondante della Florida, e il caldo e l'usura che ne derivavano, erano permessi.

Qualcosa sul pianale sembrava un piccolo animale, forse un cane. Bussai al portellone, ma qualunque cosa fosse, non si mosse. Era morto? O mi stavo sbagliando? Sforzandomi di ricordare il nome del proprietario, scattai una foto della targa.

Mentre inviavo un messaggio a Derrick, andai quasi a sbattere contro un venditore di magliette appena dentro l'ingresso. Sembrava che più della metà della folla stesse scattando foto con il cellulare. Scattano foto a tutto senza vedere niente, pensai. Poi mi ricordai che camminavo e giocherellavo con il mio cellulare, comportandomi esattamente come le persone che avevo criticato.

Mi diressi al piano ammezzato, dove si trovavano gli uffici dei Red Sox. Lo spazio di lavoro della società era più piccolo di quanto mi fossi aspettato. Una donna allegra con una maglia da baseball di Chris Sale mi accolse.

«Deve essere il detective Luca. Io sono Cathy Burns, la responsabile del Servizio Tifosi.»

«Piacere di conoscerla, signora.»

«Benvenuto allo stadio JetBlue. È la sua prima visita da noi?»

«No, sono già stato qui. Anzi, io e il mio partner eravamo qui per la partita contro gli Yankee.»

«Fantastico.»

«Sa, pensavo ci fossero più persone a lavorare per la squadra.»

«Ci sono, ma la maggior parte di loro sta a Boston. Il signor Weaver ha detto che voleva discutere del feedback dei tifosi.»

Feedback? È questo il gergo di oggi per dire che i tifosi vomitano le loro opinioni?

«Mi rendo conto che viviamo in un'epoca in cui molte persone sentono il bisogno di dire ai Red Sox come dovrebbero fare le cose. Ai tifosi piace lamentarsi. Lo fanno fin dalle antiche Olimpiadi. Sfogarsi va bene, finché non si va oltre.»

«Abbiamo una tifoseria appassionata a cui piace esprimersi.»

«Avrei alcune domande da farle riguardo a certe cose con cui ha a che fare.»

«Certo, felice di aiutarla in qualsiasi modo.»

«Ciò che mi interessa sono le lettere, le telefonate o le persone che sono insolite o che si ripetono in modo eccessivo.»

«Abbiamo i nostri clienti abituali. Ma noi li paragoniamo alle persone che scrivono lettera dopo lettera al direttore di un giornale.»

«Qualcuno degli habitué fa qualcosa che una persona ragionevole ritenga esagerato o che, in qualche modo, superi il limite?»

«La maggior parte delle interazioni dei tifosi è diretta ai giocatori e si divide equamente tra chi dice che dovremmo prendere questo giocatore e chi dice che dovremmo sbarazzarci di quello. E ci sono un bel po' di lamentele sull'entità di alcuni contratti, specialmente quando un giocatore rende meno del previsto.»

La maggior parte dei tifosi era gente comune in cerca di intrattenimento. Aveva senso che si arrabbiassero per i milioni di dollari gettati addosso a persone che giocavano per vivere.

«Capisco che la perdita di Blair, passato agli Yanks, sia stata un tasto dolente.»

«È stato un beniamino dei tifosi per quasi un decennio e ha costruito un rapporto con loro. È stata una decisione commerciale e vorrei poterglielo dire così semplicemente, ma dobbiamo fare attenzione a come comunichiamo il lato commerciale delle cose ai tifosi.»

Era come una madre che protegge un figlio discolo. «Il nome Tony Bellows le è familiare?»

«Sì, come l'ha saputo?»

Non ebbi bisogno di mostrargli la sua foto. «Ci siamo imbattuti nel suo nome. Ha mai fatto qualcosa che le abbia fatto suonare un campanello d'allarme?»

«Era arrabbiato, come molti tifosi, per Blair e per le voci sul trasferimento della squadra nella Contea di Collier. Deve capire: la maggior parte dei nostri tifosi è tradizionalista. I Red Sox giocano a Fenway, dopotutto. È lo stadio più antico del paese. Abbiamo persino messo un tabellone manuale qui, proprio come quello di Fenway.»

«Ha fatto qualcosa che le abbia dato motivo di preoccupazione?»

«Scriveva email ogni giorno, e una volta è venuto qui urlando di voler vedere il signor Henry, il proprietario della società.»

«Cos'è successo?»

«Il signor Henry non era qui. Glielo abbiamo detto, ma non voleva andarsene e abbiamo dovuto farlo scortare fuori dalla sicurezza.»

«È diventato violento?»

«Ha opposto resistenza. Quando la guardia ha cercato di afferrargli un braccio, lui l'ha spinto contro un muro. Ho provato a ragionare con lui, ma alla fine ci sono volute tre guardie per portarlo via; questo è stato tutto.»

Bellows balzò in cima alla lista dei sospettati. «Chiunque può salire fin qui?»

«Non più. Dopo quell'incidente chiudiamo a chiave il corridoio.»

«Mi scusi un secondo.» Mi era arrivato un messaggio da Derrick. Il nome del proprietario del furgone, che avevo dimenticato, era Eugene Smick.

«Quando io e il mio partner eravamo alla partita con gli Yankees, un tifoso ha avuto uno scontro con Ron Weaver. Quest'uomo imprecava e gli ha anche lanciato addosso della birra.»

«Davvero? Il signor Weaver non ha detto nulla al riguardo.»

«L'uomo si chiama Eugene Smick.»

«Oh, Eugene è un po' emotivo. La maggior parte della gente pensa che sia un tipo strano, ma è un bravo ragazzo. Sa: una volta, l'anno scorso, la mia macchina non partiva e lui mi ha visto nel parcheggio e si è avvicinato. Non lo sapevo, ma per mia fortuna lavora in un posto chiamato Bobby's Auto Service, ed è riuscito a farmi partire la macchina.»

«È stato gentile da parte sua.»

«Lo è stato, ma la parte migliore è che c'era qualcosa che non andava con il motorino d'avviamento, e mi ha detto di andare subito da lui, e che me lo avrebbe sostituito al prezzo di costo. Così, ho chiamato mio marito e gli ho detto che stavo andando sul J & C Boulevard a far riparare la macchina.»

J & C Boulevard? Era dove era stato scaricato il corpo di Elby Salter. Ma era anche una zona industriale dove avevano sede centinaia di aziende. Se lavoravi da queste parti e non eri nel commercio al dettaglio o nel turismo, c'era una buona probabilità che lavorassi in quella zona.

48

CHESTER NON ERA CONTENTO CHE AVESSI CONVOCATO Tony Bellows. A volte Chester faceva il politico, mentre io ero sempre e solo un detective della Omicidi.

«Derrick, controlla il termometro».

«Segna quasi ottanta».

«Bello calduccio. A che ora arriva il tuo uomo?»

«Dovrebbe essere qui tra dieci minuti».

«Perfetto».

Sbirciammo il monitor. Bellows aveva assunto la sua solita posa. Poteva essere perché era stato un poliziotto o perché sapeva che lo stavamo osservando, ma la sua postura era arrogante tanto in una sala interrogatori quanto nel suo appartamento.

«Quanto vuoi aspettare ancora, Frank?»

«Sono passati quaranta minuti, andiamo».

Derrick bussò rapidamente alla porta ed entrammo.

«Fa caldo qui dentro, Frank».

«Ah, sì. Controlla l'aria condizionata, vuoi?»

Bellows non distolse mai lo sguardo dalla parete dietro di me mentre mi sedevo.

«Ci scusiamo per il caldo».

Uno sbuffo fu la sua risposta.

Derrick rientrò. «L'ho abbassata a settanta».

«Grazie».

Derrick accese la videocamera e recitò le formalità prima di porre la prima domanda.

«Signor Bellows, come conosceva Elby Salter?»

«Lo sa dannatamente bene come lo conoscevo».

«Lo conosceva prima che sua moglie, Suzanne, iniziasse una relazione con lui?»

«No».

«Era turbato dalla relazione?»

Mi guardò. «Che cazzo ha questo tizio?»

«Moderi il linguaggio, signor Bellows, e risponda alla domanda».

«Certo, Sue era mia moglie; lo è ancora».

«Ha pedinato il signor Salter e sua moglie quando stavano insieme?»

«Non era un pedinamento. L'ho seguita perché, tutto a un tratto, non voleva più provare a salvare il matrimonio. Volevo scoprire perché».

«E la ragione era Elby Salter, non è così?»

«Sì».

«Ed era così infuriato da sparargli alla nuca».

«Senti, amico, sono venuto qui volontariamente, senza un avvocato. Non ho bisogno di queste stronzate, va bene?»

Dissi: «Dopo aver scoperto la relazione seguendoli, li ha seguiti di nuovo?»

«Solo un'altra volta. Ne sono abbastanza sicuro».

«Abbastanza sicuro? Non si ricorderebbe di aver seguito qualcuno?»

«Come ho detto, li ho seguiti all'incirca due volte».

«Ha mai seguito Elby Salter quando non era con sua moglie?»

Potei quasi sentire gli ingranaggi girare nella sua testa mentre esitava. Non ebbe bisogno di rispondere; sapevo che aveva seguito Salter.

«Non credo. Cioè, potrei averlo seguito per un po' dopo che aveva lasciato Sue».

«Perché l'avrebbe fatto?»

«Non lo so. L'ho fatto e basta».

«Lo ha mai affrontato?»

«No. Non farei mai una cosa del genere».

Derrick fece una buona domanda. «Ha mai seguito sua moglie in giro?»

«Sì, certo che l'ho fatto. Andava tenuta d'occhio, no?»

«Ha mai minacciato sua moglie?»

«Quello che ho detto a mia moglie è tra noi. Non sono affari vostri, cazzo».

Dissi: «Mi risulta che volesse parlare con il signor Henry, il proprietario dei Red Sox».

«Che c'è, è un crimine nella Contea di Collier?»

«Ci è stato detto che quando Le hanno comunicato che non c'era, Lei ha fatto una scenata».

«Era lì. Il codardo aveva paura di parlare con me, di affrontare il fatto che lui e i suoi compari stanno fregando i tifosi che gli mettono i soldi in tasca».

«Si è rifiutato di andarsene, e quando è stata chiamata una guardia di sicurezza per dare una mano, Lei l'ha aggredita fisicamente».

«Quello sbirro del cazzo da supermercato mi ha messo le mani addosso. Nessuno mi mette le mani addosso. Nessuno».

«Quando ha affrontato Elby Salter, lui Le ha messo una mano addosso, ed è per questo che gli ha sparato e lo ha ucciso?»

«No».

«Vuole riconsiderare la sua risposta?»

«Senta, non gli ho fatto niente».

«Abbiamo un testimone che ci ha fornito una dichiarazione giurata secondo cui Lei avrebbe detto: «Ammazzerò quel ricco bastardo». Non è quello che ha detto?»

«Sono stronzate. Tutti dicono cose che non pensano. Ero arrabbiato, frustrato, maledizione! Perché non riuscite a capirlo?»

«L'ha detto o no?»

«Oh, andiamo. Che c'è, lavorate con quei bastardi della Contea di Lee? Non avevano il diritto di cacciarmi dal corpo. Stavo facendo il mio dannato lavoro»

«Non abbiamo niente a che fare con quello che è successo nella Contea di Lee, inclusa qualsiasi causa che Lei abbia contro di loro. Ha minacciato Elby Salter?»

«Va bene, basta. Ho detto delle cose, ma non è un crimine, e lo sapete bene. Non so cosa stia succedendo qui, ma voglio il mio avvocato»

«Allora interrompiamo l'interrogatorio. Può chiamare il suo avvocato e farlo venire qui. Lei parteciperà a un confronto all'americana, con o senza il suo avvocato»

Ci volle un'ora prima che arrivasse Sheldon Fisher, un avvocato del Sindacato Internazionale dei Poliziotti. Gli agenti che lavoravano per lo sceriffo della Contea di Lee erano sindacalizzati, cosa che non avveniva per gli agenti della Contea di Collier. Fisher aveva difeso, perdendo, il tentativo di Bellows di opporsi al suo licenziamento dal corpo di polizia. Pagava ancora le quote sindacali?

Bellows e Fisher si rinchiusero in una stanza privata

prima del confronto. Non potevamo origliare. Dato che la chirurgia plastica per cambiargli i connotati non era un'opzione, mi domandai quali consigli gli stesse offrendo il completo da trecento dollari l'ora.

Dopo venti minuti, Fisher mise la testa fuori.

«Siamo pronti a procedere. Dov'è il testimone?»

«Attende nella sala d'aspetto»

«Non voglio che il mio cliente gli passi davanti. Pregiudicherebbe il testimone»

«Siamo consapevoli del rischio di invalidare i risultati. La sala per il confronto è in fondo al corridoio. Il testimone non verrà portato nella sala di osservazione finché gli uomini del confronto non saranno sistemati»

«Questo è soddisfacente. Sbrighiamo questa faccenda»

Di solito non mi piaceva mai riempire un confronto all'americana solo con agenti. Generalmente volevo avere almeno due o tre civili in fila con il sospettato. In questo caso, Bellows era stato un agente, quindi la sua capacità di fiutare un poliziotto non avrebbe influito sulla procedura.

Il nostro problema era trovare quattro agenti bassi come Bellows. Non ci riuscimmo e prendemmo due tizi dal dipartimento IT da affiancare a un poliziotto della sezione informatica e a uno della sezione reati finanziari.

Feci un salto nella sala di preparazione. A Bellows e agli altri vennero dati dei numeri da appendere al collo. Bellows indossava il numero cinque. Sarebbe stato l'ultimo della fila. Erano tutti pronti. Dissi loro che li avrei chiamati quando saremmo stati pronti.

Derrick e il testimone erano nella sala di osservazione buia. Avvertii Fisher di rimanere in silenzio prima di raggiungere il mio partner. Appena entrai, Derrick disse: «Devo parlarti appena abbiamo finito. Ho appena ricevuto un'email interessante».

Annuii e premetti l'interruttore per la sala del confronto. Il testimone fece un passo indietro quando la luce fluorescente inondò la stanza attraverso il vetro di osservazione.

«È tutto a posto. Nessuno può vederci qui dentro»

«Ne è sicuro?»

«Assolutamente»

Chiamai la sala di preparazione e una porta si aprì. I cinque uomini entrarono nella stanza, mettendosi in fila lungo la parete di fondo.

«Si prenda tutto il tempo che Le serve per guardare. Abbiamo tutto il tempo di cui ha bisogno. Quando vuole vedere i loro profili, basta che lo dica»

Studiai il suo viso mentre passava in rassegna la fila. Si soffermò sul numero tre più a lungo che sui primi due. *Merda*. Passò rapidamente oltre il numero quattro fino al cinque. Quello era un tic? Si soffermò su di lui tanto quanto sul tre, quindi avevamo ancora una possibilità.

Tornò su per la fila e poi disse: «Possiamo chiedere loro di girarsi, per favore?»

Attivai l'interfono. «Giratevi a sinistra, per favore»

Gli uomini ruotarono, mostrando il profilo destro. Volevo che il testimone ci desse un segno, ma dopo qualche secondo disse: «Possiamo vedere l'altro lato? Il lato che ho visto quando il tizio era nell'Explorer»

«Giratevi dall'altra parte, signori»

Non appena gli uomini mostrarono il profilo sinistro, il testimone si sporse verso il vetro. Impiegò più tempo a esaminare gli uomini, ma superò ancora velocemente i primi due. Guardò di nuovo con attenzione il numero tre. Non capivo. Non assomigliava per niente a Bellows.

Saltò quasi l'uomo numero quattro e scrutò Bellows più a lungo di quanto avesse fatto con il numero tre. Il testimone si voltò verso Derrick. «Ok, ho visto abbastanza»

49

DERRICK MI PRESE DA PARTE. «QUANDO MI HAI chiamato dopo aver lasciato lo stadio per fare i controlli sui precedenti, li ho fatti.»

«E cosa ne è venuto fuori?»

«Smick è stato ricoverato al Park Royal Behavioral meno di un anno fa.»

«Al Park Royal? Per cosa?»

«Disturbo bipolare.»

«Non possiamo ottenere la sua cartella clinica di quel periodo.»

«Lo so, ma le persone con quel disturbo possono essere violente.»

«Quanto tempo è rimasto lì?»

«Sessanta giorni.»

«Se avesse smesso di prendere i farmaci, avrebbe potuto facilmente diventare violento.»

«Dovremmo parlare con questo tizio.»

«Senza dubbio, ma temo che, se lo spaventassimo, potrebbe disfarsi delle prove.»

«Vuoi che lo metta sotto sorveglianza?»

«Quello che voglio davvero è perquisire casa sua e il suo furgone. Ho visto qualcosa di strano nel furgone. Qualcosa che sembrava un cane ma non si muoveva, come se fosse morto.»

«Questo è più che strano.»

«Chiamerò il mio amico Tim Winters e vedrò se può scoprire se Smick è stato ricoverato al Park Royal in base alla legge Baker perché era una minaccia per qualcuno, e se, quando hanno arrestato Smick, gli hanno fatto un tampone per il DNA.»

«Cosa vuoi che faccia riguardo a Bellows?»

«Sai, questo testimone oculare mi innervosisce. Se dovessimo costruire un caso contro di lui, non potremmo usare il confronto all'americana. Non riusciva a decidersi tra Bellows e Bacchus. Se lo facessimo, la difesa lo ridurrebbe in coriandoli.»

«Non abbiamo abbastanza per ottenere un mandato di perquisizione, giusto?»

«Tutto ciò che possiamo dare a un giudice è la pista del marito furioso. Perché non lo pedini e vedi se riesci a prelevare un po' del suo DNA?»

***

«Ehi, Frank, ho fatto qualche controllo su Eugene Smick per te.»

«Grazie, Timmy. Cosa hai per me?»

«So che lo sai già, ma non puoi andare a sbandierarlo in giro, d'accordo?»

«Nessun problema.»

«Smick è stato portato al Park Royal in base alla legge Baker. È stato l'agente a deciderlo e a invocare la legge. L'agente stava rispondendo a una chiamata fatta da un vicino.

A quanto pare Smick stava dando in escandescenze, minacciava e diceva cose senza senso. Continuava a dire che qualcuno gli aveva ammaccato la macchina, che era stato uno dei vicini e che loro sapevano chi fosse ma non glielo volevano dire. L'agente ha provato a ragionare con lui, ma continuava a ripetere che aveva una pistola e che l'avrebbe usata contro i vicini.»

«Triste.»

«Quando l'avete arrestato per stalking ai danni di Weaver, gli avete prelevato un campione di DNA, giusto?»

«Sì, ma c'è un problema: dato che la legge è entrata in vigore solo quest'anno, abbiamo raccolto i campioni, ma il laboratorio è sovraccarico. Hanno reso obbligatorio il prelievo, ma non hanno mai aggiunto il personale per analizzarli.»

«Mi prendi in giro? Noi a Collier abbiamo aggiunto due tecnici per gestire la cosa.»

«Noi abbiamo una media di oltre sessantacinque arresti al giorno.»

«Noi siamo solo a una ventina al giorno.»

«Ci servirebbero almeno sei tecnici e ne hanno aggiunto solo uno.»

«Puoi fare qualcosa per far saltare la fila al campione?»

«Senza una motivazione fondata, nessuno può fare niente. A meno che tu non sia lo sceriffo, ovviamente. Sai come vanno queste cose.»

«Ci sto lavorando. Grazie, Timmy, lo apprezzo davvero.»

MENTRE FACEVO LA SPESA, VALUTAI LE PROBABILITÀ CHE un giudice mi concedesse di perquisire le abitazioni di Bellows e Smick. Erano di poco superiori allo zero. Chiederne due contemporaneamente dimostrava la debolezza della colpevolezza di entrambi.

Controllai la ricetta della puttanesca che avevamo preparato al corso di cucina che Mary Ann mi aveva regalato per il mio compleanno. Lentamente ma inesorabilmente il mio interesse per la cucina era aumentato. Avevo sempre amato mangiare fuori e apprezzavo il modo in cui i ristoranti preparavano le loro versioni di un piatto ma, prima di conoscere Mary Ann, cucinare significava scaldare una zuppa o preparare un grilled cheese.

Non ero un tipo creativo, ma sapevo seguire una ricetta e mi piaceva trasformare gli ingredienti crudi in un pasto. Questo piatto era una variante di un tradizionale piatto di pasta che prendeva il nome dalle signore della notte. Aggiungeva tonno e riduceva le acciughe. Mi piaceva come si abbinava al Chianti.

Mentre esaminavo un grappolo di pomodori maturi, mi squillò il telefono. Era Derrick.

«Può aspettare? Sono da Publix.»

«Ho recuperato un campione di DNA di Bellows.»

«Come hai fatto?»

«L'ho seguito al Panera vicino alla Old Forty-One. Ha preso un panino e una bibita. Ho preso il bicchiere che ha usato.»

«Non ti ha visto, vero?»

«No. È stato incollato al telefono per metà del tempo.»

«L'hai portato al laboratorio?»

«Ci sto andando adesso.»

«Bene, ci sentiamo più tardi.»

«Aspetta, c'è dell'altro. Hanno preso Jacques Redoux a Miami mentre cercava di imbarcarsi su un volo per Marsiglia.»

«Lo hanno interrogato?»

«Non a fondo; stavano aspettando noi.»

«Mandami i dettagli di contatto dei tizi della Homeland che lo tengono in custodia.»

Misi in un sacchetto due grappoli di pomodori e mi precipitai alla corsia della carne in scatola. Un paio di scatolette di tonno sarebbero dovute bastare per stasera, ma avrei preso Progresso. Dirigendomi verso la cassa, deviai verso il reparto dei vini. Non c'era tempo di fermarsi in enoteca. Non riuscii a trovare un produttore che riconoscessi e afferrai una bottiglia da ventidue dollari con una bella etichetta nera e oro.

Entrai in casa di gran carriera.

«Sono a casa.»

«È tornato papà, Jessica. Andiamo a dargli un bacio di benvenuto.»

Posai la borsa sul tavolo, baciai Mary Ann e presi in braccio la mia bambina. Indossava una salopette bianca su una maglietta rosa. Era un amore. Le diedi un bacio.

«Vuoi fare il cavalluccio?»

Jessie sorrise e io me la misi sulle spalle, trotterellando per casa mentre Mary Ann disfaceva la spesa. Entrai in cucina e Mary Ann disse: «Non hai preso gli spaghetti.»

«Merda!»

«Frank!» Mi prese Jessica dalle braccia. «Quante volte ti devo dire di moderare il linguaggio?»

«Scusami. Non hai idea di cosa stia succedendo. Ho il cervello fritto per il caso Salter. Sto destreggiandomi tra tre sospetti e sta per scoppiare un cas... be', sta andando tutto a rotoli.»

50

«Perché hai aperto la bottiglia se non avevi intenzione di berla?»

Non volevo dirle che stavo aspettando un'occasione per uscire di casa e tornare a cercare l'assassino di Salter.

«Credo di essere solo soprappensiero per il caso.»

«È come se non fossi nemmeno qui. Jessica sta cercando di mostrarti che mangia e tu non le presti attenzione.»

«Scusa, c'è così tanto da fare...»

«Avevamo concordato di non portare il lavoro a casa. Ricordi? Il tempo per la famiglia è sacro.»

«Lo so, ma...»

«Ce la farai, Frank. Bevi il vino e rilassati. Domani arriverà prima che tu te ne accorga.»

Ne versai un bicchiere pieno e ne bevvi un grosso sorso prima di tagliare a pezzetti uno spaghetto per Jessic.

Fu una fortuna che l'intera bottiglia mi avesse reso un po' brillo; fu l'unica cosa che mi impedì di sgattaiolare fuori di casa.

La mattina dopo, ero alla mia scrivania prima delle otto, intento a redigere una richiesta di perquisizione per le case sia di Bellows sia di Smick. Dovevamo essere pronti ad agire non appena avessimo avuto qualcosa di più che forti sospetti. Stampai entrambi i documenti e li lasciai sulla scrivania di Derrick con un biglietto in cui dicevo che avrei chiamato per dargli istruzioni.

Avevo cercato un modo per collegare Bellows e Smick, ma rinunciai a convincere un giudice a lasciarmi perquisire entrambi gli appartamenti.

Percorrendo Daniels Parkway, c'erano molte indicazioni per il JetBlue Stadium. Smick viveva vicino allo stadio. Quando imboccai Epping Way, mi resi conto di quanto fosse vicino. Il parcheggio dello stadio iniziava a pochi metri dalla fine della sua strada. Dietro il suo complesso di appartamenti c'era un edificio per uffici che ospitava la sede della Crystex Electronics.

Entrai nel parcheggio e vidi subito il furgone di Smick. Erano le 9:30 del mattino e c'era solo un posto libero. Ma nessuno lavorava? La porta di un piccolo atrio era chiusa a chiave. Una donna con un bambino in braccio uscì da una porta e si diresse verso il retro dell'edificio. Tirai fuori il telefono e inviai un messaggio a Derrick, dicendogli dove mi trovavo.

Quando alzai lo sguardo, Smick era nel corridoio e stava chiudendo la sua porta. Infilò una delle chiavi nella serratura; sembrava che ci fossero tre mandate. Feci un passo indietro mentre Smick mi guardava. Si diresse nella stessa direzione della donna.

Tornai di corsa al parcheggio. Smick, con un berretto da baseball rosso, era a circa sei metri dal suo furgone.

«Signor Smick? Eugene Smick?»

Si voltò. «Sì. Cosa vuole?»

Tirai fuori il distintivo. «Detective Luca, dipartimento dello sceriffo.»

Si passò una mano sulla barba corta, ma non disse nulla. Aveva gli occhi vitrei.

«Volevo farle un paio di domande.»

Smick indossava scarponi da lavoro e pantaloni chino macchiati di grasso. «Oh, andiamo, ho bisogno del caffè.»

«Fatto tardi ieri sera?»

«Ho bisogno del caffè prima di andare al lavoro.»

Una delle sue gambe tremava rapidamente. «Sarò veloce.»

Sospirò pesantemente. «Oh, cavolo. Ho bisogno del mio maledetto caffè. Lei non capisce.»

«Le piace vivere vicino allo stadio?»

Sorrise. «Oh sì, è fantastico, ma odio quando finisce il ritiro primaverile. Mancano solo quattro giorni adesso. Cavolo, vorrei che ce ne fossero tipo altri mille. Lo sapeva che uno dei campi di allenamento, quello a sinistra dello stadio, ha le stesse dimensioni di Fenway Park? Non è forte?»

«Non lo sapevo.»

«Abbiamo finito?»

«Un paio di giorni fa sono stato alla partita, quella contro gli Yankees.»

«Quella partita l'abbiamo vinta. Bella rimonta. Brecker ha battuto un doppio e poi Martinez l'ha portato a casa per pareggiare. C'erano due out quando hanno pareggiato. Stavo diventando molto nervoso...»

«Lei ha avuto un alterco con Ron Weaver per via della cessione di Blair da parte della squadra.»

Si alzò sulla punta dei piedi. «È stata una cazzata colossale! Sono dei maledetti cretini. Blair è il miglior esterno centro. Vogliono darmi a bere la stronzata che Sanchez, che sta arrivando, prenderà il suo posto? Tutte cazzate. Ecco cosa sono. Blair ha battuto con una media di 0,289, ha fatto ventisette doppi, quattordici fuoricampo, la sua percentuale di arrivi in base è di 0,383.»

Indicai il suo veicolo. «Ho visto gli adesivi sul paraurti del suo furgone riguardo al trasferimento della squadra da Fort Myers.»

«Sarebbe stata una delle cose più stupide che la squadra avrebbe potuto fare. Non permetteremo che accada.»

«Cosa intende con 'non permetteremo che accada'?»

«I tifosi. È la nostra squadra. Senza di noi non hanno niente.»

«Mi risulta che il nuovo stadio avrebbe avuto un sacco di servizi extra e sarebbe stato più grande di quello attuale.»

«Chi ha bisogno di servizi extra? Le multinazionali? Rovineranno tutto per noi. Questo posto non ha nemmeno dieci anni. Qui abbiamo sei campi in più. E strutture di riabilitazione per quando un giocatore si infortuna. L'anno scorso, quando Jimenez si è fatto male alla spalla, è stato qui per quasi tutto giugno. Ho avuto modo di parlargli un sacco di volte. Siamo diventati buoni amici. E i GLC Red Sox giocano qui per tutta l'estate.»

«Conosce Elby Salter?»

Smick sbatté le palpebre. «No.»

«Era l'uomo d'affari dietro al tentativo di trasferire la squadra. Salter possedeva il terreno su cui sarebbe stato costruito il nuovo stadio.»

«Mai sentito nominare. Devo andare. Sono in ritardo.»

Smick salì sul suo furgone e partì. Feci il giro dell'edificio cercando di identificare quali finestre appartenessero al suo appartamento.

51

Ci avevano obbligato a seguire dei corsi sull'eventualità di incontrare persone affette da disturbi mentali. Il programma forniva solo una panoramica, ma fu una rivelazione.

Riuscivo a visualizzare l'istruttrice, ma non mi veniva in mente il suo nome. Afferrai il raccoglitore che avevamo usato al corso dal ripiano più basso della mia credenza. Proprio sulla copertina c'erano il suo nome e i suoi contatti: Norma Wiedner, membro certificato dell'American Board of Psychiatry and Neurology.

«Dottoressa Wiedner, sono il detective Luca dell'Ufficio dello Sceriffo della Contea di Collier. Ci siamo incontrati alla conferenza sulla sicurezza pubblica a Orlando. Ho seguito il suo corso e ho imparato parecchio.»

«Grazie. Di quale divisione fa parte?»

«Omicidi.»

«Capisco. Come posso aiutarla?»

«Abbiamo un caso e, a essere sincero, non sono nemmeno sicuro che questa pista d'indagine sia pertinente, ma imparare qualcosa in più nel suo campo non può far male.»

«No di certo. Vorrei che più agenzie delle forze dell'ordine avessero programmi solidi per formare il proprio personale sui disturbi mentali. Cosa vorrebbe sapere?»

«Sto cercando di capire una cosa sul disturbo bipolare. C'è una persona che è stata ricoverata in una struttura per il trattamento del disturbo bipolare.»

«Come fa a saperlo? Sono informazioni riservate.»

«C'è stato un disturbo della quiete pubblica e l'individuo minacciava di fare del male ai suoi vicini, costringendo l'agente a invocare il Baker Act.»

«La legge ha funzionato come previsto, ma qualsiasi diagnosi fatta dalla struttura di accoglienza è privata. Come ha ottenuto la cartella clinica del paziente?»

«L'individuo ha rilasciato una dichiarazione volontaria quando è stato arrestato per un reato non correlato.»

«Capisco.»

«C'è la possibilità che possa aver ucciso qualcuno, ma il movente non sembra essere molto forte. Cosa può dirmi di questa malattia?»

«Una diagnosi di disturbo bipolare non significa che una persona sia violenta. Anzi, vengono commesse più violenze contro le persone con disturbi mentali che da parte di coloro che ne soffrono. Se non trattato, è un disturbo degenerativo e può portare alla psicosi.»

«Una perdita di contatto con la realtà?»

«Sì. I rischi sono maggiori se c'è di mezzo l'abuso di sostanze o se la persona è disoccupata.»

Smick aveva un lavoro. Faceva uso di droghe? «Ha senso.»

«In base a quello che ha detto, purtroppo sembra che questo individuo abbia avuto almeno un episodio maniacale. Se non curato, c'è un alto tasso di recidiva.»

«Può spiegarmi cos'è un episodio maniacale?»

«Uno stato di aumentata attivazione generale con un'accresciuta espressività.»

«Mi scusi, dottoressa, può tradurmelo in parole povere?»

«Sbalzi d'umore. Possono essere euforici o irritabili. Con l'intensificarsi della mania, l'irritabilità può essere più pronunciata, portando alla possibilità di violenza. Molti pazienti soffrono anche di vuoti di memoria. Non hanno alcun ricordo né la capacità di rammentare quando hanno un episodio.»

«Se qualcuno fosse stato curato, diciamo per un periodo di sessanta giorni, ma avesse smesso di prendere i farmaci, ciò potrebbe scatenarlo?»

«Temo di sì. L'aderenza alla terapia è un problema serio in generale, ma particolarmente acuto quando si tratta di malattie mentali. Si stima che quasi il sessanta per cento dei pazienti non aderisca. È un peccato: prendere i farmaci prescritti aiuterebbe a controllare il loro disturbo.»

«Solo una curiosità: degenze più lunghe in una struttura aumenterebbero la percentuale di persone che prendono i farmaci?»

«Sì, ma a quanto pare a nessuno importa se non del fatto che il costo delle cure in un ambiente certificato è più di quattro volte il costo della detenzione.»

«Questo non lo sapevo.»

«È vero, ma è un dato del tutto fuorviante. Se qualcuno commette un crimine che era prevenibile curando il suo disturbo mentale, andrà in prigione per anni e anni. Dobbiamo misurare il costo del trattamento rispetto ai costi di una detenzione di dieci anni.»

Aveva centrato il punto. Sacrificio economico a breve termine per un guadagno a lungo termine, e non solo in senso monetario. Avrei voluto continuare la discussione, ma avevo un assassino da scovare.

L'ALLIGATOR ALLEY ERA DESERTA. RALLENTAI DAGLI ottantacinque all'ora mentre mi avvicinavo al tratto che attraversava la Riserva Indiana Miccosukee. Non volevo avere niente a che fare con una delle loro auto di pattuglia. Mentre controllavo il tachimetro, mi venne un'idea e chiamai il mio partner.

«Derrick, inoltra la richiesta di mandato per Smick.»

«Sei sicuro?»

«Senti, il DNA di Smick è in arretrato su a Lee. Otterremo i risultati del DNA di Bellows dal nostro laboratorio più velocemente. In questo modo ci muoviamo su entrambi i fronti.»

«Non dovrei inserire qualcosa nella richiesta riguardo all'arretrato nella Contea di Lee? Il giudice potrebbe essere comprensivo.»

«Assolutamente no. Non si tratta di comprensione, si tratta di fondato motivo. Se un giudice sa che stiamo aspettando un campione di DNA, ci farà stare con le mani in mano finché non arriva.»

«Giusta osservazione. Quanto ti manca per Miami?»

«A più di metà strada.»

52

GUARDAI IL VIDEO DI SORVEGLIANZA DI JACQUES REDOUX
mentre veniva scortato fuori dalla vasta area di detenzione
dell'aeroporto di Miami. Sembrava scherzare con le guardie
della Sicurezza Nazionale e aveva un sorriso stampato in
volto. Si era rasato la barba. Mi diressi verso una sala interrogatori con due bottigliette d'acqua.

Lo spazio squallido si trovava vicino a un'area dove una
manciata di ispettori della dogana stava controllando dei baga-
gli. Nell'aria aleggiava odore di sudore. Domande e risposte
venivano scambiate in diverse lingue.

Il francese entrò con la giacca sportiva blu buttata su una
spalla. La sua camicia bianca era molto stropicciata, così come
i suoi pantaloni grigi. Molto abbronzato, Redoux aveva un fare
disinvolto, uno stile da concierge d'albergo.

Mi presentai e chiesi alle guardie di aspettare fuori. Ci
sedemmo ai lati opposti di una scrivania di metallo. Aveva un
accento meno marcato di sua cugina Marie.

«Spero proprio che si possa mettere fine a questo
malinteso.»

Non avevo guidato per due ore e passa per un malinteso. «Qual è stato lo scopo della Sua visita negli Stati Uniti?»

«Era ora di godersi un po' di sole e divertimento.»

«Dove ha alloggiato?»

«All'Hotel Marseilles.»

C'era un hotel a Miami con lo stesso nome della città francese a cui era legata la sua banda? Dovevo metabolizzare la cosa.

«Mi faccia vedere la ricevuta.»

Mentre apriva il portafoglio, disse: «Oh, quella era la volta scorsa. Me n'ero completamente dimenticato. Sarà la mancanza di sonno. Come può immaginare, stanotte non ho chiuso occhio.»

Il conto era del Pestana South Beach. Ci ero stato qualche anno prima. Era proprio accanto al centro congressi di Miami Beach. Venendo qui, ero passato davanti a diversi cartelloni che pubblicizzavano la Fiera d'Arte di Basilea. Era una delle più grandi mostre d'arte contemporanea del paese.

«È andato alla mostra d'arte?»

«Arte? No, non fa per me.»

«Suo zio, Lucien, sembra avere un forte interesse al riguardo.»

«Non saprei.»

«Perché non la smettiamo di fingere che Lei sia qui in vacanza?»

«Mi dispiace, ma non capisco cosa le autorità americane pensino che io abbia fatto.»

«Ha fatto visita a Sua cugina Marie?»

«È a New York, no?»

«Conosce Elby Salter?»

Scosse la testa. «No. Non lo conosco.»

Gli posi una foto di Salter. La prese e le diede un'occhiata attenta. «È questo l'uomo, Salter?»

«Sì.»

Me la restituì. «Non ho mai visto quest'uomo.»

Stappai una bottiglietta d'acqua. «Ne vuole una?»

«Sì. Grazie.»

Ne bevemmo un sorso entrambi, e così ottenni il suo DNA, non che mi sarebbe servito a molto se lui fosse stato in Francia. Il periodo di detenzione di quarantotto ore stava per scadere, e lui lo sapeva.

«L'onore della famiglia è una cosa importante in Francia, non è vero?»

«Certo. Ma non siamo gli unici a dare valore alla famiglia.»

«Quando qualcuno attacca o ferisce un membro della famiglia, la prendete sul serio, giusto?»

«Certo. Sono domande elementari. Mi dispiace, signor detective, ma non capisco la tecnica americana. Perché sono stato messo in stato di fermo?»

«Sua cugina Marie ha chiesto a Lei, a Suo zio, o a qualcun altro della Sua famiglia di vendicare un torto subito dalla figlia di Marie?»

«La figlia di Marie? Che cos'è successo?»

«Crediamo che possa aver subito una violenza sessuale.»

Le sue spalle crollarono. «Da chi? Chi è il bastardo?»

Indicai la foto di Salter.

Stava nascondendo qualcosa, ma il suo linguaggio del corpo mi diceva che non aveva nulla a che fare con Salter. Non era stata una perdita di tempo; dovevo vedere che tipo di persona fosse. Posi diverse altre domande prima di riconsegnarlo alla Sicurezza Nazionale.

Non revocai il nostro fermo su di lui. Stava tramando qualcosa, e avrei usato il lungo viaggio che mi aspettava per cercare di capirlo.

53

Derrick confermò che Smick era al lavoro. Era perfetto. Non avremmo dovuto sorbirci nessuna lagna mentre perquisivamo. Accostammo nel parcheggio dietro a due auto di pattuglia. Prima che potessimo tirare fuori la nostra attrezzatura, tre residenti erano usciti dall'edificio per vedere cosa stava succedendo.

Per precauzione, bussai alla porta di Smick mentre Derrick andava a prendere una chiave dall'amministratore. Due agenti presidiavano entrambe le estremità del corridoio per tenere lontani i residenti.

Derrick aprì la serratura, ma ce n'erano altre due per le quali l'amministratore non aveva le chiavi. Passò in rassegna la collezione di chiavi bulgare del dipartimento e ne tirò fuori due che corrispondevano alle serrature. Nel giro di cinque minuti, spalancò la porta.

Fui investito da un odore inconfondibile: l'odore di un uomo che viveva da solo. Prima di entrare, accesi le luci, esaminando le aree visibili.

Dominata da quello che sembrava un televisore da settanta pollici, la stanza principale sembrava nel mezzo di una ritinteggiatura. Una parete e mezza aveva della vernice blu che copriva quello che era stato un color sabbia. Un poster incorniciato di Carlton Fisk che convinceva con lo sguardo una palla a restare in campo valido era appoggiato a un muro.

Ci dirigemmo verso una scala a pioli in un angolo della stanza. Sull'ultimo gradino c'era un rullo incrostato di vernice secca. Erano passati mesi dall'ultima volta che era stato immerso in una vaschetta in cui la vernice si era ormai indurita.

Derrick disse: «Che significa? Finisci il muro prima di piantarlo lì».

«Credo sia legato alla sua condizione. Ho letto che le persone con disturbo bipolare hanno picchi di energia in cui affrontano dei progetti, ma non li portano mai a termine quando il loro umore cambia».

Una coperta dei Red Sox era appoggiata sullo schienale di un divano di velluto a coste consumato. Dei tabellini da baseball erano impilati sull'angolo del tavolino da caffè.

«Comincia da qui, Derrick».

Andai in cucina. Il frigorifero era coperto da un assortimento di calamite dei Red Sox. Un puzzle parzialmente completato sul tavolo era coperto di posta, con una ciotola sporca e un cucchiaio. Aprii un paio di cassetti e andai nella camera da letto principale.

Niente testiera, e il letto era sfatto. Andai dritto al comodino, aprendone il cassetto con uno strattone. Nessuna pistola, ma un sacco di flaconi di pillole vuoti. Infilai i guanti e ne raccolsi uno. Era qualcosa chiamato Lamictal. La prescrizione era vecchia di più di un anno.

C'erano altri tre flaconi, ciascuno di Seroquel e Abilify. Tutti vuoti. A meno che non si portasse dietro le pillole, Smick non stava prendendo le sue medicine. Scattai una foto e chiusi il cassetto.

Un monitor e una tastiera poggiavano su una scrivania di metallo coperta di carte. Erano moduli fiscali per l'anno 2015. Aprii l'unico cassetto. Appoggiata sopra una rivista *Sports Illustrated* c'era una pistola. Un revolver calibro .357. La sollevai con la penna e la imbustai. Non c'era nient'altro di interessante, a meno di non essere un collezionista di figurine o autografi di baseball.

Aprii l'armadio. Sembrava desolato. Due paia di jeans e un paio di pantaloni chino erano appesi accanto a una camicia button-down. La mensola, tuttavia, era stipata di roba. Avremmo dovuto darle un'occhiata approfondita.

Derrick stava guardando in un mobile della cucina quando entrai con la pistola imbustata in mano.

«È un revolver calibro .357».

«Pensi che sia l'arma del delitto?»

«Non so cosa pensare, se non di farla analizzare immediatamente».

Chiamai il laboratorio e consegnai la pistola a un agente perché la portasse da loro per le analisi.

STAVAMO SUPERANDO LA HERTZ ARENA QUANDO Derrick ricevette una chiamata. Riguardava un cadavere.

«Potremmo avere un'identificazione per il corpo del molo di Naples».

«Chi è?»

«Pensano che sia un bahamense di cui era stata denunciata la scomparsa. Un tipo di nome Abreu».

«Dalle Bahamas?»

«Sì, corrisponde alla descrizione, incluso il tatuaggio. Era in portoghese».

«Come diavolo ha fatto a beccarsi un proiettile alla nuca?»

«Pare che Abreu fosse invischiato nel traffico di droga, e chissà cos'altro avesse fatto».

«Se è legato alla droga ed è internazionale, Chester passerà il caso».

«Ero così sicuro che ci fosse un qualche collegamento con Redoux».

«Chiama il laboratorio; vedi a che punto sono con la balistica».

Chiamò. «Non ancora».

«Che diavolo ci vuole?»

«Hanno detto che avrebbero finito in non più di due ore».

Mi scattò l'allarme della vescica. Stavo facendo del mio meglio per non ignorarlo più. Inoltre, avevamo un paio d'ore da ammazzare.

«Devo andare a pisciare. Un mio amico lavora da Mattress City, dalle parti di Immokalee. I bagni lì sono puliti».

Derrick aspettò in macchina. Il mio amico stava convincendo una coppia a comprare un materasso da tremila dollari. Lo salutai con la mano e mi diressi al bagno degli uomini.

Era pulito come lo ricordavo. Perché un'azienda di materassi si impegnava tanto a tenere i suoi bagni immacolati, mentre molti supermercati non lo facevano?

Seduto sul trono, mi solletticai l'addome per cercare di far partire il getto. Tentai di soppesare le probabilità che avessimo la pistola che aveva ucciso Salter. Perché qualcuno dovrebbe tenere un'arma del delitto in un cassetto della scrivania?

Smick aveva problemi mentali ed era stato ricoverato per aver minacciato i suoi vicini. D'altra parte, aveva un lavoro che dimostrava che poteva essere responsabile. Perché non se ne sarebbe sbarazzato o non l'avrebbe almeno nascosta, se era la pistola che aveva ucciso Salter?

Il dubbio cominciò a crescere mentre il flusso aumentava. Smick aveva un furgone che richiedeva immatricolazione e assicurazione. Dovevamo dare un'occhiata al suo veicolo. Pensai all'auto di Elby Salter e al fatto che lo sfasciacarrozze controllato da Hamlet non aveva mai prodotto la documentazione corretta. Cosa nascondeva Hamlet?

Dai, Luca. Pensa. Cos'è? Tiralo fuori, Luca. Poi mi ricordai di qualcosa che il mio stesso nome aveva innescato: Lucayan Holdings, un nome commerciale che era saltato fuori quando avevo fatto una ricerca sulle società collegate a Hamlet.

Poteva esserci un collegamento? Avevano sede alle Bahamas. Sai come la penso sulle coincidenze.

54

Tentare di essere discreto non stava funzionando, così le sventolai il distintivo in faccia e l'addetta alla reception di Hamlet si afflosciò come un ombrellone da quattro soldi. Dato che Derrick mi avrebbe avvisato non appena fosse arrivato il referto della balistica, tenni il telefono in modalità vibrazione.

La donna andò a chiamare Hamlet e sparì più in fretta degli assaggini gratuiti al supermercato. L'Ouverture 1812 che risuonava in sottofondo mi fece quasi scoppiare a ridere.

Era passato a malapena un minuto prima che Hamlet avanzasse goffamente lungo il corridoio. Il suo naso alla Rudolph era visibile da quasi dieci metri di distanza. Indicò una stanza ed entrò. Dalle postazioni di lavoro si levarono delle teste mentre lo seguivo. Hamlet era in piedi nella stessa sala riunioni in cui ci eravamo già incontrati.

«Detective, sto facendo del mio meglio per rintracciare la documentazione del veicolo di Elby.»

«Bene, ma sono qui per un'altra questione.»

Si tirò il polsino della manica. «Prego, si accomodi. Di che si tratta?»

«Dei suoi interessi commerciali alle Bahamas.»

Si inumidì le labbra. «Cosa vuole sapere?»

Arrivò un messaggio. Era di Derrick. Non c'era corrispondenza balistica. La pistola nell'appartamento di Smick non era l'arma del delitto. Maledizione.

«Vorrei sapere di cosa si occupano.»

«Beh, la Caribbean Solutions è la nostra più grande azienda. Si concentra principalmente sull'aggiornamento e l'installazione di soluzioni tecnologiche per i settori pubblico e privato. La CS, come la chiamiamo noi, ha diversi contratti con il governo delle Bahamas.»

«Lavorano con le banche laggiù?»

«Non lo si può evitare se si vuole sopravvivere. I servizi finanziari sono secondi solo al turismo nelle isole.»

«E la Bahamian Enterprises?»

«Quella si concentra sui bisogni primari della gente. Niente di esotico. Abbiamo la terza catena di alimentari più grande, anche se è un settore che stiamo pensando di abbandonare. È semplicemente troppo competitivo e i margini sono ridotti all'osso.»

«E per quanto riguarda la Lucayan Holdings?» dissi, pronunciando Luc-uh-yan.

«La Lucayan Holdings è incentrata sul turismo. Abbiamo interessi in un paio di hotel più piccoli e in diverse attività di escursioni e sport acquatici in tutto l'arcipelago delle Bahamas.»

Il telefono vibrò. Era di nuovo la giornalista in pensione. Aveva già chiamato due volte. Rifiutai la chiamata. «Noleggiate barche, non è vero?»

«Sì, insieme a parasailing, battute di pesca, moto d'acqua e tour turistici. Gestiamo anche un servizio di trasporto tra le isole. Cose di questo tipo.»

«Avete avuto qualche problema legale al riguardo, no?»

«Uhm. Non sono sicuro a cosa si riferisca.»

«La Lucayan non è stata sanzionata dalle autorità delle Bahamas per il suo coinvolgimento in un traffico di droga?»

«Oh, quello. Si trattava di un dipendente ribelle che ha usato una delle nostre barche senza permesso. Francamente, avremmo dovuto denunciarlo per furto. Siamo stati sfortunatamente coinvolti nella faccenda.»

«Sembra che ci sia uno schema ricorrente, visto che è la seconda volta in cui, come dice lei, siete stati coinvolti in un reato di contrabbando.»

«Siamo stati scagionati da ogni responsabilità in entrambe le occasioni.»

«Ma avete pagato multe salate. Direi che questo suona come se foste stati complici.»

«Era più facile pagare una multa che battersi. Le cose non funzionano allo stesso modo alle Bahamas. Così abbiamo deciso di lasciarci la cosa alle spalle. Abbiamo anche inasprito notevolmente le nostre pratiche di assunzione, anche se trovare dipendenti di qualità è una lotta in tutti i Caraibi.»

«Grazie a un paio di favori da parte di amici che lavorano per i federali, ho visto la documentazione dell'accordo. Non è esattamente come la descrive Lei.» Non l'avevo vista, ma Hamlet non aveva idea del tipo di accesso che potevamo avere, e io avevo bisogno di una svolta.

«Abbiamo ammesso reati minori.»

«Lei ha dei soci nelle Sue attività alle Bahamas, giusto?»

«Collaboriamo in continuazione, specialmente in posti come i Caraibi, dove i locali possono fare la differenza tra il successo e il fallimento.»

«Lo fa spesso con la famiglia Salter, non è vero?»

«Sì, tra gli altri.»

«Gli altri del Suo gruppo di riunione mensile?»

«Entrare in affari e concludere accordi con entità che

hanno obiettivi e attributi simili non è una violazione della legge.»

Decisi di tentare la sorte. «Mi risulta che anche alcuni dei Suoi compagni di poker siano coinvolti nelle Bahamas.»

«Abbiamo soci di minoranza in molti dei nostri investimenti.»

«I Salter sono soci in qualcuna delle Sue società alle Bahamas?»

«Non può aspettarsi che io tenga traccia di dettagli simili. Abbiamo quasi trecento veicoli di investimento e decine di partner.»

Sapeva benissimo se Salter fosse coinvolto o meno. Hamlet stava nascondendo il coinvolgimento di Elby Salter. Le domande cominciarono a ribollirmi in testa. C'era un legame tra il gruppo segreto e il traffico di droga? Un estraneo aveva voluto dare una lezione a Salter? O Elby Salter aveva scoperto le attività segrete, aveva sollevato un polverone ed era stato ucciso per metterlo a tacere?

Non avevamo mai esplorato la pista della droga. Il modo in cui Salter era stato ucciso quadrava con il modo di fare affari dei signori della droga. La DEA poteva avere qualcosa su una delle società di proprietà dei Salter.

Uscendo dall'ufficio di Hamlet, la mia mente era in subbuglio. Hamlet spediva auto in Cina. Lui o qualche altro membro del gruppo aveva delle spedizioni in arrivo nel paese, spedizioni che potevano essere usate per coprire l'importazione di droga?

Quando saltai sulla Cherokee, il mio entusiasmo si smorzò. Un grosso giro di droga era un'ipotesi azzardata. Quella gente era già ricca. Perché avrebbero dovuto rischiare? Ma c'era l'accusa di traffico di droga. Non una, ma due.

Mentre aspettavo il momento giusto per immettermi sulla Route 41, un'auto svoltò nel parcheggio. Il guidatore mi sembrava familiare. Era Tony Bellows. Ingranai la retromarcia. C'era un'auto dietro di me. Feci un cenno, ma il conducente non si mosse.

Aprii la portiera e saltai fuori. Con il distintivo in aria, dissi: «Si sposti! Subito!»

Con uno stridio di pneumatici, feci retromarcia. Ingranando la prima, osservai Bellows entrare nell'edificio. Sparì in un ascensore. Quando arrivai nell'atrio, l'ascensore stava già tornando giù.

Studiai l'elenco delle aziende nell'edificio di quattro piani. La Hamlet Holdings occupava un piano intero. Il resto delle ditte era costituito da consulenti finanziari, studi legali e commercialisti.

Bellows e Hamlet. Qual era il collegamento? Poteva essere l'ex poliziotto il sicario? Quegli uomini di spicco erano così intelligenti? Avevano scoperto della moglie di Bellows e lo avevano usato per risolvere qualunque problema avessero con Salter?

Dove diavolo erano i risultati del DNA di Bellows? Tirai fuori il cellulare, pronto a conciarli per le feste, i tizi del laboratorio, quando il telefono mi vibrò in mano. Era il laboratorio.

55

AVEMMO UNA CORRISPONDENZA DEL DNA. ERA ORA DI prenderlo. Mi assicuravo sempre che la squadra sapesse come volevo che venisse eseguito un arresto. Ci saremmo stati io e Derrick, insieme a quattro agenti. Poteva sembrare un'esagerazione, ma presentarsi con una forza soverchiante era di solito una garanzia efficace. Eravamo riuniti nel mio ufficio. Diedi a ogni membro una piantina del luogo.

«Non voglio che nessuno corra rischi. Questo tizio ha dimostrato di essere pronto a uccidere. Se si sente con le spalle al muro, non si può prevedere cosa potrebbe fare.»

Derrick disse: «Io e Frank ci occuperemo dell'ingresso.»

«E ne voglio due a coprire il retro e uno per lato. Non mi importa quanto faccia caldo, tutti con il giubbotto antiproiettile.»

Un leggero lamento fu coperto dallo squillo del mio cellulare. Era Mary Ann. Inviai una risposta automatica e dissi: «Non credo che ci sarà qualcuno con lui, ma non possiamo mai esserne certi.» Il mio telefono squillò di nuovo. Era ancora Mary Ann. «Scusate, devo rispondere.»

«Mary Ann, sono nel bel mezzo di-»

«Siamo in ospedale. Jessica è caduta-»

«Sta bene?»

«Ha battuto la nuca. È stata una brutta caduta. Sanguina, ma non gravemente.»

«Dove siete?»

«Al NCH su Immokalee.»

«Arrivo appena posso.»

«Non c'è bisogno che tu venga, Frank. Volevo solo fartelo sapere. Starà bene.»

«Sei sicura?»

«Sì. Ti chiamo più tardi.»

Riattaccai. Derrick disse: «Che succede?»

«Jessie è caduta e ha battuto la testa. Sono al pronto soccorso. Devo andare.»

«Non preoccuparti, Frank. Ce ne occupiamo noi. Chiamo Reilly perché venga con noi. Va' a prenderti cura della tua famiglia.»

Aveva davvero la situazione sotto controllo. «Ti devo un favore, amico, grazie. E state attenti.»

«Come sta Jessica?»

«È incredibile. Non ha avuto bisogno di punti, solo di un cerotto a farfalla. Non ha neanche pianto quando le hanno rasato la nuca. Io e Mary Ann piangevamo a dirotto, ma lei stava giocando con lo stetoscopio del dottore.»

«Un bello spavento, eh?»

«Puoi dirlo forte. Sono un po' preoccupati per una possibile commozione cerebrale, quindi la terremo d'occhio stanotte, per sicurezza.»

«Sono sicuro che starà bene.»

«Sei pronto a chiudere questa faccenda?»

«Non vedo l'ora.»

Bussai alla porta e la spalancai. Era la prima volta da quando avevo imparato le tattiche di interrogatorio che non rendevo l'ambiente scomodo per un sospettato.

Eugene Smick si stava mangiando una pellicina.

«Signor Smick, sono il detective Frank Luca e questo è il detective Derrick Dickson.»

«Vi ricordo. Siete stati a casa mia.»

«Esatto. Le dispiacerebbe rispondere a un paio di domande?»

Fece spallucce. «Non potete togliermele?»

«È il protocollo, ma le dirò cosa farò. Posso toglierne una. Quale vuole che le tolga?»

Lui sollevò il braccio destro. «Questa.»

Derrick recitò le formalità. Sganciai una manetta e dissi: «Lei ha il diritto di avere un avvocato presente durante questo interrogatorio.»

«Non ne ho bisogno.»

«Sa perché è stato arrestato?»

«Non ho fatto niente.»

«Il suo DNA è stato trovato sul corpo di Elby Salter e nel suo veicolo. Può spiegare come sia potuto accadere?»

«Oggi con la tecnologia tutto è possibile.»

«Lei sapeva che era il signor Salter a essere dietro il tentativo di trasferire la squadra da Fort Myers.»

«Era una fottuta idea stupida.»

«E Lei non voleva che accadesse, vero? Abita così vicino al JetBlue Stadium.»

«Gli avevo detto di non farlo. Ho mandato delle lettere, ma nessuno mi ascoltava. E non ero solo io. Sa, c'erano milioni di tifosi che non volevano che si trasferissero. Nemmeno uno era d'accordo.»

Notai un tremore nella sua mano sinistra. «Perché ha smesso di prendere le sue medicine?»

«Non servivano a niente. E costavano un sacco di soldi per niente.»

«La contea pagherà una scorta finché Lei sarà in custodia.»

«Quanto tempo starò qui dentro?»

«Questo potrà dirglielo il suo avvocato.»

«Che ore sono?»

«Le due e un quarto.»

Scattò in piedi. «Mi sto perdendo la partita. Dovete farmi uscire di qui. Non ho fatto niente. Non posso perderne una. Non ho mai perso una partita in vita mia.»

«Non possiamo farlo per il momento, ma mi lasci vedere cosa posso fare per fargliela vedere in TV.»

———

Uscimmo in corridoio e Derrick disse: «Tutto qui, Frank?»

«Abbiamo fatto il nostro lavoro, ragazzo. Questa è una cosa molto al di sopra di noi. Abbiamo abbastanza prove materiali, inclusa l'arma del delitto che hai trovato nel suo furgone. Spingere uno come lui a confessare lo agiterebbe e basta. Sarà sottoposto a una valutazione e, a questo punto, verrà internato per infermità mentale.»

«E noi che pensavamo fosse Fred Baylor che lavorava per Hamlet.»

«Lo so. Non avrei mai immaginato che stesse solo facendo la sua dichiarazione dei redditi.»

«Pensi che se Smick avesse preso le sue medicine, non avrebbe ucciso Salter?»

«Non lo so, ma i dottori sembrano pensarla così.»

«Forse un giorno con la tecnologia troveranno un modo per impiantare un dispositivo come fanno con alcuni pazienti diabetici.»

«Questa è un'ottima osservazione. Perché non hanno sviluppato una cosa del genere?»

Il mio cellulare squillò. Era la vecchia giornalista, Rosanne Roberts. «Devo rispondere.»

«Signora Roberts, come sta? Mi spiace non averla richiamata, ma è stato un periodo frenetico.»

«Non si preoccupi. Alla mia età, si impara ad aspettare.»

«Cosa posso fare per Lei?»

«Ho fatto qualche altra ricerca. Dopo averle parlato di quei due episodi, dovevo proprio vedere cosa riuscivo a trovare. Beh, comunque, c'era questa donna, Matthews, che ha presentato una-»

«Sì, sappiamo di lei, ma non ha voluto parlare per via di un accordo di non divulgazione.»

«Oh, okay, ma sapeva che questa donna ha fatto la stessa cosa ad altri due uomini?»

«Li ha accusati di abusi sessuali nei confronti della figlia?»

«Già, sembra che sia riuscita a farsi pagare da entrambi per mantenere il silenzio. Non ne ho la certezza, ma questa storia con Elby Salter sembra senza fondamento.»

Il sollievo che un caso di pedofilia non si fosse verificato fu eroso dalla consapevolezza che qualcuno aveva mosso accuse infondate della massima gravità e l'aveva fatta franca.

56

ANNABELLE STAVA PARLANDO CON UNA DONNA CHE AVEVA un gruppo di bambini in fila dietro di sé. Indicò un pezzo esposto. La donna annuì e portò via i suoi figli.

Annabelle sorrise quando mi notò e si fece più in là, dicendo: «C'è movimento stamattina.»

«Come stai?»

«In realtà sto piuttosto bene. Il trasloco è andato liscio come può andare un trasloco, e il posto nuovo mi piace.»

«Mi fa piacere. So quanto possa essere difficile andare avanti.»

«Non voglio prenderti in giro, è un bell'adattamento, ma scopri chi sono i tuoi veri amici.»

«Lo immagino.»

«La cosa buffa è che sono più felice di quanto non lo sia stata da molto tempo.»

«Bene, sono contento per te. Volevo passare di persona a dirti una cosa che ho scoperto su Elby.»

Fece un piccolo passo indietro. «Oh. E cioè?»

«Come sai, c'era una denuncia per molestie sessuali presentata contro di lui e delle voci di un comportamento

323

inappropriato che abbiamo portato alla luce durante l'indagine.»

Il suo cipiglio si accentuò.

«Be', si è scoperto che la donna che ha sporto denuncia ha l'abitudine di fare cose del genere. Ha mosso la stessa accusa contro altri due uomini. Non so se questo possa consolarti, ma volevo che sapessi che pare che fosse infondata.»

«Non sai quanto apprezzo che tu me lo dica. Come puoi immaginare, l'intero episodio è stato sconvolgente. Volevo credere a Elby, ma in fondo alla mia mente avevo dei dubbi.»

«È del tutto normale. Mi dispiace per qualsiasi cosa potremmo aver insinuato durante l'indagine, ma era una pista che dovevamo seguire.»

«Elby aveva i suoi difetti, ma una cosa del genere sarebbe stata imperdonabile.»

Fu bello portare buone notizie ad Annabelle. Aveva passato dei momenti difficili, ma sembrava che se la sarebbe cavata.

Pensai anche che Chadwick meritasse di sapere che suo fratello non era un pedofilo. Tirando fuori il telefono, composi il suo numero.

57

———

IN CERCA DI CLEMENZA DA PARTE DELL'ACCUSA, l'avvocato d'ufficio di Smick ci aiutò a ottenere una confessione completa. Ma conoscere i dettagli non mi diede la soddisfazione che di solito provavo nello scoprire i particolari di un crimine.

Invece, mi sentii giù di morale e lasciai l'ufficio. Non avrebbe fatto alcuna differenza, no? A prescindere da ciò che facessi, non potevo impedire a gente come Smick di fare quello che aveva fatto.

SORPRESI MARY ANN TORNANDO A CASA PRESTO. JESSIE dormiva nel suo box.

«Hai ottenuto la confessione di Smick?»

«Sì, con tutti i deprimenti dettagli.»

«Cos'è successo?»

«Ha puntato una pistola contro Salter nel parcheggio dello stadio ed è salito sul suo SUV. Ha detto che hanno guidato in giro per ore.»

«Poveretto, dev'essere stato terrorizzato.»

«Salter ha cercato di pagarlo per toglierselo di torno, è andato a un bancomat e gli ha dato tremila dollari per lasciarlo andare. Ma non ha funzionato. Smick ha costretto Salter a salire sul sedile posteriore e lo ha legato. Poi gli ha sparato a un semaforo rosso tra Livingston e Vanderbilt. Riesci a crederci? Fermo a un dannato semaforo rosso.»

«Dio. Che cosa terribile.»

«È da malati, ecco cos'è. Dopo aver scaricato Salter, è andato dove lavora, si è ripulito e ha manomesso il motore per farlo sembrare grippato. Smick ha versato acido muriatico sul veicolo e l'ha venduto allo Sfasciacarrozze di Carmine.»

«Che tristezza.»

«Non lo so, questo caso mi ha davvero toccato.»

«Beh, adesso è finita.»

Feci spallucce. «Forse sto diventando troppo vecchio per questo lavoro. Potrebbe essere ora di passare ai piani alti.»

«Tu? Dietro una scrivania?»

«Perché no?»

«Che succede, Frank?»

«Non lo so. Voglio che il mondo in cui Jessie crescerà sia sicuro, che sia un posto migliore di quello in cui sono cresciuto io.»

«E tu stai contribuendo a renderlo tale.»

«Sono solo sciocchezze. Che cosa faccio? Rimetto a posto i cocci quando la frittata è ormai fatta. Ecco cosa faccio. Non posso impedire che cose del genere accadano. Qualsiasi cosa faccia, la gente continuerà a fare pazzie.»

«Non sei Dio, Frank. Fai quello che puoi. Non prenderti in giro. Quello che fai fa la differenza. Senza di te, molti di questi assassini sarebbero ancora là fuori.»

«Forse. Vado a cambiarmi.»

Saltai sotto la doccia, sperando di lavarmi di dosso lo sporco di quel caso.

Mary Ann stava immergendo i piedini di Jessie in piscina mentre io finivo di preparare la cena. La ricetta di una salsa di fichi per le costine che avevo letto suonava troppo buona per non provarla in una giornata come quella. Spennellai le costine, le coprii con un foglio di alluminio e andai a prendere una bottiglia di vino. Lo chef raccomandava un vino corposo, così tirai fuori uno Syrah californiano.

Mentre stappavo la bottiglia, squillò il telefono di casa. Non ci chiamava mai nessuno su quel numero. Mi palpai le tasche dei pantaloni; dov'era il mio cellulare? Pensando che qualcuno potesse aver provato a chiamarmi sul cellulare, risposi.

Era una donna. «Detective Luca?»

«Sì. Chi parla?»

«Un attimo. Il signor Salter vorrebbe parlarLe.»

Chadwick mi stava chiamando?

«Signor Luca, sono Prescott Salter. Volevo ringraziarLa per aver dato alla nostra famiglia un po' di pace con l'arresto dell'assassino di mio figlio.»

«Apprezzo il pensiero, ma faccio solo il mio dovere, signore.»

«Beh, Le siamo grati. Se possiamo fare qualcosa per Lei o per il dipartimento, non esiti a chiedere.»

«Grazie. C'è una cosa che vorrei che considerasse, dato che Lei è attivo nel campo della beneficenza.»

«Crediamo sia nostro obbligo aiutare gli altri.»

«Non lo chiedo solo per le circostanze dell'omicidio di Suo figlio, ma in senso generale. E non sto dicendo che altre cause non siano meritevoli, ma la salute mentale non attira la stessa quantità di denaro che, per dire, attira la ricerca sul cancro. L'intero settore avrebbe bisogno di aiuto, che si tratti di sensibilizzazione, cure, ricerca, accesso, dica quel che vuole; c'è sempre bisogno.»

«È una richiesta interessante e altruistica, Detective. Sua madre ha fatto un ottimo lavoro nel crescerLa.»

«L'ho persa troppo presto, signore, ma questa è un'altra storia. Grazie per la Sua chiamata.»

———

DUE GIORNI DOPO, STAVO GUARDANDO IL TELEGIORNALE mentre grigliavo dei funghi portobello. Sorrisi quando il mezzobusto annunciò che un donatore anonimo aveva donato 10 milioni di dollari alla Mental Health Association della Florida sud-occidentale.

———

Grazie per aver dedicato del tempo alla lettura di **Il silenzio di Salter**. Se vi è piaciuto, per favore, consigliatelo a un amico o pubblicate una breve recensione. Il passaparola è il miglior amico di uno scrittore.

Grazie, Dan

Dan ha una newsletter mensile che presenta i suoi scritti, articoli sull'autostima e sulla fiducia in se stessi, oltre a pezzi informativi sul vino. Inoltre, dà visibilità ai libri in offerta di altri autori. Iscrivetevi - www.danpetrosini.com

La serie di misteri di Luca

Sono io l'assassino?

Scomparso

L'omicidio di Serenity

Terza possibilità

Un caso irrisolto

Poliziotto o assassino?

Il silenzio di Salter

Un passo falso mortale

Posta in gioco incerta

L'assassino del nonno

Vendetta pericolosa

Dove sono?

Sepolti al lago

L'assassino della riserva

Ovunque Pericolo

Omicidio, soldi e caos

La svendita d'oro

Segreti pieni di suspense

Il dilemma di Cory

La fuga di Cory

Il cambiamento di Cory

L'ARTE DELLA VENDETTA

Corsa alla vendetta

Oltre la vendetta

Non è finita

ALTRE OPERE DI DAN PETROSINI

L'ultimo nemico

Testimone complice

Respingi

Ambizione alla scogliera

Dan è un autore di bestseller per USA Today e Amazon che ha scritto la sua prima storia all'età di dieci anni e ama raccontare storie o barzellette.

Dan trae le idee per le sue storie esplorando la domanda: e se?

In quasi ogni situazione in cui si trova, Dan si chiede cosa succederebbe se accadesse questo o quello. E se questa persona morisse o facesse qualcosa di insolito o illegale?

Questo suo continuo lavorio mentale fornisce a Dan abbondante materiale da intrecciare in storie interessanti.

Amante di libri e film con colpi di scena e difficili da prevedere, Dan costruisce le sue storie in modo da impedire ai lettori di indovinarne lo svolgimento. Scrive ogni giorno, forzando le parole a uscire quando necessario, e a oggi ha scritto più di venticinque romanzi.

Non è una questione di voler scrivere, per Dan è semplicemente una necessità.

Dan crede fermamente che le persone possano realizzare i propri sogni se si concentrano e agiscono, ed è proprio ciò che incoraggia a fare.

Il suo detto preferito è: «Il prezzo della disciplina è sempre inferiore al costo del rimpianto»

Dan ricorda alle persone di eliminare la negatività dalle proprie vite. Crede che sia contagiosa e consiglia di stare alla larga dalle persone negative. Sa che avere una mentalità autentica e positiva dà la sensazione che la vita sia truccata a proprio favore. Quando si sente giù, si dice: «Non si può avere una bella giornata con un brutto atteggiamento».

Sposato, con due figlie e un Maltese bisognoso di attenzioni, Dan vive nel sud-ovest della Florida. Originario di New

York, Dan ha insegnato nei college locali, scrive romanzi e suona il sassofono tenore in diverse jazz band. Beve anche decisamente troppo vino e non si prende mai, e poi mai, troppo sul serio.

Pubblica una newsletter bimensile con articoli, i suoi scritti e offerte speciali e occasioni imperdibili.

Iscriviti su www.danpetrosini.com